The Ugly Duchess
by Eloisa James

純白の翼は愛のほとりで

エロイザ・ジェームズ
岡本三余[訳]

ライムブックス

純白の翼は愛のほとりで

主要登場人物

テオドラ（テオ）・サックスビー（デイジー）……貴族令嬢。遺産相続人
ジェームズ・ライバーン（ジャック・ホーク）……アイラ伯爵。次期アシュブルック公爵
アシュブルック公爵……ジェームズの父
ミセス・サックスビー……テオの母
セシル・ピンクラー（ピンク）・ライバーン……ジェームズのいとこ
ジェフリー・トレヴェリアン……テオが思いを寄せている男性
クラリベル・セノック……ジェフリーに思いを寄せている娘
グリフィン・バーソロミュー・バリー……〈フライング・ポピー号〉の船長

第1部　みにくいアヒルの子

1

一八〇九年三月一八日
ロンドン、バークレー・スクエア四五
アシュブルック公爵家のタウンハウス

「あの娘と結婚しなければならん。兄妹《きょうだい》のように育ったとしても関係ない。あの娘は公爵家にとって金色の羊（ギリシャ神話に登場する、富と繁栄をもたらすとされる黄金の毛の羊）だ」

アシュブルック公爵家の跡取りであるアイラ伯爵ジェームズ・ライバーンは、反論しようと口を開いた。しかし、激しい怒りと驚きに喉をふさがれ、まったく声が出なかった。

父であるアシュブルック公爵はうしろを向き、なに食わぬ顔で書斎の奥へ歩いていった。

「スタッフォードシャーの屋敷を修繕し、ちょっとした負債を返済するためには、あの娘が相続した遺産が必要なのだ。さもないと、すべてを失うはめになる。このタウンハウスも含めてな」

「今度はいったいなにをしでかしたんですか？」ジェームズは吐き捨てるように言った。不吉な予感が全身を駆けめぐる。

アシュブルック公爵がふりむいた。「父親に向かってなんという口のきき方だ！」

ジェームズは口を開く前に深呼吸した。二〇歳までには、感情を制御するすべを身につけようと思っていた。誕生日まで、あと三週間しかない。

「失礼しました、父上」怒鳴りたいのをこらえる。「公爵家の領地はいったいどうして、それほど危うい状況に陥ったのでしょうか。よろしければお教えください」

「よろしいものか！」立派な鷲鼻《わしばな》にいくつも横じわを寄せて、公爵はひとり息子をにらみつけた。ジェームズが短気なのも無理はない。衝動的で気の短い父親の性質をそのまま受け継いだのだ。

「でしたら、ぼくはこれで失礼します」ジェームズはおだやかな口調を保った。

「そうだ、そうだ。失礼して、あの娘に色目でも使ってこい。今週はブリスコットのやつが求婚してきおった。冴えない男だから、わざわざ娘の母親に知らせるまでもないと、わたしが断っておいたがな。しかし、おまえも重々承知しているとおり、あの娘の結婚については母親に決定権が――」

「ミスター・サックスビーの遺言については、ぼくはなにも知りません。だいいち、ミセス・サックスビーに結婚の決定権があったらどうだというんです？」

「わが公爵家には、あの娘の相続財産が必要なのだ！」アシュブルック公爵は声を荒らげ、暖炉に近づいて火のついていない薪を蹴った。「いいか、テオドラに恋をしているふりをしろ。さもないと、あれの母親は断じて首を縦にふらんだろう。まったくあの女ときたら、つい先週もわたしがしている投資について不愉快な質問をしてきおった。女のくせに生意気な」

「恋をしているふりなどお断りです」

「わたしの言うとおりにしろ」

「兄妹みたいにして育った女性を口説けというんですか？」

「なんの問題がある？　幼いころに鼻と鼻をくっつけてあいさつしたからといって、血のつながりがあるわけでもない」

「彼女を口説くなんてできません」

公爵はそこで、初めて同情するような態度を見せた。「たしかにテオドラは美人ではない。だが、ベッドに引っぱりこめば――」

「それ以上言わないでください」ジェームズはぴしゃりと言った。「不愉快です」

公爵は目を細めた。頰が赤みを帯びている。危険な兆候だ。案の定、公爵はわめきはじめた。

「テオドラがどんなにみにくかろうが知ったことではない！　ともかく、おまえは彼女と結婚するんだ。あの娘をたらしこめ。さもないと、おまえが引き継ぐ地所はないぞ。ただのひとつもな！」

「いったいなにをしでかしたんです？」ジェームズは歯を食いしばって、もう一度尋ねた。

「失ったんだ！」公爵が目をむいて怒鳴り返した。「すべて失った。おまえはそれだけ知っていればいい」

「彼女に求婚はしません」ジェームズは椅子から立ちあがった。

ふいになにかが肩をかすめ、背後の壁にあたって砕けた。ジェームズは目をつぶりもしなかった。ものを投げつけられるのには慣れている。本や大理石の像をよけながら大きくなったようなものだ。

「求婚しろ。さもないとおまえではなく、セシル・ピンクラー・ライバーンを相続人に指名するぞ！」

ジェームズは両手をだらりと垂らした。怒りが爆発しそうだった。壁や家族に向かってものを投げつけたくなったことはないが、辛辣な言葉をぶつけるのも、ものを投げるのと同じくらい破壊的な行為だ。ジェームズはもう一度、深呼吸をした。「父上に向かって今さら法制度を説くつもりはありませんが、ひとり息子を相続人から外すことなどできません」

「貴族院に、おまえはわたしの子ではないと訴える」公爵が大声で言った。こめかみには血管が浮かび、頬は紫がかっていた。「おまえの母親は尻軽のあばずれで、よその男の子供を身ごもったのだとでも言うさ」

母を侮辱されて、ジェームズの忍耐はついに限度を超えた。

「いくら父上が臆病で頭の鈍い賭博師だとしても、みずからの愚行の埋め合わせをするために母上の名を汚すことは許しません」

「よくも言ったな！」公爵がわめく。その顔は一面、赤紫色に変わっていた。

「この国の人間なら誰もが知っていることです」ジェームズはもはや辛辣な言葉をこらえられなかった。「あなたは愚かだ。わが一族の地所が危機に瀕した経緯だって、やすやすと想像がつく。ぼくが知りたいのは、父上にそれを認める男気があるかどうかです。おそらくないでしょうね。今さら驚くにはあたらない。どうせ限嗣《げんし》相続（相続によって土地が細分化されるのを防ぐため、相続人を限定する制度）で縛られていない土地以外は残らず抵当に入れたのでしょう。それで借りた金はぜんぶ株に注ぎこんだんだ。きっと次から次へとろくでもない事業に投資したにちがいない。いつだったか手を出した運河など、すでにある運河から五キロも離れていなかった」

「気づいたときには手遅れだった！　共同出資者にだまされたんだ」

「ぼくが父上なら、利用する船舶も見こめない運河の建設に投資する前に、最低でも現地の様子を調べたでしょうね」

「口の減らない小僧め！」公爵はマントルピースの上にある銀製の燭台を握りしめた。

「それを投げたら、即刻この部屋を出ていきます。ぼくのことを兄と慕ってくれる娘に、財産目当ての結婚を申しこむなんて冗談じゃない。しかもそれで得た金で、父上は性懲りもなく愚かな投資を繰り返すんだ。ご自分が世間でなんと呼ばれているかご存じですか？　もちろん聞いたことがあるでしょうね。〝大うつけ公爵〟という呼び名を」

父も息子も息を切らしていたが、とくに父親の鼻息は雄牛並みだった。頬に浮かんだ紫色の斑点が、白いクラヴァットと鮮烈な対比をなしている。

公爵は今一度、銀の燭台を握りなおした。

「それを投げたら終わりですよ」ジェームズは一度口を閉じてからつけ加えた。「アシュブルック公爵」

公爵はがっくりと肩を落としてうしろを向いた。「その爵位を失ったらどうなる？」力ない声でつぶやく。あくまで自分は悪くないと言いたげな口ぶりだ。「すでに失ったも同然だが。運河はともかく、ブドウ園なら手堅いと思った。イングランドの土壌が黒斑病の温床だなんて、わたしにわかるはずがない！」

「あなたはどこまで愚か者なんだ！」ジェームズはそう言い放つと、ドアに向かって足を踏みだした。

「スタッフォードシャーの地所は、六代にわたってわが一族に受け継がれてきた。なんとしても守らねばならん。あの土地が売り払われたら、おまえの母親は打ちのめされるだろう。母親の墓はどうなる？　それについて考えたか？　礼拝堂に隣接した墓地のことを」

ジェームズは両手をこぶしに握った。父親の首を絞めたいという衝動がおさまるまで、しばらく時間がかかった。「下劣なことを言いますね。さすがの父上でも、母上の墓所まで盾にするとは思いませんでした」

公爵は息子の皮肉に動じもしなかった。「母の亡骸が売られていくのを見過ごすつもりか？」

「ならば、ほかの遺産相続人に求婚します」ジェームズはようやく答えた。「とにかく、デイジーとは結婚しない」テオドラ・サックスビーを〝デイジー〟と呼ぶのはジェームズだけだ。テオは彼にとってもっとも大切な友人であり、幼なじみだった。「デイジーはぼくなんかにはもったいない。こんな堕落した家には見合わない女性なんです」

公爵は沈黙していた。不吉な予感がする。ジェームズはふり返った。

「まさか、持参金に手をつけたんですか？」

「数週間あればとり戻せると思った」公爵の頬はみるみる血の気を失い、死人のように白くなった。

ジェームズは膝の力が抜けそうになって、ドアに寄りかかった。「いくら使ったんです？」

「ごまかしがきかん額だ」公爵は目を伏せ、いくらか恥じ入った様子を見せた。「あの娘がほかの男と結婚したら、わたしは訴えられるだろう。公爵を裁判にかけられるかどうかはわからんが、そうなった場合は貴族院で処理するのだろうな。いずれにせよ、醜聞になるのはまちがいない」

「公爵だって裁判を免れることはできませんよ」ジェームズは暗い声で言った。「赤ん坊のころからあなたを信頼して身を寄せていた娘の持参金を横領するなんて。デイジーの母親はあなたの親友と結婚したんですよ。ミスター・サックスビーは死の床で、娘を頼むと父上に頼んだのでしょう？」

「だから世話をしたではないか」そう答える公爵の声に、いつもの覇気はなかった。「わたしは自分の娘同様に育てた」

「ぼくが自分の妹同様に育てたんです」ジェームズは淡々と言った。重い足取りで部屋の中央に戻り、椅子に腰をおろす。「そのあいだあなたは、ずっとデイジーから金をくすねていたんだ」

「ずっとではない」公爵が反論した。「去年からだ。そうとも、去年だ。あの娘の相続財産の大部分は銀行に預けられていて、手が出せなかった。わたしはただ……ちょっとばかり持参金を拝借しただけだ。ひどくついていなかった。まさかこんなことになるとは」

「ついていなかったですって?」ジェームズは嫌悪に声を震わせた。

「あんな娘でも、ひとつやふたつ結婚話が来ている。時間がないんだ。おまえが求婚するしかない。地所やタウンハウスを手放すだけではすまないぞ。醜聞になれば、公爵家の名は地に堕ちる。地所を売って持参金を返したところで、借金のすべてが帳消しになるわけではない」

ジェームズは沈黙を守った。神をも冒瀆するような言葉しか思い浮かばなかったからだ。

「おまえの母親が生きていたときはよかった」しばらくして、公爵が言った。「あれは頭のいい女だったから、いろいろと助言してくれた」

ジェームズにはもはや返事をする気力もなかった。母親が亡くなったのは九年前だ。つまり父はおよそ一〇年の歳月をかけて、スコットランドからスタッフォードシャーを経由してロンドンへ至る公爵家の領地を食いつぶしてきたことになる。さらにあろうことか、テオの持参金にまで手をつけた。

「テオドラに求婚しろ」公爵は息子と向かい合わせに座り、励ますように言った。「あの娘はおまえを崇拝しているじゃないか。昔からそうだった。哀れなテオドラが棒切れみたいにやせっぽちでみにくい娘なのは幸いだ。あんな娘に求愛するのは財産目当ての男に決まっているから、母親もそう簡単に結婚を許しはしないだろう。だが、社交シーズンも半ばになれば状況は変わるぞ。話してみると、あれで性格は悪くないからな」

ジェームズは歯ぎしりした。「デイジーがぼくに抱いている愛情は、男女のそれではありません。あくまで兄として、友人として慕ってくれているだけです。だいいち、デイジーは棒切れなんかじゃありません」

「きれいごとを言うな」公爵が虚栄心のにじむ声で言う。「おまえの母親はいつも、同世代の男のなかでわたしがいちばんハンサムだと言っていた。おまえはわたしにそっくりだ」

この状況で容姿などなんの役にも立たないと言いたいところを、ジェームズはぐっとこらえた。胃がむかむかして吐きそうだ。

「デイジーに事情を話せばいい。父上がなにをしたか打ち明けるんです。彼女なら理解してくれます」

公爵が鼻を鳴らした。「あの娘はともかく、母親が理解すると思うか？　サックスビーは親友だったが、あの女と結婚した点だけはどうにも解せなかった。口うるさくて手に負えん」

ミセス・サックスビーとその幼い娘が公爵家に身を寄せて一七年になる。これまで未亡人と公爵はどうにか友好的な関係を維持してきた。それは主に、公爵が夫人のいる方向へものを投げなかったことによる。しかし、公爵の主張はまちがっていない。ミセス・サックスビーは、娘の後見人が持参金を使いこんだことを知って黙っている女性ではない。即座に弁護士を何人も送りこんでくるだろう。そんな場面を想像しただけで苦いものがこみあげてくる。

　息子の心中も知らず、公爵はいつもの楽観的な態度をとり戻しつつあった。もともとひとつのことを長く思いつめる性質ではない。かっとなるのも早いが、忘れるのも早いのだ。

「詩を添えて花束でも贈ってやれば、あの娘はよく熟れたプラムのようにてのひらに落ちてくるだろう。不器量な女はちやほやされるのに慣れていないからな。きれいだとひと言言ってやりさえすれば、おまえの足元にひれ伏すさ」

「そんなことはできません」ジェームズはきっぱりと言った。テオを褒めるのがいやなのではない。舞踏室でぎこちなくステップを踏みながら、しどろもどろに愛の言葉をささやく自分に我慢がならないのだ。社交シーズンが始まってすでに三週間が経過したが、ジェームズはただの一度も舞踏会に参加していなかった。

　公爵は息子の返事を誤解したらしかった。「嘘をつくのは気分のいいものではないが、紳士たる者、避けては通れない道だ。テオドラは社交界一の美人とは言えん。先日、おまえが連れていた踊り子のほうがよっぽどべっぴんだ。だが、そんなことを言っても始まらん」公爵はそこでくっくっと笑った。

　ジェームズは父の声をどこか遠くで聞いていた。押し寄せる現実に圧倒されていた。

公爵は楽しそうに愛人と妻のちがいについて講釈を垂れている。「埋め合わせに、とびきり美しい愛人を囲えばいい。めりはりがあって楽しいだろう」

これほどげすな男はほかにいないのではないだろうか？　実の父親について、ジェームズがそう思うのは初めてではなかった。「デイジーと結婚するとしても、愛人など囲いません」そう言いながらも、なんとか結婚を回避する方法を模索していた。「彼女にそんな仕打ちはできない」

「結婚して何年かすれば気持ちも変わる」公爵はすっかりいつもの調子をとり戻していた。

「どうだ、求婚する気になったか？　さほど考えることもなかろう？　いろいろ不満はあるだろうが、わたしにもおまえにもほかに選択肢はない。唯一の救いは、男は特別にその気がなくても務めが果たせるところだな」

ジェームズはできることなら今すぐこの部屋を出ていきたいと思った。しかし、どうやら父の要求をのまざるをえないらしい。それなら、こちらの要求もはっきりさせておかなければならない。

「ひとつ条件があります」ジェームズは険しい声で言った。

「言ってみろ。なんでも聞いてやる。先に犠牲を強いたのはわたしのほうだからな。さっきも言ったとおり、やせっぽちのテオドラは美人とは言いがたい」

「デイジーと結婚した暁には、公爵家のすべての領地をぼくに譲ってもらいます。スタッフォードシャーの屋敷も土地も、このタウンハウスも、スコットランドの島も含めて」

公爵があんぐりと口を開けた。「なんだと？」

「すべての領地です」ジェームズは繰り返した。「父上には相応の手当を支払いますし、弁護士以外には口外する必要もありません。ただ、これ以上、あなたの尻ぬぐいをするのはごめんだ。二度と負債の後始末はしません。盗みについても同じです。次は監獄行きですからね」

「むちゃを言うな！」公爵は激昂した。「そんな……すべてを譲るなどできるわけがない！」

「それなら、スタッフォードシャーの領地に別れを告げることですね」ジェームズは答えた。「天国の母上が心を痛めるとそこまで確信しているのなら、母上の墓所を訪れる特別許可をもらえるよう頼んでみてはいかがですか？」

公爵が口を開くのを見て、ジェームズは片手をあげた。

「このまま父上に任せておいたら、デイジーの相続財産まで食いつぶすのは目に見えています。金は二年もしないうちに底を突き、ぼくがいちばんの友を裏切った意味も失われるでしょう」

「いちばんの友か……」公爵は別のことを考えはじめたようだった。「わたしは女の友達《フレンド》を持ったことはないが、テオドラはあのとおり男みたいな娘だから、ひょっとして女の恋人《フレンド》が――」

「父上！」

公爵が咳払いをした。「話の腰を折られるのは気持ちのいいものではないぞ。おまえの言うとおりにしたら、わたしは世間の笑い物だ」

まるで今はそうでないかのようだ。

「まあいい」公爵の顔に笑みが広がった。「なんとかなるだろう。おまえの母親はいつも言っていた。〝終わりよければすべてよし〟となー」

ジェームズにはもうひとつ、きいておきたいことがあった。たとえ答えがわかりきっているとしても。

「息子の人生をめちゃくちゃにしておいて……ぼくとデイジーにこんな仕打ちをして、罪の意識は感じないんですか？」

公爵の頰に赤みが差した。「おまえと結婚できれば、あの娘としては上等だ」

「デイジーは恋愛結婚だと思ってぼくと一緒になるんですよ。実際はちがうのに。女性として、夫に慈しまれ、心から求められる機会を奪うことになる」

「恋愛と結婚は別だ」そう言いつつも、公爵は息子から視線をそらした。

「たしかに必ずしも愛と結婚が結びつくとは限らないでしょう。だが、ぼくたちにはそれを試す機会すら与えられないんです。結婚生活を嘘から始めなければならない。このことをデイジーが知ったら一巻の終わりだ。わかっているんですか？　そんなことをしたと知れたら……結婚生活だけでなく、デイジーとの友情まで終わってしまう」

「あの娘が平常心を欠いて騒ぎたてることを心配しているのなら、早いうちに子種を仕込んでおけばいいんだ」公爵は年長者ぶって言った。「女というのはすぐに男をばかにしたり、文句を言ったりする。不満がたまると、別の男と逃げることさえある。だが、跡継ぎがいれば……その予備もいればなおいいが、妻などいなくても困ることはない」

「ぼくの妻はほかの男と逃げたりしません！」ジェームズは、自分でも驚くほど大きな声で言った。

公爵が大儀そうに椅子から立ちあがる。「さっき、わたしを愚か者呼ばわりしたな。今度はわたしが同じことをさせてもらおう。結婚とは甘いささやきを交わすことではない。おまえの母親とわたしは正しい理由で結婚した。それはつまり一族への義務を果たし、経済的に支え合うことだ。おまえを授かるために必要な行為はしたが、ふたり目をもうけるのはやめた。いずれにせよ、あれには予備を産む体力がなかったしな。おまえは健康な子供だったから問題はなかった」公爵はいったん言葉を切って、ふたたび続けた。「もちろん、おまえが失明しかかったときは焦った。最悪の場合、もう一度くらいは励んだかもしれん」

父親に殺意を抱きながら、ジェームズは立ちあがった。

「女々しいたわ言を口にするような息子に育てた覚えはないからな」公爵は肩越しに言い捨てて、書斎から出ていった。

もうじき二〇歳を迎える男として、ジェームズは自分の置かれた立場を理解していると思っていた。公爵家の跡継ぎに必要な技能は修得した。馬に乗り、適度に酒をたしなみ、決闘の作法も身につけた。

だが、心から大切にしている人を裏切る方法は誰も教えてくれなかったし、学ぶ必要があるとも思っていなかった。この世でただひとり、本当に自分を愛してくれている相手を裏切るはめになるとは。

テオはいつか真実を知る。なんらかのきっかけで、父の横領が明るみに出るにちがいない。そんなことになったら彼女は……ぜったいにぼくを許してはくれないだろう。

2

テオドラ・サックスビーは(ジェームズは彼女を〝デイジー〟と呼ぶけれど、親しい人々は〝テオ〟と呼んでいる)、レディ・コーニングが開いた舞踏会のことを忘れようと努力していた。ところが考えまいとすればするほど、心に浮かぶのは屈辱的な一夜の出来事ばかりだ。

テオを見て〝男みたい〟と言った娘たちは、特別に意地が悪いわけではない。少なくとも、面と向かって言ったわけではないのだから。まわりにいた紳士たちがこの意見に賛同したことを知らなければ、テオもこれほど落ちこみはしなかっただろう。

くよくよ考えたところで、どうなるものでもないし……。テオはすがるように鏡を見た。

そういう事態をひそかに懸念していたテオの母親は、舞踏会の前に娘の髪をカールごてで巻いた。おまけに母親が選んだのはフリルがたくさんついた白いドレスで(テオは普段からそういうドレスしか着させてもらえないのだが)、いかにも愛らしいデザインだった。テオに言わせればフリルや真珠や白やピンクは、ごつごつしてかわいげのない顔立ちを強調するだけだ。

母の選んだドレスも自分の容貌も、テオは大嫌いだった。男性にまちがえられる心配がなければピンクなど二度と着ないし、真珠だってつけない。

無論、周囲の人たちもテオのことを本気で男だと思っているわけではなく、独特の容貌について なにか言わずにいられないだけだ。だが、いずれにせよ、テオはそのためにいつもことさら女っぽい格好をさせられた。

妄想のなかで白いドレスを引き裂き、フリルや真珠をむしりとって自分を慰める。好きな服が着られるのなら、プラム色をしたうね織りのシルクで仕立てたドレスを着て、髪はひと筋の後れ毛も出ないようにうしろになでつけて束ねるだろう。髪飾りは大ぶりな羽根が一本あればいい。黒い羽根がゆったり弧を描いて肩のほうへ垂れさがるようにするのだ。袖は肘丈で、黒い毛皮で細く縁取りがされている。いいえ、毛皮でなくハクチョウの羽毛を使って、襟ぐりにもそろいの縁取りをしたらいいかもしれない。もしくは襟をぐるりと羽根で囲ってもいい。きっとプラム色と白の対比が鮮烈だ。

妄想はどんどん加速し、最終的にはひだ襟にして、ハクチョウの羽毛で細く縁取りすることで落ち着いた。袖の部分だけ透ける素材を使ったら、なお雰囲気が出るだろう。昨日、ルシンダが着ていたような、インド産のシルクがいい。波打つようにたっぷり布をとって、肘のところできゅっと絞るのだ。それとも、手首のところをもっと劇的に……。

テオは夢のドレスを着て舞踏室に現れる場面を思い描いた。男みたいだと含み笑いをする者は誰もいない。階段のてっぺんで立ちどまって、みんなの注目を浴び、パチンと音をたてて扇を開けば……だめだめ、扇なんて流行遅れだ。なにか新しいものを考えないと。

〝ミス・サックスビー〟と声をかけてきた紳士と最初のダンスを踊ろう。紳士はステップを踏みながら、けだるい笑みを浮かべるだろう。

〝テオと呼んで〟とわたしが言う。その言葉を聞いてぎょっとした既婚女性たちは、ひと晩じゅう、その話題で盛りあがる。

大事なのは〝テオ〟という呼び方だった。男性たちが親しい友人に呼びかけるときのような、ごく親密な響きがある。ジェームズが学校で出会った友人のことを話すときと同じだ。一三歳のとき、イートン校で学んでいたジェームズは、クリケットチームのキャプテンを文字どおり崇拝していた。ジェームズと同じ経験をした男性なら、髪をうしろへなでつけて、クリケットのユニフォームを彷彿とさせるドレスをまとったテオに興味を引かれるにちがいない。

続いて、イートン校のモーニングコートに似せた、すっきりした上着のデザインについて考えていたテオは、ノックの音に気づかなかった。「デイジー？　デイジー！」そう呼ぶ声でようやくわれに返り、長椅子から立ちあがって寝室のドアを開ける。

「あら、こんにちは、「ジェームズ」昨日の失敗で落ちこんでいるとき、ジェームズの顔はあまり見たくなかった。社交界にデビューして三週間というもの、彼女がみじめな目に遭っているのを知りながら、ジェームズは頑として舞踏会に参加しない。彼にわたしの気持ちはわからない。わかるはずがないのだ。いやになるほどハンサムで、不機嫌なときを除けば愛想もまずまずで、おまけに未来の公爵であるジェームズには。神様はまったく不公平だ。

「あなただとは思わなかったわ」

「ほかに誰がいるんだい」

ジェームズは部屋に入ろうとしたが、テオはドアの前からどかなかった。年ごろの娘としては当然だ。

「ぼく以外にきみをデイジーと呼ぶ者はいない。入れてくれないのか？」

テオはため息をついて脇によけた。「テオと呼ぶ努力をする気はないの？　もう何百回も言ったのに。テオドラも、ドラも、デイジーもいやなの」

ジェームズはさっさと椅子に腰をおろし、髪をかきあげた。どうやら不愉快なことがあったらしく、髪があちこち逆立っている。豊かでつやのある髪は黒に見えるときもあれば、日の光を浴びてところどころ深い赤褐色に見えるときもあった。これもテオにとっては気に食わないことのひとつだ。彼女の髪ときたら豊かではあるものの、黄色と茶色がまじっていて、なんともぱっとしない色合いなのだ。

「だめだ。ぼくにとって、きみはデイジー以外の何物でもない。きみには花の呼び名がぴったりだからね」

「そんなことはないわ。デイジーの花はすがすがしくてかわいらしいけど、わたしはそのどちらでもないもの」

「きみはかわいいじゃないか」そう言いながらも、ジェームズは彼女のほうを見ようともしなかった。

テオはあきれて目をぐるりとまわした。この人には言うだけ無駄だ。わたしの顔をまじまじと見たこともないんだから……まあ、今さら見つめられるのも決まりが悪いけれど。

二歳しか年の離れていないふたりは、赤ん坊のころから子供部屋を共有していた。それはつまり、テオがおむつをつけて走りまわったり、乳母のウィガンから生意気だとお尻をたたかれたりしていたところを、しっかり目撃されたということだ。

「昨日はどうだった？」唐突にジェームズが言った。

「散々だった」

「トレヴェリアンが現れなかったのか？」

「ジェフリーならいたわ」テオは暗い声で答えた。「わたしには一度も注目してくれなかっただけ。そして彼ときたら、二度も……二度もクラリベルと踊ったのよ。クラリベルのような気がきかない子には我慢がならないわ。ジェフリーだっていらいらするに決まっているのに。つまりは、彼女の財産目当てってことね。でも、そうだとしたら、どうしてジェフリーはわたしと踊ってくれないのかしら？　わたしの相続財産はクラリベルの二倍はあるのに。彼、そのことを知らないと思う？　だとしたら」テオは息も継がずに続けた。「あなたからさりげなく伝えておいてもらえない？」

「いいとも」ジェームズは答えた。「その場面が目に浮かぶよ。〝おい、まぬけなトレヴェリアン、テオの相続財産の利息は年に何千ポンドにもなるって知っていたか？　ところで、このあいだ購入した葦毛の馬の調子はどうだ？〟ってね」

「もっと自然なやり方を考えてよ」そうは言ったものの、テオにも具体的にどうすればいいかはわからなかった。「だいいち、ジェフリーはまぬけじゃないわ。繊細でやさしい人よ。あのクラリベルと踊ってあげるくらいなんだから」

ジェームズが眉間にしわを寄せた。「クラリベルというのはインドで育った娘だったかな？」

「そうよ。どうしてトラに食われてしまわなかったのかしら。あんなむちむちした身体つきで……日曜のごちそうにぴったりなのに」

「それは言いすぎだ」ジェームズの目が笑いにきらめいた。「結婚相手を募集中の娘は、従順でやさしくなければならない。それをきみときたら、ぎょっとするほど毒のあることばかり言って。もう少し行儀よくしないと、母親たちにこぞって落第点をつけられるぞ。そうしたら困ったことになる」

「そうなったとしても、あなたには関係ないでしょう？」

「ひどい言いぐさだな」

「わたしは女らしくもなければ上品でもないし、男心をくすぐる曲線美の持ち主でもないわ。このままじゃ、誰にも気づいてもらえないうちに、おばあさんになっちゃう」

「それがいやなのか」ジェームズがにやりとした。

「それはそうよ。平気なふりなんてできないわ。会話のきっかけさえつかめれば、それなりに相手を魅了できると思うの。でも、ピンクのフリルや真珠飾りで勝負したって勝ち目はないわ。自分でも似合っていないってわかるもの。最悪よ」

「そんなことはない」ジェームズはようやくテオを正面から見た。

「踊り子とつき合っている人に言われたくないわね」

「どうしてベラのことを知っている？」

「どうしてって、母と一緒にオックスフォード・ストリートを歩いていたら、あなたたちを乗せた馬車が通ったの。それで、母がぜんぶ教えてくれたのよ。あなたの恋人がオペラの踊り子だってこともね。正直、母くらいの年代も知っているような人を恋人にするなんてびっくりしたわ」

「ミセス・サックスビーがそんなゴシップを？」

「あら、踊り子じゃないの？」

ジェームズは渋い顔をした。「良家の娘が下世話なことを知りたがるものじゃない」

「堅苦しいことを言わないでよ。女はその手の話題が大好きなの。だいいち、あなたはまだ独身じゃない。結婚してからもその調子だったら、こんなふうに質問する前に奥様に告げ口するわ。気をつけてね。わたしは許さないから」

「許さないってベラのことかい？　それとも結婚することか？」

「既婚男性がロンドンの街中を、おつむもお尻も軽そうな女と遊びまわることよ」

テオはそこで間を置いたが、ジェームズはぐるりと目をまわしただけだった。

「ともかく、今はいいとしても、結婚したらベラのことはあきらめなさい。そのころには相手が変わっているかもしれないけど」

「結婚なんてまっぴらだ！」ジェームズが言った。予想外に激しい口調に、テオは驚いて幼なじみを見た。

「さっき公爵様と言い争っていたわよね？」

ジェームズはうなずいた。

「書斎で」

ふたたびジェームズがうなずく。

「公爵様が銀の燭台であなたの頭を殴ろうとしたの？　燭台は隠しておくとクランブルが言っていたけれど、昨日見たときはまだあったわ」

「陶器製の羊飼いの娘が破壊された」

「あら、あの人形はいいのよ。ヘイマーケットでしこたま買いこんで、屋敷じゅうの目立つ場所に置いたの。高価なものを投げられるよりましだから。企みが成功したと知ったら、クランブルは喜ぶはずよ。それで、なにについて口論していたの？」

「ぼくに結婚しろというんだ」

「あら、まあ！」テオは驚くと同時に、少し不快な気分になった。もちろんジェームズだっていつかは結婚しなければならない。だが、もう少し先の話だと思っていた。今はわたしだけのものであってほしい。正確には、わたしと踊り子のものであってほしかった。

「あなたはまだ若すぎるわ」テオは控えめに反対した。

「きみなんて一七歳で夫を探しているじゃないか」

「女の場合はそれくらいからが結婚適齢期だもの。だから、母は今年になるまで社交界デビューをさせてくれなかったのよ。でも、男の一九歳はいくらなんでも早すぎよ。三〇歳とか三一歳くらいがちょうどいいと思う。だいたい、あなたは年のわりに子供っぽいところがあるし」

ジェームズは目を細めた。「そんなことはない」

「ありますとも」テオは気取って答えた。「踊り子のベラといちゃついているところを見たわ。あなたったら、彼女を新しい上着かなにかのように見せびらかしていた。どうせ紅色のサテンのカーテンがかかった、ぞっとするような小さな家を用意したんでしょう？」

ジェームズの眉間のしわがいっそう深くなるのを見て、テオは自分の勘が正しかったことを知った。

「せめて内装に青をとり入れてくれるといいんだけど。金髪の女性って、ピンクが肌の色を引きたてると思いこんでいるでしょう？　実際は青とか空色のほうがよっぽど映えるのよ。紫でもいいわ」

「デイジー、わかっているだろうが、改まった場所で、ベラみたいな女性の話題を出してはいけない。内装について助言するなんてもってのほかだ」

「あなたとふたりでいるのに、どこが改まった場所なの？　それから、デイジーって呼ばないで」テオは抗議した。「ねえ、誰と結婚するつもり？」本当はそんな質問はしたくなかった。ジェームズに関してはどうしても独占欲が働いてしまう。

「誰も思いつかない」ジェームズの口の端が震えている。

「嘘よ！」テオは叫んだ。「誰か決まった人がいるんでしょう。誰なの？」

ジェームズはため息をついた。「誰もいないよ」

「あなたったら今年は一回も舞踏会に参加しないんですもの。誰に目をつけたのか見当もつかないわ。去年、わたしがまだ勉強部屋に閉じこめられているあいだに、誰かと出会ったの？　言うまでもないけれど、あなたの花嫁を選ぶときはわたしの意見も聞いてね」テオははずんだ声を出した。「あなたのことなら誰よりよく知っているもの。とりあえず、音楽の好きな女性じゃなきゃだめ。あなたはとても美しい声の持ち主だから」

「音楽なんてどうでもいい」ジェームズの目がきらりと光る。テオはひそかにわくわくした。彼女にとってジェームズは、生まれたときから一緒にいる、おもしろくて皮肉屋の兄だ。だがたまに、まったくちがう一面が見えるときがある。そう、男っぽい一面が。こんなことを考えるなんて、頭がどうかしているのかもしれないけど……。

テオは両手をひらひらとふった。「ジェームズったら、落ち着いてよ。さっきは口の端がぴくぴくしていたから嘘をついたと思ったの。でも、見まちがいだったのかもしれない」そう言ってにんまりする。「あなたが誰を選んだにせよ、わたしがからかったりすると思う？ジェフリーへの熱い思いをぺらぺらしゃべったこのわたしが？　少なくともあなたの場合、愛する女性に気づいてもらえないなんてことはありえないわ。とてもハンサムだもの。ほかの女の子たちは欠点に気づくほどあなたをよく知らないでしょうし。あなたはその気になれば天使みたいに歌えるし、なんといってもいずれは公爵になるのよ。昨日の舞踏会だって、もしあなたが参加していたら、女の子たちはあなたと踊りたくて行列を作ったと思うわ。それを壁際で見学するのがわたしよ」

「舞踏会なんて大嫌いだ」そう言いつつも、ジェームズはどこかうわの空だった。

「まさか……既婚者じゃないでしょうね？」

「既婚者？　誰が？」

「あなたが気にしている女性よ」

「そんな女性はいない」口の端が震えないところを見ると、今度は本当らしい。

「ペトラ・アボット・シェフィールドはすてきな声で歌うわよ」

「歌なんて嫌いだ！」

たしかに子供のころはそう言っていた。いつか変わると思っていたのに。教会で、ジェームズが《われらが輝かしい王よ、ふたたび！》を歌うのを聞いたとき、テオはその澄んだ歌声に全身が震えるほどの感動を覚えた。彼の歌声は、晩春の明るい緑の葉を連想させる。

「わたしはものごとを色でとらえるけど、あなたは音楽でとらえるでしょう。おもしろいと思わない？」

「べつに。ぼくは音楽でとらえたりしない」

「あら、そうすべきよ。そんなにいい声をしているんだもの」

どうやらジェームズは笑う気分ではないらしい。これまでの経験からして、そういうときはほうっておくのがいちばんだ。

「ああ、わたしにも、あなたみたいな特技があったらいいのに」テオはベッドに腰をおろして膝を抱えた。「そうしたら、ジェフリーだってわたしの足元にひざまずくわ」

「どうかな。日に二回も剃刀《かみそり》をあてなきゃならない妻なんて、普通はいやがると思うけれどね」

「そういう意味じゃないわ。わかっているくせに。わたしはみんなに気づいてほしいだけよ」テオは前後に軽く身体を揺すった。「話のきっかけさえあれば、笑わせる自信はあるの。クラリベルなんかよりずっとうまくしゃべれるわ。ひとりでいいからまともな求愛者が、財産目当てじゃない人がいてくれたら……」ふいに、テオはひらめいた。われながら名案だ。

「ジェームズ！」

「なんだい？」ジェームズが顔をあげる。

彼の顔を見たテオは、言いだす前からくじけそうになった。力のない目、何日もまともに食べていないかのようにこけた頰……そう、ジェームズは憔悴していた。

「あなた、大丈夫？　昨日はなにをしていたの？　裏通りで朝まで飲んでいたみたいに見えるわ」

「ぼくなら大丈夫だ」

きっとブランデーにおぼれていたのだ。母いわく、男性の大半は三〇歳までにアルコール漬けになるものらしい。

「考えがあるの」テオは話を戻した。「でも、そのためには、あなたの結婚を少し遅らせてもらわなければならないわ」

「結婚の予定なんてない。父がなんと言おうとまっぴらだ」ジェームズにはどこまでもふてくされる悪い癖がある。一五歳のころよりはましになったが、手に負えないことに変わりはない。「ぼくにとってこの世でいちばん嫌いなものがなんだかわかるかい？」

「お父様でしょう？　だけど、それは本心じゃないのよ」

「父は数に入れない。良心の呵責を覚えたくないからね」

「あら、良心の呵責なんて覚える必要はないわ。あなたは天下のアシュブルック公爵家の跡取りなんだから」

ジェームズはふたたび髪をかきあげた。「みんながぼくは恵まれていると思っている。だけどときどき、逃げだしたくてたまらなくなるんだ。貴族だとか身分に伴う義務だとか、そんなのは聞いたこともない人たちが住むところへ行きたい。爵位やくだらない肩書きじゃなく、行動そのもので判断してもらえるところへ」

テオは眉をひそめた。「どうしていきなりそんなことを言うの？」

「いくつになっても、爵位に見合った男になれそうもないからだ」ジェームズは立ちあがり、部屋を横切って窓辺に移動した。

「そんなことはないわ。みんな、あなたのことが大好きよ。わたしも含めてね。わたしはこの世の誰よりもあなたをよく知っている。そのわたしがあなたは公爵にふさわしいと言ったら、それが事実なのよ」

ジェームズがふり返った。片方の口角があがっているのを見て、テオは胸をなでおろした。

「デイジー、いつか国政に打ってでる気はないかい？」

「冗談ばっかり言って。でも、まじめな話、わたしの考えを聞いてくれない？」

「世界征服の野望かい？」

「征服したいのはジェフリーよ。そっちのほうがよっぽど大事だわ。あのね、あなたがわたしに言い寄るふりをしてくれたら……ほかの人たちがわたしに注目するまででいいから求愛者のふりをしてくれたら、とても助かるんだけど。あなたは今まで一度も舞踏会に参加していないでしょう？　わたしをエスコートして登場したら、みんなが驚いて噂すると思うの。きっとジェフリーも声をかけてくれる。そうしたら巧みな話術で魅了して、彼を手に入れるの」テオは勝ち誇った顔で足を床におろした。「いい考えだと思わない？」

ジェームズは目を細めた。「利点はあるな」

「利点って？」

「きみに求愛していると思えば、父もしばらくはうるさく言わないだろう」

テオは両手を打ち合わせた。「完璧じゃない！　ジェフリーは必ず話しかけてくるはずよ。あの人はあなたがイートン校を卒業した年の首席でしょう？」

「そうだ。だが同窓だからこそ言っておくが、トレヴェリアンは夫には向いていない。うぬぼれ屋だし、他人をねたにして不快な冗談を言う」

「そこがいいんじゃない」

「それにひと目でわかるとおり、醜男《ぶおとこ》だ」

「あら、そんなことはないわ！　すらりと背が高いし、焦げ茶色の目をしているでしょう。あの目を見ると――」

「やめてくれ」ジェームズはぞっとした顔で言った。「聞きたくもない」

「朝食のホットチョコレートを思いだすのよ」テオは無視して続けた。「そうじゃなかったら、小さいときのティブね」

「ティブは犬だぞ。生涯の伴侶が、一〇歳のでぶ犬に似てるっていうのか？」ジェームズはわざとらしく考えこむふりをした。「いや、言われてみればそのとおりだな。トレヴェリアンには犬みたいなところがある。どうして今まで気づかなかったんだろう？」

アシュブルック家に一七年も住んだ成果を発揮して、テオは上靴を脱いで、ジェームズの頭めがけて投げつけた。上靴が彼の耳をかすめる。

それから無作法……というより幼稚にも、寝室のなかで追いかけっこが始まった。背後からテオを押さえつけたジェームズは、のしかかるようにして彼女のこめかみを指の関節で圧迫した。テオが抗議の声をあげる。これはテオの寝室に限らず、アシュブルック家の多くの部屋で、頻繁に繰り広げられている光景だった。

テオがわめきながらジェームズの足首を蹴る。ジェームズはふいに彼女との体格の差を意識した。腕にあたっているのは女性の胸だ。丸みを帯びた尻が腹部にこすれて、まるで……。ジェームズは反射的に両手を離した。テオが前のめりになって転ぶ。彼女は心底不快そうな声をあげ、立ちあがって膝をこすった。

「いったいどうしたのよ？　転ばせるなんてひどいじゃない」

「もう子供みたいにじゃれ合うのはやめないと。ぼくたちは……きみは結婚適齢期なんだから」

テオは目を細めた。

「それに腕が痛かったんだ」頬が熱くなるのを感じながら、ジェームズはつけ加えた。テオに嘘をつくのは、ほかの誰に嘘をつくよりも難しい。

「腕が痛んでいるふうには見えないけど？」テオが彼の全身に目を走らせる。

ジェームズが無言で逃げるように部屋を出ていったあと、テオは改めて自分が目にしたものを分析した。

男性の股間がふくらむのは以前にも見たことがある。だが、ジェームズがそうなったことに衝撃を受けた。彼をそういう目で見たことがなかったからだ。

テオはなぜか急に、子供のように騒いだ自分が恥ずかしくなった。

3

八時間後

「テオドラ、準備はできたの?」ミセス・サックスビーが娘の部屋に飛びこんできた。

愛する母を見るたびに、テオはダチョウを連想してしまう。長い首と、せわしなく動く二本の脚のせいだ。

燦然と輝くダイヤモンドのおかげで、今日はとくに首が目立った。

「どう? おかしくない?」ミセス・サックスビーが尋ねた。

「クリスマス時期のセント・ポール大聖堂みたい」テオは母の頬にキスをした。「きらきらしていてすてきよ。星くずをネックレスにしたみたいね」

ミセス・サックスビーの頬がほんのりとピンク色に染まった。「ダイヤモンドのつけすぎだって言いたいんでしょう。でも、伯爵夫人の舞踏会は年に一度しかないんですもの。最高に着飾らないと」

「最高のダイヤモンドでね」テオは賛成した。

「そういうあなたはどうなの?」ミセス・サックスビーは一歩さがった。「そのドレス、とてもかわいいわ」

「かわいいドレスなんて着たくない」そんなことを言っても無駄だと承知のうえで、テオは意見した。「わたしは〝かわいい〟ってたぐいの女じゃないもの」

「あら、そんなことはないわ」ミセス・サックスビーが真顔で言う。「ロンドンでいちばんの美人よ」

「そういうのを親ばかって言うのよ」

テオは母の抱擁を受けた。香水の香りに包まれる。

「親ばかなものですか」

「昨日の夜なんてふたりの女の子が、わたしはどう見ても男だって言っていたわ」そのときのことを思いだすと、舌先で虫歯にふれたときのようないやな気持ちになった。「お母様もいいかげん現実を見てちょうだい」

ミセス・サックスビーは険しい顔をした。「おかしなことを言わないの。誰もあなたを男だなんて思わないわ。その女の子たちはジュヌヴィエーヴ・ヘプラーと同じで目が悪いのよ。母親が眼鏡をかけさせないものだから、あの子ったら昨日、わたしに正面からぶつかってきたのよ」

「わたしが男みたいなのは事実よ」テオは言い返した。賛成してもらえると思っていたわけではないが、母の反応は予想どおりだった。「ともかく、ジェームズに協力してもらって、愛しのジェフリーの気を引く計画を立てたの」

ミセス・サックスビーは娘とちがって、ジェフリー・トレヴェリアンを理想的な結婚相手と見なしてはいなかった。社交シーズンが始まって三週間、テオのように離れた場所から、時間をかけて観察したわけではないので、無理もないのかもしれない。観察するのが離れた場所になるのはどうしてかというと、テオもジェフリーとほとんど口をきいたことがないからだ。

「ジェームズがわたしに求愛するふりをしてくれるのよ」テオは鏡に向きなおり、侍女がたっぷり一時間かけて作りあげた巻き髪を引っぱった。

ミセス・サックスビーの口がレディらしからぬ形に開く。「なんですって？」

「ふりよ。わかるでしょう？　お芝居。わたしに言い寄るふりをしてくれるの。公爵様に、妻を探す時期だと言われたんですって。でも、ジェームズはまだ結婚したくないの。お母様も知ってのとおり、彼ったら舞踏会に顔も出さないでしょう。だけど、わたしを連れて舞踏会へ行けば、公爵様を納得させられるだけでなく、みんなの注目を集められるわ。ジェームズはそういう催しに参加したためしがないんだもの。ということは、連れのわたしにも気づいてもらえるってわけ」

「それはそうでしょうね」ミセス・サックスビーが言った。

「そうしたら、ジェフリーの注意を引くこともできる」声に出してみると、考えていたよりもばかばかしく聞こえた。ジェフリー・トレヴェリアンのような男性は、馬面の娘がちょっと気のきいたことを言ったくらいでは、気にも留めないかもしれない。

ところがミセス・サックスビーはとくに反対もせず、目を細めて鋭く尋ねた。

「これは誰の考えなの？」

「わたしよ。ジェームズは気が進まないみたいだけど、わたしが拒む隙を与えなかったの。それに公爵様の目をごまかすにも最適だし。ジェームズに結婚は早すぎると思わない？　まだ二〇歳にもなっていないんだもの」

「それについてはなんとも言えないわ。精神年齢でいえば、あの子のほうが父親よりひとまわり成熟していますからね。それに怒りっぽいアシュブルック公爵のことだから、いつ卒中で倒れるかわかりないし。公爵家の地所を維持するにはかなり財産のある娘と結婚しなければならないみたいよ。それで公爵は息子の結婚を急いでいるんじゃないかしら」

「お母様ったら、わたしにはいつも口を慎めと注意するくせに。反省するべきは自分のほうじゃない。ところで、この真珠はつけなきゃだめなの？　真珠ってぜんぜん好きになれないんだけど」

「若い娘には真珠と決まっているのよ。なにをしているの？」

テオは書き物机から顔をあげた。「ルールを書いているの。自由におしゃれができるようになったときのために」

「真珠について？」

「ええ。最近、新たにふたつのルールを加えたのよ。ひとつは〝真珠は豚がつけるもの〟」

「豚と、社交界デビューしたばかりの若い娘ね」ミセス・サックスビーがつけ加える。「もうひとつは?」

「お母様は気に入らないと思うけど、〝イートン産は考慮に値する〟よ」

「気に入らないわけじゃないわ。教育より爵位のほうが大事だとは思うけれど。だいたい、イートンだけが学校ではないのよ」

「お母様! このルールは夫候補とは関係ないわ。自分らしく装う機会ができたら、つまり既婚婦人になったら従うべきファッションのルールを書きためているだけ。イートン校のモーニングコートはとてもすてきだわ。コートの中身はどうでもいいの。自分のものじゃない限りは」

「男子学生のような格好をした娘を見るまで長生きしないことを祈るわ」ミセス・サックスビーは大げさに肩をすくめた。「想像するのもごめんよ」

「ジェームズがクリケットチームに入ったとき、キャプテンにあこがれていたのを覚えているでしょう? それで、制服みたいなドレスがあったらすてきだなと思ったの。具体的なデザインはまだ考えていないけど、少なくともわたしの男っぽい顔立ちには似合うわ」

「いいこと」ミセス・サックスビーは鏡から娘へ向きなおった。「今度おつむの軽いちび娘にばかにされたら、手をのばしておばあ様の真珠にふれなさい。あなたはその真珠を嫌うけれど、社交界にいる多くの娘たちの持参金と同じくらいの価値があるのよ。財産は大いなる魅力のひとつですからね」

「ジェフリーに近づくことができたら、真珠に気づいてもらえるよう努力するわ。手品師みたいに口からネックレスを出したら完璧ね」テオは母の背後にまわって抱きしめた。「どうしてわたしはお母様みたいにきれいじゃないのかしら」

「あなたは――」

テオは母の言葉をさえぎった。「鼻は長いし、顎も突きでていて、どこもかしこもごつごつしているわ。フリルのついた白いドレスを着ると、泡立ったミルクが入った手桶みたいに見えるのよ」

ミセス・サックスビーは鏡越しにほほえんだ。「ロンドンに住む一七歳の娘で、色のついたドレスを着たがるのはあなただけじゃないのよ。じきに好きな服を着られるようになるから我慢しなさい」

「レディ・ジェフリー・トレヴェリアンになれたらね」テオはくすくす笑った。

4

デヴォンシャー・ハウス
デヴォンシャー伯爵夫人の舞踏会

デヴォンシャー・ハウスの前にアシュブルック公爵家の馬車がとまり、テオは母親に続いて馬車をおりた。そのあとに出てきたのはいかにも憂鬱そうな顔をしたジェームズだ。三人は名前を呼ばれてから充分すぎるほど間を置いて舞踏室に入ったが、社交界でいちばんお目にかかりにくい夫候補にエスコートされているにもかかわらず、テオはほとんど注目されなかった。ジェームズがあまりに長いあいだ社交界を避けていたので、まさか彼が現れるとは誰も期待していなかったのだ。

「ひどい混雑だこと」舞踏室を見渡したミセス・サックスビーが非難がましく言った。「どうやら伯爵夫人は招待客の選別を怠ったみたいね。わたしは二階へ行って、カードゲームでもしているわ」

それこそテオが望んでいた展開だ。「わたしはジェームズと一緒だから安心して。ジェームズだってそんなに長居はしたくないでしょうし、早めに引きあげるわ」

ジェームズがせわしなくクラヴァットを引っぱって言った。「ここは地獄のように暑いな。三〇分が限界だ」

ミセス・サックスビーは人でごった返す舞踏室にもう一度目をやってから、二階の談話室へ向かった。そこで友人たちと夜通しカードゲームをするのだ。

「一度、ここを抜けるわよ」母の姿が見えなくなったとたん、テオは早口で言った。

「なんだって？」

テオはジェームズの問いかけを無視して彼の腕をつかみ、玄関広間へ連れていった。

「ちょっと身なりを整えたいの」そのまま廊下を進み、最初に目についた部屋に入る。そこは感じよく整えられた居間で、ありがたいことにマントルピースの上に鏡があった。テオはまず、真珠のネックレスを外してジェームズのポケットに入れた。

「そんなものを入れたら、上着の形が崩れるじゃないか」

「上着の形なんて気にもしていないくせに。母が言うには、そこらの娘の持参金よりも価値がある真珠らしいから、なくさないように気をつけてね」

ジェームズはしかめっ面をしたものの、それ以上は文句を言わなかった。テオは続いて、襟を縁取るピンク色のひだ飾りを強く引っぱった。あらかじめ縫い目をゆるめておいたので、ひだ飾りは造作なく外れた。

「いったいなにをしようというんだ？」ジェームズが緊迫した声で尋ねた。「それじゃあ胸元が開きすぎだ。なにも……なにも覆うものがないじゃないか」

「あら、もっと大胆なドレスを着ている人もいるわ。しかもその人たちはわたしとちがって、ガチョウの卵みたいに大きな胸をしているのよ。わたしの胸なんてかわいいものよ」

「大きさの問題じゃない」ジェームズの声にはかすかに賞賛の響きがあった。

テオは視線をあげた。「たかが胸よ、ジェームズ」

ジェームズは眉間にしわを寄せ、一歩さがって咳払いをした。

「たしかに胸の形には自信があるけど」テオは意味ありげに笑った。「数少ない、自慢できる資質のひとつね」彼女は左手首についていたピンク色のひだを勢いよく引いた。左が外れると、次は右だ。さらに入念に整えられた巻き毛からピンを抜き、髪が肩に流れ落ちるに任せる。そして手提げ袋《レティキュール》からレースのリボンをとりだし、髪をうしろになでつけてリボンでまとめ、頭のてっぺんにピンで固定した。簡単な結い方ではあるが、深紅のレースが髪の色を引きたてている。

「さっきまでとは別人だ」ジェームズは鏡に映るテオを見て目を細めた。

「だいぶましになったわ」その日の午後、髪を留める方法を五回も練習したテオは、自信に満ちた声で答えた。「彼は気に入ると思う？」

ジェームズはまたしてもテオの胸元を見つめていた。「彼って？」

「もちろんジェフリーよ。お願いだから話についてきて」テオは鏡のなかの自分をちらりと見た。ピンク色のひだ飾りがなくなったことで、ドレスに大人っぽさが加わった。おまけにジェームズに自慢したとおり、胸の形は悪くない。

「そうだ、忘れていたわ」テオはレティキュールのなかに手を突っこんで、祖母のものだったブローチをとりだした。金のバラをかたどった重厚なブローチで、花の下にガーネットがぶらさがっていて真珠よりもずっと派手だ。

「それをどうするつもりだ？　そういうドレスには合わないと思うが」

「そういうドレスって？」

「薄い布でできたドレスだよ。ほとんど透けているじゃないか」

「綿モスリンを薄いシルクで覆っているの」テオは答えた。「シルクには渦巻き模様の刺繍が施してあるのよ。すてきでしょう？」

ジェームズはドレスに顔を近づけた。「母上は、きみがシュミーズを着ていないのを知っているのか？」

「失礼ね。ちゃんと着ているわ！」テオはごまかした。本当は胸のすぐ下までたくしあげて、ハイウエストの切り替え部分に押しこんである。「それに、わたしがどんな下着をつけていようと、あなたには関係ないでしょう」

「脚の線が丸見えとなれば関係ある」ジェームズは渋い顔をした。「きみの母上が気に入るとは思えないな」

「あなたは気に入った？　わかっているでしょうけど、わたしがききたいのは男性としてのあなたの意見よ」

「はしたないことを！」ジェームズは文句を言いながらも、スカートに目をやった。テオがポーズをとると、シルクとモスリンを通して、脚の線がかすかに透けて見える。重要なのは、かすかに透けているということだ。

「なんというか、変な感じだ」ジェームズは率直に答えた。「胸のすぐ下にぶらさがっている宝石もね。わざとそこに視線を集めようとしているふうに見える」

「そのとおりだもの」テオは満足そうに言った。ガーネットは髪を結んだリボンと同系色で、統一感がある。なんといってもこれで、胸の谷間を見逃した男性が、もう一度そこに視線を戻す理由ができた。

舞踏会の招待客にジェームズ以上のハンサムはいないのだから、その隣にいる自分もいつもよりは目立つはずだ。テオはジェームズの腕に手をかけた。「さあ、準備ができたわ」

「母上に殺されるぞ。きみが殺されなきゃ、ぼくが殺される」ジェームズが暗い声で言った。

「さっきはいやらしい目で見ていたくせに」

「見ていない！」ジェームズはむきになって言い返した。

「見ていたわ」テオも負けてはいない。「あなたが見るくらいだから、ほかの男性も見るでしょうね。さあ、舞踏室へ戻りましょう。ジェフリーに会う準備ができたわ」

「彼、いた？」しばらくしたあと、レディ・バウワーに向かってにこやかにうなずきながら、テオは小声で尋ねた。レディ・バウワーは公の場にめったに出てこないジェームズに興味津々だ。適齢期の娘が三人もいるのだから無理もない。

「誰が？」ジェームズが気の抜けた声で尋ね返した。またしてもクラヴァットを引っぱっている。「窒息しそうだよ。やっぱり三〇分ももちそうにない」

「ジェフリーよ！」テオはジェームズの腕をつねった。「覚えているでしょう。そのために来たんじゃないの。わたしを彼に紹介してくれなきゃ」

ジェームズはしかめっ面でテオを見おろした。「すでに知り合いだと思っていたけれどね」

「ジェフリーは一度もわたしに注目してくれたことがないの」テオは辛抱強く答えた。「そう言ったじゃない！」

ジェームズが鼻を鳴らす。「そうだった。持参金の話を持ちだして、きみのほうが――」

「声を落として！」テオはまたしてもジェームズの腕をつねった。それもジェームズが顔をしかめるほど強く。「頼りにしているんだから、恥をかかせないでよね」

「そんなことはしない」

ジェームズはなにかにとりつかれたような目をしている。

「ここだってそれほど悪くないでしょう？」彼の表情に驚いて、テオは尋ねた。「舞踏会が好きじゃないのは知っているわ。ジェフリーのところへ連れていってくれさえすれば、すぐに帰るから」

ふたりはいったん足をとめ、飲み物が並んだテーブルへ向かう一団をやり過ごした。

「きみはまちがいを犯そうとしている」

「ジェフリーのこと?」

ジェームズがうなずく。「イートン校に在学中、ぼくはトレヴェリアンと同部屋だった。あんな経験は二度と繰り返したくないし、きみにも味わってほしくない」

「いやだわ。結婚したら、男女はまちがいを犯してもよくなるのよ」テオはジェフリーと向かい合わせで朝食をとる自分の姿を思い浮かべた。賢いジェフリーとなら知的な会話を楽しめるだろう。

「結婚なんてなおさら悪い」目の前の一団が通り過ぎたので、ふたりは舞踏室の奥へと進んだ。「少なくともぼくは、どうしても我慢ならないときはやつをぶん殴ることができた」

「わたしの結婚生活を心配してくれなくていいわ。ジェフリーの姿が見えないかどうかだけ注意して。わたしはあなたみたいに、みんなの頭の上を見まわすことはできないもの」

「わかったよ。トレヴェリアンを見つけた」ジェームズは空いている場所へテオを誘導し、獲物の方角をさりげなく示した。「クラリベルと一緒だ」

「またあの娘なの!」テオはうめいた。

「彼女は美人だからな」

「だったら、あなたが誘惑してよ」テオは顔を輝かせた。「そうよ、あの人と結婚するのも悪くないかもしれない」

「クラリベルは気がきかないとか言っていたくせに?」控えめとは言えない声で、ジェームズが指摘する。

「そりゃあ、あのときは……」ジェフリーに目を留めたテオは、緊張してジェームズの腕をつかんだ。

ジェフリー・トレヴェリアンは、ローマ皇帝ティトゥスのような髪型で、いつも上品でさりげない服装をしている。テオがなにより気に入っているのは彼の顔だ。細面で、目の端がわずかにつりあがり、高慢な雰囲気がある。いかにもケンブリッジ大学卒、それも哲学と歴史の両方で首席という印象だった。

テオにしてみれば理想的だ。ジェフリーがエスコートしてくれれば、自分の容姿に劣等感を抱かなくてすむ。正直なところ、ジェームズと結婚する女性には同情せざるをえなかった。自分よりも美しい夫の影として一生を送るのは悲惨だ。

ジェフリーはいつもどおり、とり巻きに囲まれていた。頬骨が高く、きれいな形の唇をして、鼻筋の通った女性たちだ。おまけにみんな、いまいましいほど賢そうだった。もちろんクラリベルは除いてだけれど。

急に自信がなくなったテオは、ジェフリーのほうへ近づいていくジェームズを引きとめようとした。ちょうどそのとき、とり巻きのひとりがジェームズに気づき、女王陛下を前にした商人の妻のように目を輝かせた。

人々がジェームズに声をかける。予想どおり、ついでにテオにあいさつする者もいた。そのひとりがジェフリーだ。

「ミス・サックスビー」ジェフリーが会釈する。

テオは興奮のあまり、心臓が口から飛びだしそうになった。「ジェフリー卿」膝を折るおじぎで応える。

「あら、ミス・サックスビーじゃないの」レディ・クラリベル・セノックがさえずるような高い声で言った。「愛らしいお召し物ね。さあ、こっちへ来て。いとこのレディ・アルシア・レンウィットに紹介するわ」

「たしか以前にもお会いしたことがありますわね」アルシアは氷のような声で言ってテオのドレスを一瞥すると、すぐにジェームズに関心を移し、とっておきの笑みを浮かべて彼に手を差しだした。そばで見ていたテオは、優良な夫候補を見つけた若い娘ほど貪欲な生き物はいないことを痛感した。まるでメンドリの卵を狙うキツネだ。

「今夜は彼のエスコート？」クラリベルが小声で言った。「アイラ卿と幼なじみだなんて、幸運な人ね」

クラリベルがもっとずる賢い女だったらよかったのに、とテオは思った。そうすれば簡単に嫌いになれる。ところが実際は、ひどくぼうっとした性格をしている。

「ジェームズはわたしにとって、とても大事な人なの」テオは思わせぶりに言った。

そのとき、ジェフリーが退位させられたイメレティの王について冗談を飛ばし、みんながどっと笑った。くだんの王は二週間前からイングランド宮廷を訪れている。テオはなるべく気のきいた返事をしようと、ジェフリーのほうを向いた。ジェームズは人々の中心に立ち、すっかりくつろいだ表情をしている。ジェームズに腹を立てるのは簡単だ。ぼうっとしているだけで、どこへ行ってもちやほやされる。気のきいたことなど言う必要もない。

「イメレティ妃殿下は……」ジェフリーが口を開いた。「思慮深く、肝が据わっていて、清廉潔白な方だとか」

「あら、そういうふうに見える人ほど」テオは勇気がなえる前に言った。「ふたを開ければびっくりで、髪の毛の数と同じくらい罪を犯しているものですわ」

「ほう？」ジェフリーが間のびした声で切り返した。「どうしてそう思うのか、詳しく聞かせてほしいな、ミス・サックスビー」

みんなに注目されて緊張しつつも、テオは平静を装って答えた。「強欲は七つの大罪のひとつですから。噂によると妃殿下は、銀の浴槽で入浴なさるとか」彼女は扇をひらめかせた。

「おまけに寝つきが悪いときは、専用の楽師に四重奏を演奏させると聞きました。だいいち、妃殿下に恋人がいらっしゃることは、みなさんご存じでしょう？　グレベルト男爵……口ひげがだらりと垂れた、髪がもじゃもじゃの方よ。まるで飼育員に化けたライオンみたいな」

クラリベルが神経質な笑い声をあげた。ジェフリーは片方の眉をあげ、テオを見てにやりとした。

「きみなら妃殿下をどう描写する？」

「スカートをはいたフォックステリアといったところかしら」テオは言った。

ジェフリーがのけぞって笑い、ほかの男たちも同調した。ジェームズ以外は。ジェームズは顔をしかめている。他人の悪口が嫌いなのだ。

「まったく油断のならない人だ」ジェフリーの目に親しみと賞賛の色が浮かんだ。

「そのとおりだ。気をつけたほうがいい」ジェームズが口を挟む。

「アイラ卿、あなたは誰よりミス・サックスビーのことをよく知っていらっしゃるでしょう」クラリベルが娘らしい、甲高い声で割りこんだ。「気をつけたほうがいいだなんて、悪い冗談ですわ」

状況判断が苦手なクラリベルは、ジェームズの発言を文字どおりに解釈したらしい。

「テオの舌は、割れたガラスのように鋭い」ジェームズは言った。

「あら、いつもってわけじゃないわ」テオは扇越しにジェフリーにほほえみかけた。

「マリー・アントワネットが羊飼いの娘のふりをしても無駄だ」ジェームズは言い返した。

「それにしてもここは暑いな」またしてもクラヴァットを引っぱり、ついにほどいてしまった。

「慣れない場所に長居はしないほうがいいんじゃないのか、アイラ」ジェフリーが言った。

「だらしない格好だな。学生時代を思いだすよ。それに引き換え、ミス・サックスビーはすばらしいブローチを身につけている」

ジェフリーがテオの胸の谷間から視線をあげた。ふたりの視線がぶつかって、一瞬からみ合った。

「祖母からもらったものなんです」テオはつぶやいた。

「その祖母のおかげで、今やテオは莫大な遺産の相続人だ」ジェームズはいかにも投げやりに言った。「さて、そろそろ失礼しようか、ダーリン」

ジェフリーは眉をあげ、一歩さがった。

「でも、まだ帰りたくないわ、ジェームズ」テオはそう言って、ジェフリーに笑いかけた。横目でジェームズをうかがうと、今にも怒りを爆発させそうな形相をしている。今夜はこれくらいにしておいたほうがよさそうだ。

明日も、その次の夜もあるのだから。

すっかり気が大きくなったテオは、クラリベルとアルシアに向かっておじぎをして、ジェームズとともにその場を離れた。

ジェームズは怒れるギリシャ神のごとく、大股で舞踏室を横切っていく。ジェフリーと話ができたことに浮かれていたテオは文句も言わず、ジェームズの横を足早についていった。

5

「とてつもなくうまくいったわ」帰りの馬車に乗りこんですぐ、テオは言った。

「そうは思わないね」ジェームズがつっけんどんに答える。

「どうして？　ジェフリーはわたしに見とれていたじゃないの」

「きみのおっぱいに見とれていたんだ」

「おっぱい？　おっぱいですって？　ジェームズ、まじめな話、わたしの前でそういう俗語を使っちゃだめよ」テオははずんだ声で言い返した。「おっぱいね。悪くないわ」

ジェームズは怖い顔で身をのりだした。

「ふざけるのはよせ。トレヴェリアンの気を引こうとしているのが丸わかりだったぞ」

「意図してやったんですもの」

「いいか、愛しのトレヴェリアンはきみ向きじゃない。ぜんぜんだめだ」

「どうして？」

「あいつの毒舌はきみ以上だからだよ。ぼくもよくからかわれた。あいつにとってはたんなる暇つぶしなんだ。下手に耳を貸そうものなら、徹底的に不愉快な気分にさせられる」

テオは声をあげて笑った。「あなたが？」

「耳を貸せば、の話だ。きみはぼくとはちがう。やつに近づいたらずたずたにされるぞ」

「ジェフリーはわたしを愛するようになるわ」テオは反論した。「友人のことはけなしても、愛するわたしの悪口は言わないわよ」

「トレヴェリアンに例外はない。自分の母親を冗談の種にしたこともあるくらいだ。あいつが人の悪口を言わないのは女の格好をしているときくらいだ」

「なんですって？」

「聞こえただろう？」ジェームズは訳知り顔で背もたれに寄りかかった。「ぼくはきみとちがって、やつをよく知っている」

「つまり、彼は男性が好きだってこと？」

「きみって人は！　なんてことを言うんだ」ジェームズが嘆いた。「そういう意味じゃない。やつは変人だと言っているんだ。ひどく変わっている。きみには似つかわしくない。あいつとの結婚は許さない」

「許さないですって？　なんの権利があってそんなことを言うの？　言っておくけど、わたしが誰と結婚しようが、あなたにはなんの関係もないことよ。これっぽっちもね！」

ジェームズは目を細めた。「それはどうかな」

「どうもこうもないでしょう。ジェフリーと結婚したいと思ったら、わたしは結婚するわ」

「シルクのストッキングを夫と共有したいのか？」

テオは息をのんだ。「ひどいわ！　ジェフリーに謝りなさいよ。どうしてそこまで悪く言うの？」

「事実だからだよ。ぼくはあいつと一緒に住んだことがある。いつもいらいらして、五分ごとに誰かに噛みつくようなやつだ。静かになるのは、あれこれ口実を作ってスカートをはいたときだけだよ。だが、きみのほうがやつをよく知っているというなら、好きにすればいい」

「知っているわ。そりゃあ学生時代にはくだらない遊びをしたかもしれないけど、ジェフリーも成長したはずよ。あなたはそうじゃないみたいだけど」

「そのとおり。ぜんぶぼくが悪いんだ」

「あら、そうは言っていないわ。でも、男性については、わたしのほうがよくわかっていると思うの。結局のところ、あなたはいまだにジェフリーを子供扱いしているんだわ。わたしは女性の視点で彼を見ているの」

ジェームズはテオをにらみつけた。「くだらない」

「もう一回だけエスコートしてくれたら……」テオは甘えるように言った。「明日の夜に開かれる、ウェールズ公主催の音楽会に連れていってくれたら、あとは迷惑をかけないわ。今日はわたしの存在を印象づけられたもの。それで充分よ」

「なにが充分なんだ？　真実の愛が芽生えるとでもいうのか？」

「そうかもしれないわね」片方だけ口角をあげたジェフリーの顔を思いだす。「たぶん」

「真実の愛で頭を強打されたって、きみは目を覚ましそうもない」ジェームズは腕組みをした。

「そういうあなただって人のことは言えないでしょう。ベラに真実の愛を感じているなんて言わせないわよ。そうじゃないことははっきりしているんだから。彼女がオックスフォード・ストリートで見せびらかしている巨大なおっぱいにのぼせあがっているだけじゃない」

「こら！」ジェームズがぎょっとする。「レディがそんな言葉を使うな」

「おっぱい！」テオはわざと繰り返した。ジェームズに向かって舌を突きだしてやりたかった。もう一七歳だ……レディは人前で舌を出したりしない。「あなたがベラになにを求めているのかはわかっている。そして、それは愛じゃないわ」言いたいことを言ってしまうとすっきりした。

「ベラの胸は関係ない」ジェームズが言い返す。

テオは声をあげて笑った。「だったら、顔が問題なの？　そうは思えないわね」

「もうたくさんだ！」

「あなた以外の誰にこんな話ができると思う？」テオは座席の隅に身を落ち着けた。

「ぼくを頼らないでくれ」

「今さら手遅れよ。あなたは兄にいちばん近い存在だもの」テオは眠くなってきた。「家に着いたら起こしてくれる？」

ジェームズは身を硬くしてテオを見つめた。薄暗いランタンの明かりのなかでも、腿の形がはっきりとわかる。おっぱい……いや、胸の形も。

トレヴェリアンも見たに決まっている。ジェームズはあの男の胸ぐらをつかんで、いやらしい目で見るなと怒鳴りつけたい気持ちと闘っていたのだ。

テオとトレヴェリアンの結婚はぜったいに認められない。

たとえ……自分が彼女と結婚する以外に防ぐ手立てがないとしても。

6

翌日の夜
カールトン・ハウス
ウェールズ公の屋敷

ジェームズは、ウェールズ公が個人的に主催した音楽会にテオをエスコートしてくれなかった。夕食会が始まる間際になってようやく姿を現した彼を、テオはにらみつけた。

「どこへ行っていたのよ？　何時間も前に来ていなければならないのに」彼女は広間の客から離れたところへジェームズを誘導した。「クラリベルが漆喰みたいにジェフリーにくっついているのよ。あれじゃあ、ジェフリーは息をつく暇もないわ。当然、わたしが同じ部屋にいることにも気づけないでしょうね」

「だからこうしてわざわざ来てやったじゃないか」

テオは改めてジェームズを見た。襟部分が深緑のベルベットになった藍色の上着は、摂政皇太子が主催する音楽会にふさわしい。しかし、その表情はどこか……。

「あなたったら酔っているのね！」思わず噴きだしそうになった。「酔っ払っているところを見るのは初めてだわ。吐きそうなの？　ひと晩じゅう、そうやってゆらゆらしているつもり？　添え木をなくしたタチアオイみたい」

「揺れてなんかいない」ジェームズが言い返す。

「そう言いながらも揺れているくせに。ああ、もう、見てよ！」テオはクラリベルを顔で示した。くだんの女性はジェフリーの腕にしなだれかかっている。「すっかり夫婦気取りじゃない。もしくは誰かさんと同じく、クラリベルも酔っ払ったんだわ。ところで、ひょっとして今日の午後、〈ホワイツ〉でわたしの持参金についてジェフリーに話してくれたなんてことはないわよね？」

「おもしろい冗談だな」ジェームズが答えた。「そもそもトレヴェリアンは〈ホワイツ〉に来なかったし、ぼくの馬車には……待てよ……やつはここでクラリベルを誘惑していたんだったかな。まったく、言葉も交わしていないのに、どうやってきみの持参金の話をしろというんだ。だいいち、持参金のことなら昨日話したじゃないか。あれで充分だ」

「誘惑しているのはジェフリーじゃないわ。クラリベルのほうよ。まあいいわ。酔っ払いが話したところで、うまくいくはずないもの」

「なにが〝まあいい〟だって？」ジェームズは眉間にしわを寄せた。

彼を見あげたテオは、胸がしめつけられるほどの愛おしさを覚えた。「大好きよ、ジェームズ。知っているでしょう？」

「兄みたいに、なんて言うなよ。ぼくは兄じゃない。肝に銘じておくんだな。そう、ぼくたちふたりともが胸に刻んでおくべきだ。つまり、兄妹じゃないってことをね。たしかに兄妹みたいな気分になることはある。ときどき」

「ほら、腕につかまって」テオは言った。「皇太子のお屋敷で、切り倒したばかりの木みたいに倒れこんだら、酔いがさめたあとでひどく恥ずかしい思いをするわよ」

「壁際へ行こう」ジェームズは明らかに酔っていた。「寄りかかってしばらく休みたい。話をしているふりをしてくれないか。ちょっとばかりブランデーを飲みすぎたかもしれない。父は来ているのか？」

「もちろんよ。あなたが時間になっても現れないので怒っていらしたわ。まだ顔を合わせていなくて幸運よ」

ふたりがいるのはカールトン・ハウスの広間の隅だった。客の大半は部屋の反対側に並べられた椅子に座って、御前演奏に聞きほれている。こちらに気づいた者はいないようだ。

「あそこの男がうるさく鍵盤をたたくから、頭ががんがんする」ジェームズが大声で言った。

「昔のきみを思いだすよ。きみの母上が、娘には音楽の才能があるかもしれないと信じていたころを」

「そんなことを言ってはだめよ。あれはヨハン・バプティスト・クラーマーなのよ」テオはそう言ったあとで、ジェームズが大人気のピアニストを知らないことに気づいた。彼は音楽の夕べに参加すること自体もまれなら、たまに参加しても最後まで席についていたことなど一度もないのだ。

このままではとんでもない醜態をさらしかねない。テオはジェームズの手をとって、広間の隅に置いてある大きな中国製のついたての裏へ移動した。ハスの花が彫られたついたてに隠れていれば、うしろをふり返った客がいたとしても、酔っ払って床にのびたジェームズの姿を見られずにすむ。テオは壁に寄りかかり、ジェームズの袖を引っぱった。

ジェームズがゆらゆらと揺れながら壁に両手を突く。その腕で囲われる形になったテオは、上等なブランデーと外気のにおい、そしてかすかな石鹸の香りを吸いこんだ。

「じきに酔いはさめるから、ちょっと待ってくれ」ジェームズがつぶやいた。「なんだ？妙な顔をして」

「あなたって、いいにおいがするのね」

「そうかい？」ジェームズは彼女の発言に戸惑った様子だった。数秒前よりは揺れがおさまってきたようだ。

「お茶でも飲んだほうがいいんじゃない？」テオは提案した。寝室にふたりきりでいたのは、本当につい昨日のことだったのかしら。ジェームズに対してなぜか、いつものように気安く接することができない。この人はどうしてこんなにハンサムなのだろう。父親の優美さを余さず受け継いだばかりでなく、顎はがっしりとして男らしく、酔っていても鋭い目をしている。そう思ったとき、ジェームズが覆いかぶさってきた。

「立っていられなくなったの？」テオは驚いて尋ねた。

しかし、そうではなかった。

ジェームズは予想外の行動に出た。テオにキスをしたのだ。唇と唇が重なる。なんてやわらかいの！　テオはぼんやりと考えた。実際は、そんなことに感心している場合ではなかった。なんといっても彼女にとって初めてのキスだ。ともかく想像していたのとはまったくちがった。

テオの考えていたキスは唇と唇を軽くふれ合わせる程度の行為だったが、ジェームズのキスはそんなものではなかった。あたたかな舌が押し入ってくる。ジェームズとキスをしていると思うと奇妙な感じもしたし、こういうことをするなら相手は彼以外に考えられない気もした。始めから終わりまで、ずっとそんな調子だった。幼なじみのジェームズと、まったく新しいジェームズ――荒々しく男っぽいジェームズが、目まぐるしく入れ替わっているかのようだ。

どうしてこんなことに？　そう思うそばから膝に力が入らなくなり、テオは彼の首に両手をまわした。

「きみもキスを返してくれ」低く迫力のある声で、ジェームズが要求する。

「どれだけ酔っているの？」テオは甲高い声で抗議した。「自分がなにをしているかわかっている？」

「きみはぼくのデイジーだ」ジェームズはテオを見おろした。その声は不安定で、息づかいは乱れていた。

彼の瞳にはこれまで見たことのない感情が宿っていた。テオの全身に震えが走る。彼女が口を開きかけたとき、ふたたびジェームズの顔が接近してきて、キスに応えるよう無言で迫った。

ところがテオは、どうすればいいかさっぱりわからなかった。それでもなんとかしてジェームズの求めに応じたかった。思いきって舌先で彼の舌にふれてみる。さぞかし気持ち悪いだろうと思いきや、それは意外にも……。

大笑いしてすべてを冗談にするか、ジェームズを押しのけるか、助けを呼ぶかするべきだとはわかっていた。母親が、そしてウェールズ公がついたてを隔ててほんの数メートルしか離れていないところにいるのだから。

平手打ちしてやればいい。公の場で酔っ払いの男にいきなりキスをされたら、レディはそのくらいするべきだろう。公の場でなくたって同じだ。

だが、テオはもっとジェームズのことを知りたかった。身を焦がすなめらかな炎を味わいたかった。少しでも彼に近づきたかった。

ジェームズの声が聞こえたが、もはやなにを言われているのかわからない。

目もくらむほどの陶酔感が、テオのなかに残っていたわずかな良識を焼きつくす。彼女は両手でジェームズの顔をつかんだ。わたしにもできる。やり方はどうでもいい。大事なのは相手を味わうことだ。

そう気づくと、キスは難しくなくなった。舌と舌がからみ合う。テオはジェームズの髪に指を差し入れた。自分が感じているのと同じ炎を、彼も感じているのはまちがいない。

ジェームズが不明瞭なうなり声をあげ、テオの身体にまわした手に力をこめる。彼の情熱的な反応がうれしかった。たくましい腕となまめかしい舌の動きを味わいながら、感じるなというほうが無理だ。

テオはこれまで、自分をことさら女らしいと思ったことがなかった。男っぽい外見に生まれた娘は、男っぽく育つものだ。しかし、ジェームズの腕に抱かれていると、自分の性を強く意識した。それもしとやかさや優美さではなく、奔放でみだらな部分を。

キスがやみつきになりそうだ。ジェームズがほしくて、なりふりなどかまっていられない。自分から、乳房がつぶれるほど強く身体を押しつける。するとまたしてもジェームズの喉の奥からうなり声がもれた。そして、彼がテオの唇を噛んだ。

テオは息をのんで――。

突然、闘犬同士を引きはがすかのように勢いよくうしろに引っぱられた。ふり返ったテオの目に母の姿が映った。

「ジェームズ・ライバーン！　うちの娘になにをしているの？」ミセス・サックスビーが詰問する。

テオは息を詰めてその場に立ちつくした。まるでジェームズの酔いが伝染したかのようだ。

「あなたもよ、テオドラ！」ミセス・サックスビーは娘に向きなおった。「いったいどういうつもり？　わたしの教えをひとつも聞いていなかったの？」

テオが答える前に、深みのある洗練された声が、からかうように割りこんできた。

「まあまあ、いいじゃないか、ミセス・サックスビー。どうやらあなたのお嬢さんは、今季の社交シーズンでいちばんに結婚することになりそうだ」

ジェームズの口から窒息しそうな声がもれる。テオは今一度うしろをふり返った。ウェールズ公やジェフリー・トレヴェリアンを始め、大勢の招待客がこちらを見ている。クラリベルもこのときばかりはジェフリーを見つめるのをやめ、ひどくうらやましそうな表情でテオを見ていた。

ジェームズに視線を戻すと、彼は困惑した表情を浮かべていた。テオは急に、自分の唇が腫れぼったくなっていることや、乱れた髪が肩に垂れかかっていることが気になりはじめた。今のわたしはさしずめ、二流のオペラに出てくる襲われた乙女だ。

とにかくなにか言わなくては。

「わたし……わたしたちはただ――」

ジェームズがテオの言葉をさえぎった。先ほどまでののろれつのあやしい話し方ではなかった。「ぼくはデイジーを愛しています。彼女と結婚します」

テオはぽかんと口を開けた。ジェームズはテオの母親を見据えて、ややかすれた声で言った。「あなたはほかの男と結婚させたかったのでしょうが、彼女はぼくのものです。いつだってそうでした」

テオは大きく息を吸った。ジェームズがテオに向きなおる。

「ぼくが眼炎にかかったときのことを覚えているかい？　ぼくは一二歳で、きみは一〇歳だった。きみは暗い部屋で夏じゅう、目を悪くしたぼくのために本を読んでくれた」

テオはジェームズを見あげたままうなずいた。たくさんの人が聞いているのはわかったが、そんなことはどうでもよかった。

「あのときは自分でも気づいていなかったが、きみはすでにぼくのものだったんだ」ジェームズの視線は揺るぎなかった。

「でも、わたしは社交界デビューしてまだ三週間よ」テオはつぶやいた。その言葉は静まり返った広間の床に吸いこまれた。「あなたは昨日まで、ただのひとつも社交行事に参加しなかったじゃないの」

「きみはダンスがしたいだけなんだと思っていた」ジェームズがかすれた声で答える。「真剣にとらえていなかったんだ。だが、きみが結婚するなら、相手はぼくしかいない。ほかの男のことなんて考えてほしくもない」彼はジェフリーのほうへ毒々しげな視線を投げた。ジェフリーが一歩後退する。

ジェームズはテオに視線を戻した。とたんに彼の瞳が揺らぐ。

「きみがほかの男のことを――」

「今まで、自分がなにを考えていたのかわからないわ」テオはゆっくりと言った。これでいいのだという気持ちが、あたたかな毛布のごとく身体を包みこんだ。手をのばして、ジェームズの手をとる。幼いころから知っている愛おしい人の手を。「あなたの言うとおりだわ。

あなたこそ運命の人よ」

「よろしい」ミセス・サックスビーが娘の背後できっぱりと言った。「誰が見ても、これほどロマンチックな求婚はないでしょうね。でも、今夜はもうたくさん」

テオはその場を動かなかった。幼なじみで、兄のように慕っていたジェームズは消えていた。代わりに現れたのは、生涯の伴侶となるたくましい青年だ。彼に見つめられているだけで、つま先まであたたかいものが満ちてくる。

「まだです」ジェームズが迫力のある声で言った。その目はテオに据えられている。「まだ返事をもらっていません。どうだい、デイジー？」

「……ええ」テオは高く不安定な声で答えた。普段はほかの娘がそういう声を出すのを聞いて、不快な気持ちになるのも忘れて。「ええ、あなたと結婚するわ」

「これで一件落着だな」息子の背後から、アシュブルック公爵の満足そうな声がした。「息子と被後見人が結婚するとは、なんとも都合がいい。すでに家族のようなものだからな」

ミセス・サックスビーがきびきびと答える。「まさしくそのとおりですわ」

「相思相愛となると、わたしたちが口を出す必要もなさそうだ」公爵が続けた。

父親と目を合わせたジェームズは、心臓が足元まで落ちた気がした。父の策略どおりに求婚するなんて、ぼくは頭がどうかしてしまったにちがいない。悪魔に魂を売ったようなものだ。

けれども、あんなキスは初めてだった。自分が誰かに対して、焼けつくような独占欲を抱くなど思ってもみなかった。だが、すべては横領犯である父の要求によるものだ。あのキスも……あのキスだって父に指示されたも同然じゃないか。

靴底にべったりと泥がついたかのようだ。さらに悪いのは、人生でもっとも記念すべき瞬間を、みずからの手でゆがめてしまったことだ。やましさに縛られずに純粋な気持ちであのキスをやりなおせるなら、なにを犠牲にしてもいい。

ミセス・サックスビーがジェームズから娘を引き離した。公爵はジェームズに近寄り、ぽかんとなりゆきを見守っている人々の前で、これ見よがしに息子の背中をぴしゃりとたたいた。

「息子がこんなことを考えているとは思いもしませんでした」公爵はウェールズ公に向かって言った。「やはり親というのは、最後の最後まで子供の心に気づかないものらしいですな。だが、息子よ」急にたしなめるような声を作る。「レディを人目につかない場所に連れこんでキスをするのはよろしくない。もっとちゃんとしつけたはずだ。紳士たる者、そんな方法で自分の気持ちを伝えるべきではない」

「まったくですね」ジェフリー・トレヴェリアンがおどけた様子で片手をひらひらとふった。テオが好ましく思うしぐさであり、ジェームズが吐き気を覚えるしぐさだ。「こんな一面があるとは思わなかった。きみが情熱を解するとは驚きだ」

テオがこの男と結婚したがっていたのだと思うと、嫉妬が大波のように襲ってきた。ジェームズは思わずテオをふり返ったが、彼女はすでに母親に連れていかれたあとだった。

続く数分間は悪夢のなかにいるようだった。事の次第を楽しそうに見守っているウェールズ公に向かって、ジェームズは頭をさげた。

「若さほとばしる展開だったな。いいものを見せてもらった。貴族は情熱を解さないという意見には、以前から納得できなかったのだ」ウェールズ公が右側に立っているミセス・フィッツハーバートを思わせぶりに見る。

ジェームズは顔をしかめ、そそくさと退場した。馬車に乗るなり、興奮した公爵がよくやったと連呼する。

「ここまで直球で攻めるとは思わなかった！　さすがわが息子、誇らしいぞ。あんな手は、わたしにはぜったいに思いつかなかっただろう。あの娘ときたら、アーサー王とランスロットが一体となって現れたかのようにおまえを見ていたじゃないか」

「未来の妻を二度と〝あの娘〟なんて呼ばないでください」ジェームズは語気を強めた。

「かっかするのも無理はない。動揺して当然だ。昨日まではなんのしがらみもない独身貴族で、食べごろの踊り子を腕にぶらさげて街をそぞろ歩いていたというのに、今や足かせをつけられようとしているのだからな」

ジェームズは歯ぎしりしただけで、言い返しはしなかった。

公爵はその後もしゃべりつづけ、ウェールズ公の前でテオの唇を奪ったジェームズの巧妙さを繰り返したたえた。

タウンハウスのある通りに入るころには、ジェームズの我慢も限界に達していた。父親の首に巻かれた、糊のきいたリネンの布をむんずとつかむ。「今夜のことは二度と話題にしないでもらいたい。この話は終わりです。わかりましたか」

「なにも暴力をふるうことはあるまい」公爵が言った。「親に対する適切なふるまいとは言えないぞ」

「親ではなく、横領犯に言っているんです」ジェームズは氷のような声で言った。しかしすべてを父のせいにしたところで、いちばん悪いのは自分だということもわかっていた。テオを裏切ったのはぼく自身だ。

「ふん！」アシュブルック公爵はふてくされた。「どうしてわたしの不運を掘り返すのかは理解できんが、今夜のことは二度と口にしないと約束しよう。わたしはただ、祝福したかっただけだ。父が助けを必要としたとき、おまえは即座に行動し、わたしの希望どおりにしてくれた。これは日々の無礼を埋め合わせて余りある行為だ」

公爵は座席に座りなおし、馬車がとまって扉が開くまで満面に笑みをたたえていた。

父親が馬車をおりるなり、ジェームズは身体をふたつ折りにして胃の中身を靴の上にぶちまけた。とはいえ胃袋に残っていたのは、ブランデーとやりきれない思いだけだった。

7

一八〇九年六月一四日

アイラ伯爵ジェームズ・ライバーン――未来のアシュブルック公爵と、地味な遺産相続人ミス・テオドラ・サックスビーの結婚式は、王室の結婚式さながらの注目を集めた。音楽会での不謹慎なキスが、真実の愛の物語に昇華したからだ。

一〇歳のテオが眼炎にかかったジェームズに本を読んだ話は、人から人へと語り継がれた。そうこうするうちに尾ひれがついて、結婚式の二週間前には、ロンドンの大多数の人々が、瀕死の友に本を読む少女と、その声を頼りに死の淵からはいだした少年の姿を思い描くようになった。

さらに結婚式の一週間前には、幼いミス・サックスビーが〝何人《なにびと》も戻ってはこられない闇〟（こう書いたのは『モーニング・クロニクル』紙だ）に吸いこまれかけたジェームズを生き返らせたことになっていた。

実際、ふたりの結婚式は王室と競るほど華やかだった。準備期間は数カ月しかなく、公爵家の財政も逼迫《ひっぱく》していたが、アシュブルック公爵は、跡取り息子と被後見人の結婚式に湯水のごとく金を使った。

結婚式当日、テオは金箔を施した派手な馬車に乗り、混雑したロンドンの通りをセント・ポール大聖堂へ向かった。通りの両脇は、花嫁の姿をひと目見ようと繰りだした市民であふれ返っていた。

高級紙である『タイムズ』紙からゴシップ紙まで、大聖堂の入口に記者が押しかけ、テオの馬車が近づいてくると、関係者以外の立ち入りを禁じるために設けられた柵の前で押し合いへし合いした。

〝花嫁は……〟『モーニング・クロニクル』紙の若い記者は記事に書いた。〝フランス菓子を彷彿とさせ、ウエディングドレスはシルクとサテンでできたクリームさながらだった。髪には色とりどりの花を飾り、手にブーケを持っていた〟そこでペンがとまる。ミス・サックスビーを単純に美人と形容できないのが厄介だ。

記者は迷った末に書きはじめた。〝未来の公爵夫人はそれにふさわしい容貌の持ち主で、何世代にもわたってわれらが君主を支えてきた高貴な人々に共通する威厳をかもしだしていた〟

これに対して、ゴシップ紙の記事はずっとあけすけだった。アシュブルック公爵の手を借りて馬車をおりる花嫁を見た記者は声に出して言った。

「なんてみにくい公爵夫人だ。ハクチョウに化けたら驚きだな」

本人はひとり言のつもりだったが、周囲の記者たちがどっと笑った。

その日の夕方、ゴシップ紙は〝みにくい公爵夫人！〟と大見出しをつけて号外を出した。この見出しが話題を呼び、ほかの新聞社もこぞって朝刊の見出しを差し替えることになったのである。

ハンサムな未来の公爵にうっとりしていたロンドンのレディたちは翌朝、紅茶を片手に新聞を読んで忍び笑いをもらした。また、ミス・サックスビーをダンスに誘うべきかどうか思案した経験のある紳士たちは、金に目がくらんで妥協しなかったことに胸をなでおろした。ジェームズとテオの恋物語は、たったひと晩で幻と消えた。この結婚は財産目当てにちがいない。なんといっても花嫁は〝みにくい公爵夫人〟なのだから。イングランドの人々は、新聞記事をうのみにした。

「本当に驚いちゃったわ」

結婚式の翌日、ベラは仲間の踊り子に打ち明けた。彼女のもとには数カ月前に、ジェームズから大きなエメラルドと正式な別れの手紙が届いていた。

「こんなことになると知ってたら、最初からあの人とはつき合わなかったのに。結婚相手がこれじゃあね」

ベラは愛読しているゴシップ面の挿し絵を指さした。〝みにくい公爵夫人〟の絵が載っている。肖像画というより風刺画と言うべきだろう。ボンネットの下からまばらな羽根が突きだしていた。

「ほうっておけば、そのうちあなたのもとへ戻ってくるわよ」友人のロージーが励ました。「半年待ってごらんなさいな」

ベラは自慢の巻き毛を払った。「相手が誰だろうが、半年も待ってられないわ。家の前には男が列をなして並んでるんだから」

「ともかく、公爵夫人にとっては気の毒ね」ロージーが言った。「ロンドンじゅうの新聞に〝みにくい公爵夫人〟と書きたてられたんじゃ、無視することもできやしない。だいいち、ああいう人たちって……」ロージーが言いたいのは要するに〝家柄のいい人たち〟のことだ。「一度あだ名がついたら、一生その名で呼ばれるのよ」

ベラは鏡を見ながらエメラルドのネックレスの位置を直し、クリーム色の肌とピンク色の頬を見て目を細めた。ジェームズの花嫁は自分とは正反対の種類の女だ。「あら、むしろジェームズが気の毒だわ。彼女ったら、女らしい丸みがまったくないんですって。ジェームズはわたしのアップル・ダンプリング（芯をくり抜いたリンゴに砂糖、バター、シナモンを詰めてパイ生地で包み、オーブンで焼いたもの）が大好きだったのに。この意味、わかるでしょ？」

「たしかに丸みはなかったわね」ロージーが断言する。「馬車からおりてきたときに見たのよ。全体的に洗濯ばさみって感じで、胸がぺちゃんこだったわ。チケット売り場のマギスを知ってる？　あの人ったら、彼女のことを男だって言ったのよ。みんなだまされてるんだ、この結婚はまがい物だって」

ベラは頭をふった。「少なくとも、このエメラルドはまがい物じゃないわ」

まったく同じ時刻、ロンドンの別の場所では、テオが人妻として最初の朝を迎えていた。

結婚式について覚えているのは、よく知らない人たちの笑顔と……主教の芝居がかった表情。死がふたりを分かつまで、自分が彼女のものであると誓ったジェームズの力強い声。そしてテオが〝誓います〟と答えたとき、ジェームズの唇が稲妻のような速さで弧を描いたことくらいだ。

式のあと屋敷に戻ると、侍女のアメリがレースとシルクのやぼったいウエディングドレスを脱がせて、ピンクのこれまたフリルつきの薄いネグリジェを着せてくれた。おぞましいウエディングドレスは、おとぎ話のような結婚式にふさわしい一着をと母が選び、一二人のお針子が一カ月ものあいだ、昼夜を問わずに縫いあげたものだった。

義理の父となった公爵が主寝室を明け渡してくれたので、テオは亡き公爵夫人の部屋で着替えをした。とても広い部屋で、前に使っていた寝室の三倍はあった。

ついに公爵の――今はジェームズのものとなった寝室から、夫が入ってきた。その顔はやや青ざめ、口元は険しく引き結ばれていた。

互いにかすかな緊張感を保ったまま、初夜はぎこちなく過ぎていった。ときどき閃光のようなうずきを感じたものの、長続きはしなかった。期待とちがっていたとはいえ、そもそもなにを期待していたのかも定かではない。すべてが終わったとき、ジェームズが唇ではなく眉の上にキスをした。そのときになってテオは、ぼうっとしていた自分とは対照的に、夫となった男性が終始冷静だったことに気づいた。以前、音楽会でキスをしたときの熱っぽさはみじんもなかった。

しかし、そのことについてテオがなにか言う前に、ジェームズは隣の部屋に戻ってドアを閉めてしまった。

朝まで一緒にいるはずもないことはわかっている。夫婦が同じベッドで眠るのは貧しい者たちの習慣だ。非衛生的だし、寝苦しいにちがいない。かつて家庭教師から聞いたところでは、男は朝になるとヤギのようなにおいを発するらしい。さらには寝相が悪いので、そのおぞましいにおいを発する身体に押しつぶされて目を覚ます可能性もあるということだった。考えただけでも胃がむかむかする。それが事実なら、ジェームズが自分の部屋で眠るのはいいことなのかもしれない。でも、もう少しここにいてくれてもよかったのに……。

次の瞬間、テオはあることに気づいた。ひょっとすると事がすんだあとだから、つまり、シーツにしるしをつけたあとだから部屋に戻ったのかもしれない。誰だって汚れたシーツはごめんだ。次はわたしがジェームズの部屋を訪れるようにしたらどうだろう。そうすれば、きれいなベッドで眠ることができる。

テオはにんまりした。以前は意識していなかった部分に新たな痛みがあった。幸い、夫婦の営みについては母から話を聞いていたので、覚悟はできていた。

すべては聞いていたとおりで、それ以上でもそれ以下でもなかった。ただ、夫は妻の下半身をさわるとか言っていたのに、ジェームズはさわらなかった。それに母は遠まわしに、妻も同じことをする場合があるとほのめかした。だが、ジェームズがしないのなら……。かなり長いキスのあと、ジェームズが胸をなで、のしかかってきて（そこで両脚にくすぐったいような感覚が走った）、しまいに身体のなかに入ってきた（さほど気持ちのいいものでもなかった）。そして、気づいたら終わっていた。

それでもだいたいにおいて、行為自体は不快ではなかった。とくにジェームズがしきりに唇を求めてきたところと、声をあげたところがよかった。彼の身体は炎にほうりこまれた紙のように、いっきに燃えあがった。

結局、燃えつきはしなかったみたいだけれど……。

ともかく、これでわたしは既婚女性になった。真珠のネックレスや、フリルや、白いドレスは二度と身につけなくていいわけだ。

ひどくかさばるウエディングドレスはアメリの手で丁寧にたたまれ、椅子の背にかけてあった。ベッドから出たテオはウエディングドレスに近寄り、改めてそれを眺めた。母が娘のために張りきって選んだ最後のドレス。それだけでも祝うに値する。テオは大きな笑みを浮かべてドレスをつかみ、タウンハウスの裏に広がる庭園に面した細長い窓を開けた。

ちょうどそのとき、ノックが響き、ジェームズの寝室に通じるドアが開いた。ジェームズは乗馬服を着こんでブーツを履き、手に鞭を持っていた。一方のテオはまだ素足にネグリジェ姿で、髪は背中で波打たせたままだ。

「いったいなにをしているんだ？」ジェームズはテオが抱えているウエディングドレスを顎

で示した。

「このおぞましいものを窓から捨てようと思って」

慌てて窓辺に近寄ったジェームズはぎりぎりのところで、舞い落ちるウエディングドレスを目撃した。何層にもなった布が弱い風を受けてふくらむ。

「結婚に対するきみの意見を象徴しているわけじゃないだろうな？」

「仮にそうだとしても、もう遅いわ」テオは言った。「窓から捨てようにも、あなたは重すぎて持ちあげられないもの。ねえ、あれを見てよ。まるでリキュールを使いすぎたメレンゲ菓子みたい」

四角く刈りこんだツゲの生け垣に、ウエディングドレスが華麗に着地する。

「まあ、二度と着る機会はないだろうしね」ジェームズがいつものひねくれたユーモアを発揮した。

テオはなんとなくほっとした。この……熱っぽくてそわそわする感覚が消えていつもの気安い関係に戻れるなら、結婚生活もずいぶん楽しくなるだろう。

「わたしは変わるわよ」テオはにっこりした。「今、持っているドレスはぜんぶ窓から捨てるかもしれない」

「ほう」ジェームズはさして興味がなさそうだ。

「今、着ているこれもね」テオが眉をひそめてネグリジェを見おろす。

とたんにジェームズの目が活き活きとした。「ネグリジェを脱ぐのかい？　だったら手伝うよ」

テオは笑った。「明るいところで妻の一糸まとわぬ姿を見たいの？」

ジェームズが眉間に小さなしわを寄せる。テオは思わず手をのばして、しわをのばしたくなった。

「どうかしたの？」

「なんでもない」彼の口の端がぴくりとする。

今度はテオもそこに指をあてて、嘘をついても無駄だと伝えた。それから、窓枠に寄りかかって腕組みをする。

観念したジェームズが口を開いた。「午前中、領地管理人のリードと会うんだが……ひょっとしてきみも立ち会ってくれないかと思ってね」

「もちろんいいわ。なにを話し合うの？」

「父が領地を譲ってくれた。ぼくは乗馬のあと、リードと波止場に行く。うちの船が係留されているらしい。一、二時間で戻ってこられるだろう」

「領地をぜんぶ譲ってもらったの？」テオは耳を疑った。

ジェームズがうなずく。

「いったいどうやってお義父《とう》様を丸めこんだの？」

ジェームズはかすかにほほえんだ。「きみの母上に、婚前契約書にその条件を追加してくれと頼んだんだ。母上はすっかり理解してくれた。父が無計画に金をばらまいているのをご存じだからね」

「でも、わたしにはひと言も教えてくれなかったわ。あなたも、母も」

「結婚したら、公爵家の領地をすべて引き継ぐことで父と合意したんだ。だが、父が実際に行動に移してくれるかどうかわからなかった。そこで、きみの母上の力を借りたというわけだ」

「そして、領地のことはあなたから話すようにって言ったんでしょう？」

「いいや、そういうことはなにもおっしゃらなかったよ。書類上の手続きはすんだ。これからはぼくときみで公爵領を切り盛りするんだ」

テオはぽかんと口を開けた。「わたしも？」

「そうだ。言うまでもなく、限嗣相続の縛りがあるので、土地を勝手に売却することはできない」

「わたしの名前も入れるようにと、母が言ったの？」

「いいや。実際、きみの母上は乗り気じゃなかったし、父は控えめに言っても卒倒しかけた。だが、ぼくが押しきったんだ」ジェームズは満足げな顔をした。「知ってのとおり、ぼくは数字とか書類とかに関してはまるで役立たずだ。だが、きみはちがう。これからどうするべきかを一緒に考えてほしい。これまでだって、ふたりでいろいろ計画してきたじゃないか」

テオは呆然と夫を見つめた。妻が領地の管理をするなど、聞いたこともない。未亡人でもないのに……。

「屋外の活動なら任せてくれ」テオが答えないので、ジェームズはさらに続けた。「競走用に駿馬《しゅんめ》を選ぶこともできるし、繁殖用の羊の改良だってお手のものだ。だが、書斎に座って、延々と数字を聞かされるのは……どうも苦手なんだ」

「喜んでお手伝いするわ」テオは泣きそうになった。「わたし……力を貸してくれと言われるなんて光栄よ」

「当然のことだ」ジェームズは硬い声で言った。「もう知っているだろうが、父のせいでわが一族は崩壊寸前まで傾いた。立てなおすにはきみが相続した財産が必要だ。だから、きみも管理にかかわるのが筋というものだろう」

公爵家の財政状況についてはほとんど知らなかったが、今はそれよりもジェームズが信頼を寄せてくれるのがうれしかった。「あなたみたいな考えを持つ男性がそうそういるとは思えないわ」ゆっくりと言う。「だってわたしは簿記を習ったわけでもなければ、実務の経験があるわけでもない。しかも、あなたはそれを知っているんだもの」

「今から学べばいい。父の話によると、ぼくの母も生前、領地の管理についていろいろと助言していたらしい。母だって特別な教育を受けたわけじゃない。それにぼくがついているじゃないか、デイジー。ぼくはきみと一緒にやりたいんだよ」

「わかったわ」鮮烈な喜びで胸が満たされて、テオはそれ以上なにも言えなかった。

ところが夫となった男性は、どこかばつの悪そうな顔で立ちつくしている。ジェームズはしばらくしてから、言いにくそうに切りだした。「その、昨日の夜は大丈夫だったかい？

どこか痛めたなんてことはないだろうね？」

「ジェームズ、頬がピンク色だわ！」テオは叫んだ。

「そんなことはない」

「いいかげんに嘘をつくのはやめたほうがいいわよ。すぐにばれるんだから。それで質問に対する答えだけど、大丈夫。驚くほどよかったわ。でも、ひとつだけ変えたいところがあるの」

ジェームズが警戒の表情になる。「なんだい？」

「これからは、わたしがあなたの部屋に行ってもいいかしら。あなたがわたしの部屋に来るんじゃなくて」

「ほう？」

「それと、夫婦の営みというのは、どのくらいの頻度でするものなの？」テオは好奇心のままに尋ねた。ジェームズは息をのむほどハンサムだ。実際、今この瞬間も彼にキスをしたい。だけど、もちろんしたくなったからするというものでもないだろうし、お日様の出ているうちなど論外だ。

「したいときにすればいい」ジェームズの頬は今やはっきりとバラ色に染まっていた。

テオはうれしくなり、勢いをつけて椅子に腰をおろした。「そうそう、昨日のことについて、もう少しききたい点があるの」そう言って、反対側の椅子を示す。「ちょっとそこへ座ってくれない？」

ジェームズはいかにも気が進まなそうに座った。

シルクの薄いネグリジェ姿で、男性と向かい合わせに座っているのだと思うと、なんだかみだらな気持ちになった。早朝の光が髪の上で躍っている。冴えない色の髪ではあるけれど、自然光の下がいちばんきれいに見えるのはわかっていたので、テオはわざと髪を胸の前に垂らした。

「わたしにとっては、昨日が初体験だったの」テオは確認の意味をこめて言った。

「そうだね」

「あなたはこれまで、何人の女性とベッドをともにしたの？」

ジェームズが身をこわばらせた。「充分な数だ」

「充分ってどのくらい？」

「なぜそんなことが知りたいんだ？」

「ただ知りたいのよ。妻として、知る権利があると思うわ」

「くだらない。そんなことを教える男はいないよ。そもそも、そんな質問をすることからして礼儀に反する。不適切だ」

テオは腕組みをした。そうすると、胸が大きく見えるからだ。「どうして教えてくれないの？」

「不適切だからだ」ジェームズはさっきと同じことを言って椅子から腰をあげかけた。その慌てぶりに、テオはわくわくした。もっと彼の抑制を失わせてみたい。

するとジェームズはテオの椅子の背もたれに手を突いて、上体を寄せてきた。

「どうして知りたいんだい？　昨日のぼくの対応に不満でもあったのか？」

テオは濃い青の瞳に吸いこまれそうになった。ジェームズに抱きつくか、そうでなければ声をあげて笑いたい気分だ。「不満だなんてまさか。わたしにちがいがわかるはずないじゃない」笑いを含んだ声で答える。

ジェームズの手がテオの首にかかった。「まったく厄介な人だ」親指で彼女の顎を持ちあげる。「昨日は満足したかい、デイジー？」

テオは顔をしかめて首をふり、ジェームズの手を押しのけた。「デイジーじゃなくて、テオよ」

「顔を包む長い髪がまるで花びらのようだ」ジェームズが豊かな巻き毛をつまむ。「つやつやと太陽の色に輝いているね」

「わたしはテオと呼ばれたいの」テオは食いさがった。「おかげさまで、昨日の夜はとてもよかったわ。あんな質問をした理由は、あなたについてほかの誰も知らないことを知りたかったからよ」

ジェームズは手のなかの髪をうやうやしく掲げ、テオと目を合わせた。「ぼくのことならなんでも知っているじゃないか」

「そんなことはないわ」

「デイジー」ジェームズは静かに言った。「いや、テオだな。ぼくについて知っておくべきことで、きみが知らないことはひとつもない。たとえば数字には弱いが、動物の扱いは心得ている。父のことが大嫌いだ。ぼくはすぐに癇癪を起こすし、それが父親譲りだという事実を心の底からうとましく思っている。独占欲が強くて傲慢なところもある。きみに何度も指摘されたね」

「嫌いと言いながらも、あなたはお義父様を愛しているのよ。いくら怒りを感じていても、父親ですもの。それから、やっぱりさっきの質問の答えが知りたいわ」

「教えたら、きみの髪をひと房くれるかい？」

ロマンチックな申し出を聞いて、テオの身体に震えが走った。大きく息を吸ってから、冷静に答える。「一見しただけではわからないようにしてくれるなら、切ってもいいわ」

ジェームズがポケットナイフをとりだして、彼女の背後にまわる。

「でも、ちょっとだけにしてね」テオは髪を持ちあげて背もたれの上に垂らした。「頭皮が見えたりしたら、アメリがひどく憤慨するから」

ジェームズはテオの髪を指ですき、静かに言った。「きみがふたり目だよ。そして最後の人だ」

テオは踊りだしたい気分だったが、ジェームズにとって女性経験が少ないのは自慢できることではないのかもしれないと思い、なにも言わずにおいた。顔を上へ向けて、彼の顔を見あげる。「でも、わたしの髪なんてどうするつもり？　あなたがこんな感傷的なことをするとは思わなかったわ」テオはジェームズのほうに手をのばした。「ねえ、おはようのキスはしてくれないの？　その鼻持ちならない性格に生涯耐える契約をしたわたしに、キスくらいしてくれてもいいと思うけど」

ジェームズは相変わらずどこか陰のある表情を残しつつも、そのままテオに顔を近づけ、キスをしてくれた。やさしくて甘いキスを。

「わたしとしては、もっとちがう種類のキスがいいんだけど……」テオは胸の高鳴りを感じながら言った。

「ちがう種類か」ジェームズはゆっくりと繰り返した。手にした髪の束をひとなでしてテーブルに置き、テオを椅子から立たせる。「一度だけだぞ。そうしたら、ぼくは下へおりる」

ジェームズはたっぷり時間をかけてテオの唇をむさぼった。このまま夜まで、互いを味わっていたいとでもいうように。

途中でドアが開き、侍女が甲高い声でなにか言った。ふたたびドアが閉まっても、キスは続いた。

ジェームズの唇がテオの喉へ、眉へ、耳へ移動して、ふたたび唇に戻ってくる。テオはそのうち、とりとめもないことをつぶやきはじめた。「今まで、これを知らないでいたなんて……あなたが気づいてくれなかったら、どうなっていたのかしら……ジェフリーを魅了するのに成功していたら……どうなっていたと思う？」

ジェームズが唐突に唇を離したので、テオは夢中で彼にしがみついた。ネコのようにジェームズの身体に爪を立てたかった。テオの口から、すすり泣きがもれる。

しかし、ジェームズは断固として身を引きはがし、ご丁寧にもふたりのあいだに椅子を置いた。

「ジェームズ……」テオの声は欲望にかすれていた。

「だめだ」ジェームズが苦しげな声で言う。複雑な表情だ。目には怒りと苦悩が見てとれた。

「いったいなにに気をとられているの？」テオはようやく、ジェームズの苦しみが本物であることに気づいた。たんに虫の居所が悪いというだけではない。

「なんでもない」ジェームズがうそぶく。「リードとの約束がある。ぼくまで父と同じだと思われたくない。父はときどき、彼を呼びつけておきながら何日も待たせることがあったんだ」

「約束は大事ね」テオは答えた。「でも、わたしはあなたを知っている。なにか悩んでいることがあるでしょう？　お願いだから教えて。なんなの？」

だが、ジェームズはすでに書斎を出たあとで、テオの言葉は閉じられたドアにむなしく跳ね返った。

8

豪華なウエディングドレスの上にイエスズメが二羽とまっているのを発見したとき、アメリはうろたえて悲鳴をあげた。そして今、同じくらい途方に暮れた表情で、ドレスを次から次へとベッドの上にほうる女主人を眺めていた。

手持ちの服でテオのお眼鏡にかなうものはほとんどなかったが、彼女は落胆したりはしなかった。

なんとか及第点をつけたドレスに着替えて、朝食をとりに階下へ向かう。ジェームズはまだ波止場から戻っておらず、ほかの人たちもいなかった。

「公爵様は？」スクランブルエッグを運んできた従僕に合図して、卵を皿にとり分けてもらいながら、テオは執事に尋ねた。

「公爵様はニューマーケットへ競馬をご観戦にお出かけになりました。明日まで戻られません」

「お母様は？」

「ミセス・サックスビーは早朝、スコットランドへ出発されました。おそらく、妹君に会いに行かれたのだと思います」

「そうだったわ！　すっかり忘れていた」テオは言った。「そのハムを二枚いただける？　ありがとう。クランブル、マダム・ル・コルビエールのところへ使いをやって、午後に行くと伝えてちょうだい。それと、新聞を読みたいわ」

「レディ・アイラ、残念ながら『モーニング・クロニクル』紙しか届いておりませんが、すぐに持ってまいります」

レディ・アイラという響きに、テオはうっとりした。これまでジェームズの爵位を意識したことはないが、彼は伯爵なのだ。遅ればせながら、レディという敬称の重みが頭にしみ渡ってくる。それから執事の発言に気づいた。

「ほかの新聞は届いていないの？　珍しいわね。誰かとりにやってもらえない？」

「たいへん申し訳ございません。ただ今、手の空いている者がおりませんので」

「じゃあ午後でいいわ。さすがに『タウン・トピックス』紙は届くでしょう？」

「確認いたします」クランブルはもごもごと答えた。

テオはジェームズから聞いた話を思い返した。義理の父となった人物が、公爵家の財産の大半を使い果たしたというのは別に意外ではなかった。公爵は賭博と投資が大好きだ。そのことについて、母はしょっちゅう皮肉を言っていた。記憶にある限りの昔から、少なくとも一日に一度以上は。

それにしても、あの公爵が手綱を息子に渡すとは驚きだ。いよいよ追いつめられたにちがいない。つまり公爵家の財政は、それほど切迫しているのだ。

朝食後、ジェームズと領地管理人が所用をすませて戻ってきたと聞いて、テオは書斎をのぞいた。なにやら重苦しい空気が漂っている。何度も頭をかきむしったのだろう、ジェームズの髪は寝起きのようにくしゃくしゃだった。領地管理人のリードも眉間にしわを寄せて身をすくめている。

「おかえりなさい」テオは部屋のなかへ入った。「ミスター・リード、わざわざ来ていただいてありがとう」

「それがこいつの仕事なんだ」ジェームズがぴしゃりと言う。「もう少しまじめにやっていたら、ここまでひどい事態にはならなかっただろう」

「お言葉ですが……」リードが反論した。「すべての決断は公爵様がなさったものですし、わたくしにそれをとめる権利はありませんでした」

「そのとおりね」テオはジェームズの隣に腰かけた。肩と肩がこすれて、瞬間的に思考がとまる。「それで、どのくらい悪いの?」

「最悪だ」ジェームズが言った。「わが家は破産寸前。売れるものは残らず売り払われ、限嗣相続で守られている土地がかろうじて残っているだけだ」

テオはジェームズの腕に手を置いた。「だとしたら、早々に領地を引き継ぐことができてよかったじゃないの。覚えている? 以前、スタッフォードシャーの領地単体で収益をあげる方法を考えたでしょう。あれを実行に移すときがやってきたのよ」

ジェームズは絶望と怒りのまじった表情でテオを見た。「あんなのは子供の絵空ごとだ。浅はかで現実離れしていて、おそらくは父の無謀な野心といい勝負だ」

今にも怒りを爆発させそうな雰囲気だ。

「ミスター・リード、公爵家に残された資産と抱えている負債について、手短に説明してくださる？」

テオの問いかけに、リードが目をしばたたいた。

「だからぼくの妻はそこらのお嬢さんとちがうと言ったじゃないか」ジェームズはリードを見てうつろな笑い声をあげた。

リードが気をとりなおして説明を始める。「スタッフォードシャーの領地は限嗣相続で守られております。このタウンハウスと、スコットランドの島も」

「島？」

「アイラ島だ」ジェームズが口を挟んだ。「もう何年も、誰も訪れていない。ただの岩の塊だよ」

「田舎の地所を担保にした負債は、ぜんぶで三万二〇〇〇ポンドになるかと」リードが言った。

「牧羊業などから得られる収益は？」

「公爵様に支払う年間の手当とほぼ同額です。また、このタウンハウスも総額で五〇〇〇ポンドの抵当に入っております」

「島には？」

「あんな島を担保に金を貸す者などいないよ」ジェームズが言った。「牧草地と小屋しかないんだから」

「公爵様は船を一隻お持ちでして、かつてはこの船で東インド諸島へ行き、香辛料を買いつけて利益をあげられました。今朝、アイラ卿とともに、通関手数料の未払いで乾ドックに入れられている〈パーシヴァル号〉を見学してまいりました」

「船には女性の名前をつけるものだと思っていたわ」

「公爵様がご自分のお名前をおつけになったのです」リードはなめらかにしゃべりつづけた。「〈パーシヴァル号〉にかかる税金は総額で八〇〇〇ポンドになります。税金は支払うと請け合っておきましたので、船を没収されることはありません。公爵様は乗組員の手当を払っておいででしたが、船長は条件のいい別の船に移りました」彼は帳簿を開いてテオに見せた。

「合わせて四万五〇〇〇ポンドね。かなりの額だわ」

「チープサイドに小さな機織《はた》り工場があります」リードが言った。「〈ライバーン織工房〉と言いまして、年間三〇〇〇ポンドの安定した利益をあげております」

「公爵様はどうして工房を売却しなかったの？」

「存在そのものをお忘れになっているかと思われます」リードは口ごもった。「その、勝手ながら、織工房の収益は各所の使用人と〈パーシヴァル号〉の乗組員の手当にしておりました」

「つまり、公爵様にはあえて思いださせなかったのね」テオは感心した。「とても賢いやり方だわ。ありがとう、ミスター・リード」

テオはジェームズを肘でつついた。彼はもそもそとなにか言い、椅子から立ちあがった。書斎のなかをうろついて、しきりに髪に手をやる。

テオはそんな夫をほうっておくことにして、リードに向きなおった。「わたしの持参金で負債を清算したあと、それぞれの領地がうまく収益を出せるように仕組みを変えていきたいの。あなたから見て、それは可能だと思う？」

「わたくしの考えでは、牧羊にそれなりの投資をなされば短期間で……そうですね、二年か三年後には二〇パーセントの増益が見こめると思います」

「牧羊だけに頼るのは不安だわ。いろいろなところから収益を得たいの。過去にアイラ卿とも話したのだけど、陶磁器製造に着手してはどうかしら？〈ウエッジウッド〉はスタッフォードシャーの粘土を使って目覚ましい成功をおさめたでしょう。公爵家の地所の半分は粘土質よ。それに〈ウエッジウッド〉の絵柄は古臭いじゃない。わたしたちなら、もっといいものができると思うの」

「利益を出すまでには相当の支出が必要でしょう。〈ウエッジウッド〉から職人を引き抜くのがよいかと……」リードはジェームズのほうを探るように見た。ジェームズは肩をこわばらせて窓の外を見つめている。

「どんな計画を立てるにせよ、夫にはわたしから説明するから大丈夫よ」

「きみのしたいようにすればいい」ジェームズがふりむきもせずに言った。「こういう件に関して、ぼくは役立たずだからな」ジェームズは昔から、分析や計算が苦手だった。だが、いざ計画を実行に移すときには、見事な行動力を発揮してくれるはずだ。

陶磁器工房の立ちあげに際しても、現場で起こる困難を次々と解決してくれるにちがいない。ジェームズは雇い人と話すのが上手だった。おそらく公爵よりも労働者の気持ちがわかるのだ。

「ミスター・リード、領地で陶磁器製造を始めることについて、率直な意見を聞かせて」

領地管理人は改めてジェームズのほうを見た。ジェームズは窓に片手をあて、そこに額を押しつけていた。絶望した人のように。

「牧羊業の改善と同時に行えば、実際、かなりの収益が期待できるのではないかと思います、奥様」

9

ジェームズは延々と続く話し合いにうんざりしていた。書斎の窓から飛びおりて、奇声を発しながら通りを駆けていけたらどんなにすっきりするだろう。数字を使って考えたり議論したりするのは大の苦手で、それだけで父と同じ能なしだと思われている気がした。リードの説明を聞けば聞くほど、早くこの場を離れたいという思いで全身が熱くなった。

結局、話し合いを仕切ったのはテオだった。彼女は二時間にわたって現状を分析し、公爵家の財政を立てなおす方策を次々に提案した。途中でジェームズも席に戻ったが、歩きまわっていたときと同様、数字は耳を抜けていくだけで、まったく意味をなさなかった。

計算や帳簿つけの方法がわからないわけではない。どちらも学校で学んだ。だが、いざ始めるとなると気が散って、たとえば馬の売値を考えていたはずが、いつの間にか廏舎《きゅうしゃ》のどこを修繕したらもっと使いやすくなるかという問題にすり替わってしまう。

テオとリードは、南の牧草地で収穫した干し草の量を西側と比較して、収穫量に差があるのは小川が氾濫したせいだろうかなどと推理していた。ジェームズはふたりに、西の牧草地は斜面になっていて、刈り取りがしにくいのだと教えてやった。

それを知っているのは、前年の夏に刈り取り作業に参加して、作業員と一緒に汗を流したからだった。肉体労働で一日を終える心地よさはなにものにも代えがたい。筋肉痛さえもうれしかったほどだ。

結局のところ、ぼくは大鎌をふるうくらいしか能がなく、毎日みっちり身体を動かさなければ癇癪を制御することもできないのだ。それでも将来、家族に陶器の人形を投げつけるような男にだけはなりたくない。

テオがそばにいてくれればなんとかなる気がした。以前、オペラに行くくらいなら首をつったほうがましだとジェームズがぼやいたときも、彼女は〝オペラに命を懸ける価値はないわね〟と笑い飛ばしてくれた。

読書の楽しみを知ったのもテオのおかげだ。眼炎にかかったとき、安静にしていないと失明すると医者に脅され、一日じゅう光の差さない部屋にいるようにと言われた。あのときテオが相手をしてくれなかったら、退屈して暴れまわり、本当に失明していたかもしれない。そところがテオはいつもかたわらにいて、楽しい話をしたり、食事を運んだりしてくれた。そのとき読んでもらったシェイクスピアのなんとおもしろかったことか。すっかり魅了されたジェームズは、視力が回復してから自分で読もうと本を手にとったが、ページの上で言葉がごちゃごちゃになるだけで、話の筋はちっとも頭に入ってこなかった。

ようやく帳簿整理と話し合いが終わり、リードがいとまを告げると、テオは愛想よく玄関まで見送りに出た。ジェームズはむすっとして彼女の隣に立っていた。テオが彼の腕をとって書斎へ引き入れる。

「なんだい?」ジェームズは力なく言った。「これから乗馬に行くんだ。さっきは時間がなかった。どうも頭ががんがんする」自分に妻がいることがいまだに信じられない。それも相手はテオ、幼なじみのデイジーだ。ジェームズは手をのばし、彼女の頬を人差し指でなぞった。「きみほど美しい頬骨を持つ女性は見たことがないよ。ロシアの姫君はきっとこんな感じなんだろうな」

テオの目を見れば、喜んでいるのは尋ねるまでもなかった。

「キスして」テオは言った。「ちゃんとしたキスがいいわ」

ジェームズは彼女にキスをした。

いまいましいことに、三月の夕べ、ウェールズ公の前で言った言葉はすべて本心だった。テオはぼくのものだ。誰にも渡したくないし、この世に彼女より大事なものはない。

だが、もはやふたりの関係が、かつての純粋さや誠実さをとり戻すことはないだろう。欲望と絶望の入りまじったキスをしながら、ジェームズは自己嫌悪と闘った。そして耐えきれなくなると、頭が痛むと言い訳をして、無理やり身体を引き離した。

新鮮な空気を吸ったおかげで頭痛はましになったものの、心は晴れなかった。ジェームズは紳士クラブで昼食をとってから屋敷へ戻った。頭痛の原因となった書斎へは戻らず、寝室のベッドに身を横たえて天蓋を見つめる。考えることはおろか、動くことも眠ることもできなかった。

数時間後、従者のベアリーがやってきて、夕食はどうされますかときいた。テオはまだ仕立屋から戻っていないらしい。

「あとにする」ジェームズは生気のない声で答えた。罪の意識に押しつぶされそうだった。きっと人を殺したらこんな気持ちがするのだろう。できることなら、父を壁に打ちつけてやりたい。結婚を、テオへの愛情を、そしてふたりの未来を踏みにじったことについて責めたてたかった。子供の人生を自分の都合でめちゃくちゃにしておきながら、反省の色もない父親への憎しみに、全身が震えた。

しばらくして、従者がふたたび遠慮がちにドアをノックした。

ジェームズは上体を起こした。「そろそろ夕食のために着替える時間だな」

「はい、旦那様。入浴の準備も整いました。その、ミスター・クランブルがお知らせしておいたほうがいいと言うものですから……」ベアリーは言いかけて躊躇した。

「なんだ？　父が競馬場から戻ったのか？」

「いいえ、ちがいます。新聞です」

「新聞がどうした？」

「朝食のとき、ミスター・クランブルは奥様に、新聞が配達されていないとお伝えしたのですが、本当のところ、旦那様に読んでいただくために書斎へ運んだのです」

「そうか。残念ながらまだ目は通していない。だが、どうしてクランブルは妻にそんな嘘を？」

「結婚式に関する記事のせいでございます。その、レディ・アイラに関する記述が問題なのです。ミスター・クランブルはできるだけ早く、旦那様にお見せしたいと考えておりました」

ジェームズは首をふった。「ぼくの妻について、いったいなんと書いてあったんだ？　そもそもどうしてぼくたちの結婚式について騒ぐ必要がある？」

「社交シーズン中ですから」ベアリーは非難がましく言った。「式や披露宴については好意的に書かれております。金箔を施した馬車や金のお仕着せ姿の従僕に感嘆したと」

「だったら、なにが問題なんだ」ジェームズはベストを脱ぎながら言った。「ところで、夕食の席で着るものを見繕ってくれたか？」

「ミスター・クランブルは、夕食を奥様の部屋へお運びしたほうがいいと考えております」

ベアリーは言葉を詰まらせた。「旦那様も、そちらでお食事をなさったほうがよろしいかと。ふたりっきりで、ということですが」

従者はいつも、ジェームズより格調高い英語を話す。その従者が〝ふたりっきりで〟などという俗っぽい表現をするからには、よほど悪いことが起きたにちがいない。不安が怒りの火種をあおった。「遠まわしな言い方はよせ！」

「新聞各社が奥様のことを〝みにくい公爵夫人〟と書いたのです」従者が暗い声で答えた。

「なんだと？」

「〝みにくい公爵夫人〟です。おとぎ話の『みにくいアヒルの子』をもじって。旦那様、どうか大きなお声を出さないでください。奥様は隣の部屋においでです。仕立屋から戻って、そのまま部屋にお入りになったのです」

「新聞とは具体的にどの新聞だ？」ジェームズはシャツを脱いでベッドの上にほうった。テオはきっと打ちのめされただろう。記者なんてほら吹きばかりだ。そんな記事を書いたやつはこの手で首を絞めあげてやる。明日の朝には、新聞社そのものをつぶしてやる。あまりの怒りに指先がかすかに震えた。

「日刊紙すべてです」ベアリーが答えた。「『モーニング・クロニクル』紙以外のすべてです。『モーニング・クロニクル』紙は〝王者の風格〟と書きました」

「それならば許容範囲だ」ジェームズは『モーニング・クロニクル』紙を報復の対象から外した。ズボンを脱ごうと思いきり引っぱると、ちぎれたボタンが床を跳ねた。

ベアリーが慌ててあとを追った。

「明日の朝にはすべての新聞に訂正と謝罪記事を掲載させよう」ジェームズは歯を食いしばった。「そうでなければ、この手で新聞社に火をつけてやる。公爵の権威はまだ死んではいない。あらゆる手を使ってやつらを滅ぼしてやるからな」

「はい、旦那様」ボタンを拾いあげながら、ベアリーが答えた。それから夕食用の服を出して、慎重にベッドの上に置く。「残念なことに侍女の話では、仕立屋を訪れたとき、奥様は新聞をごらんになったそうです。書店のショーウィンドーにはりだされていたのです。お祭り騒ぎにあやかろうと、どこも夜のうちからはっていたらしく……」

「なんてことだ！」ジェームズは声を詰まらせた。「外出先で見てしまったのか。それで、妻の様子は？」

「紙のように白いお顔をなさって、まっすぐ部屋に向かわれたと、ミスター・クランブルが申しておりました」

「母上は？」

「ミセス・サックスビーは今朝方、新聞が配達される前に、スコットランドへお発ちになりました」

ジェームズはズボンと下着をベッドの上に投げた。「汗を流したら、妻の部屋へ行く。呼び鈴を鳴らすまでは誰も邪魔をしないようにとクランブルに伝えてくれ。侍女も入れるな」

肩越しにベアリーに言いつける。五分後、部屋着をはおったジェームズは妻の部屋へ急いだ。

10

みじめさに身体をしめつけられ、涙まで絞りとられてしまったかのようだった。ピカデリー大通りにある仕立屋へ向かう途中、テオは〈ハチャーズ書店〉のショーウィンドーの前に人だかりができているのに気づいた。しかし、まさかそれが自分に関係していようとは、露ほども思わなかった。仕立屋からの帰り道に別の書店で馬車をとめ、あの挿し絵を目にするまでは。従僕に新聞を買いに行かせて、ようやく事の重大さを認識したというわけだ。

世間がこれほど残酷だとは。痛烈な記事を書き、編集し、印刷の許可を出した新聞社の人たち以外にも、みっともないドレスに身を包んだ花嫁の似顔絵を徹夜で刷った人たちがいる。それを見て笑った人たちも。もちろん悪いのはドレスではない。

わずかに横を向くと、窓ガラスに映った自分の顔が目に入った。角ばった輪郭に高い頬骨、立派すぎる鼻と、突きだした顎……これに愛らしいドレスを合わせると、みにくい公爵夫人の完成だ。それが現実なのだ。

隣の寝室から続くドアが勢いよく開いたとき、テオは顔をあげる気力もなかった。

「今はひとりにしておいて」涙は出ないものの、なにかが喉をふさいでいた。「大丈夫だから。あんな記事で泣いたりしないわ。低俗な記事、それだけよ」

もちろんジェームズは納得しなかった。視界の端でなにかが動いたと思った瞬間、テオは彼の胸に抱きしめられていた。

ジェームズがテオを抱えたままベッドに座る。部屋着の前がはだけて、たくましい胸がむきだしになっていた。

「わたしは……もう膝の上に座るような年じゃないわ」テオは息をのんだ。「だいいち、あなたはちゃんと服を着ていないし」

「どいつもこいつもろくでなしの無礼者だ。明日の朝、新聞社の輪転機をめちゃくちゃに壊してやる」ジェームズの声は、お得意の怒りと激情に震えていた。

「こうなってしまった以上、輪転機を破壊してもどうにもならないわ」そう言いながらも、テオは彼の胸に頭を預けた。ささくれた心が癒やされていく。ジェームズは母と同じで、わたしを客観的に見ることができない。なんといっても、本気でわたしをデイジーみたいだと思っているのだ。普段は自分の外見についてあまり考えないようにしているテオではあるが、〝可憐〟よりも〝いかめしい〟という形容詞の似合う容貌をしていることは自覚していた。

「昨日の行為で子供ができた可能性はあるかしら？」テオは唐突に尋ねた。「それとこれとなんの関係があるんだ？」

ジェームズが呟きこむような、首を絞められたような音を発した。「それとこれとなんの関係があるんだ？　ぼくとしてはそうでないことを願うね。まだ父親になる心の準備はできていない。ぼくの父の人生の悲惨さを見るがいい。ぼくは一生、心の準備などできないかもしれない」

「一九歳で父親になるのは早すぎるわね。でも、子供ができたらわたしの体形も変わると思うの。もっとボリュームが出るわ。ひょっとして、今夜も試してみるべきじゃないかしら」

ジェームズは顔をしかめてテオを見おろした。「ほかの女たちのような、牛みたいな体形になりたいのか？　おっぱいの垂れた？」

ジェームズがあからさまに身震いする。テオは妙にいい気分になった。

「きみの胸は今のままで完璧だ」ジェームズは彼女の乳房に手をあてた。「ぼくの手にぴったりおさまる」

散歩服を着ているので、ただでさえ貧相な胸がさらにぺちゃんこに見える。それでもジェームズの手は、胸の曲線にちょうどよく沿っていた。テオはいくぶん明るい気持ちになりかけたところで、すぐに新聞記事のことを思いだした。「二度とこの屋敷から出られないわ。どこへ行っても〝みにくい公爵夫人〟と呼ばれるのよ。そうに決まっている。面と向かって言わなくても、みんな頭のなかで唱えるんだわ。平気なふりなんてできない」

ジェームズはふたたびテオを抱き寄せた。「みんな、なんにもわかっちゃいないんだ」彼女の髪にささやく。「きみは美しいよ」

「嘘よ」テオはみじめな気分で言い返した。「そう言ってくれるのはうれしいけど」

「嘘じゃない」ジェームズが語気を強める。

「もうすぐ二〇歳になるんだから、癇癪は卒業するんでしょう？」

「妻を侮辱されて怒らない男がいたら、そいつは息をしていないんだ。明日、あんな記事を載せた新聞社に片っ端からのりこんで、経営者の首を絞めてやる。それから――」

テオはジェームズの唇を片手で覆った。「そんなことをしても無駄よ。あの挿し絵はあちこちにばらまかれているんですもの。街行く人がみんな〈ハチャーズ書店〉の前で足をとめて、ショーウィンドーをのぞいていたわ。それにあのぞっとするドレスを着たわたしの絵がはられていたのは、〈ハチャーズ書店〉だけじゃないのよ。一生、このあだ名とつき合っていくしかないんだわ」

「そんなことはないよ」ジェームズは声を落とした。「不愉快なあだ名をつけられた人は大勢いるが、世間はすぐに忘れる。リチャード・グレイは〝けちなうぬぼれ屋〟と呼ばれていたことがあるし、ペリー・ダブズ、つまり現フェンウィック卿は〝タマキビガイ〟と呼ばれていた。だが、今は誰もそんなことは言わない」

「あなたは覚えているじゃない」テオが指摘する。「今でもたくさんの人が、フェンウィック卿を見ると例の巻き貝を連想するんだわ」テオはそこでためらった。「ところでタマキビガイってもしかして、男性のあの部分の大きさを揶揄しているの？」

「おそらく」

「だったら小さいほうがいいのに。女性にとっても楽だし。そういうあだ名をつけられたら自慢するべきよ」

ジェームズが噴きだした。「それはつまり、ぼくのせいでまだ痛むってことかい？」

「ええ」テオは素直に認めた。「あなたのもタマキビガイならよかったのに」

「タマキビガイは勘弁してほしいが、どんな形であれ、きみに痛い思いをさせたことを申し訳なく思うよ」

「わたしが言いたいのは、大きさはどうであれ、みにくくはないってこと。みにくいというのは、女性に対する究極の侮辱よ」

ジェームズは妻を抱く腕に力をこめた。「きみはみにくくなんかないよ、デイジー。ぼくはみにくいかい？」

テオはちらりと夫を見あげた。「あなたは息をのむほどハンサムだわ。自分でもわかっているでしょう？　あなたを見るだけで胸が高鳴るの」

「ぼくは自分の外見にさほど興味がない」ジェームズは言った。「ただし自尊心はある。ぼくはハンサムなんだろう？　だったら、みにくい女性と結婚するわけがないじゃないか」

〝実際、結婚したのよ〟と言おうとして、テオは言葉をのみこんだ。母とジェームズの目は愛情でふさがれている。その目を無理やりこじ開けて、現実を見せたところでどうなるというのだろう。

「ぼくの妻はみにくくなんかない」ジェームズは生まれたときから容姿と家柄に恵まれた者に特有の、傲慢な声で言った。「きみと結婚したのは、きみが魅力的で、美しくて、ほかの娘たちとはちがうからだ」

テオは鼻をすすった。挿し絵を見たときは泣かなかったのに、ジェームズのやさしい言葉を聞いて泣きそうになった。「どうちがうの？」

ジェームズは眉をひそめた。「ほかの娘たちはピンク色で、太っている」

「まさにベラじゃない」テオは抗議した。それからぴたりと動きをとめる。「ベラとは終わったのよね？　そうでしょう？」

「きみに求婚した翌朝に別れを告げたよ。手切れ金としてエメラルドを送った。父がここまで公爵家の財産を食い荒らしたと知っていたら、そんなことはしなかったんだが」ジェームズが興奮したネコをなだめるようにテオの髪をなでた。

「あら、そんなのはいいのよ」テオはすこぶる寛大になった。「彼女だってたいへんでしょうから。でも、あの人とわたしとは似ても似つかないわ」

「愛人は愛人だ」ジェームズは頑固に言った。「妻とは別だよ。毎日あんなむちむちした生き物にそばをうろつかれたら、息苦しくてしょうがない。それに……」彼の手が肩を滑って乳房に戻る。「正直なところ、豊満な胸には興味がないんだ。気を抜くと窒息しそうだ」

テオはかすれた笑い声をあげた。しばらく胸を探られたあと、彼女は言った。

「そろそろ手をどけてくれる？　なんだか妙な気分になってきたわ」

「それなら服を脱げばいい。一緒に妙な気分になろう」

「ジェームズったら！　こんな時間に不謹慎よ」

「もうじき日が暮れるじゃないか」ジェームズは窓の外に目をやった。「召使の一団と一緒に住んでいなければ、あらゆる時間にすることだ」

「あらゆる時間に？」

ジェームズはテオの胸の頂を親指でこすった。服の上からだというのに強烈な刺激が走って、テオはびくりとした。

「これが好きかい？」

「たぶん……」テオは困惑気味に答えた。

「やっぱりぼくは労働者に生まれればよかった」ジェームズが唐突に言った。「そうすれば自分の好きに生きられるし、好きな相手と結婚できる。領地管理人のつまらない話を我慢して聞く必要もない。あきれた目で見られずにすむんだ。実際、ぼくなどあきれられて当然なんだが」

「そんなことはないわ！」テオは叫んだ。「わかっているはずよ。あなたはその気になればオックスフォードで主席になることだってできたわ」

「そんなことになる前に、ポケットに石を詰めて湖に飛びこんでいただろうね」

「嘘ばっかり。あなたはやる気になればできる人よ」

「もう学校に戻らなくていいことに感謝するよ」

ジェームズの手がふたたび動きはじめると、テオは気持ちがいいことを認めざるをえなくなった。真剣に服を脱ぎたくなったほどだ。「つまり、あなたは本気で労働者になりたいのね？」

「ああ」

「少なくとも妻は自分で選んだでしょう？」テオはそっと言った。「派手な告白で、みんなを仰天させたわ」

一瞬、ジェームズが手をとめる。「そうだな。ただ、結婚に対する心構えができていなかった。もちろん、結婚するなら、相手はきみしか考えられなかったけれどね」

「わたしとしては、あなたが公爵家の跡取りでよかったわ。労働者の妻にはなりたくないもの。一日じゅう、料理をしたり、掃除をしたり、火をおこしたりするのはたいへんでしょう。そして翌朝、目を覚ましたら、まったく同じことを繰り返さなきゃならないのよ。それだったら、陶磁器工房の構想を練るほうがよっぽど楽しいわ。そうそう、〈ライバーン織工房〉でエリザベス女王時代の紋織りを復活させたらどうかしら？」

「すばらしいと思うよ。ただ、ぼくはクラヴァットで首を圧迫するより、屋外にいるほうが好きなんだ。洗濯糊なんて、この世からなくなってしまえばいいのに」

「本当に、あなたとわたしはまるでちがうのね」テオは声をあげた。「わたしはおしゃれが大好き。物心ついたころからわかっていたことではあるが、改めて痛感した。物心ついたころからわかっていたことではあるが、改めて痛感した。洗濯糊は、使うべきところに使うと見栄えがするのよ。マダム・ル・コルビエールと……仕立屋と話していて、名案を思いついたの。青い洗濯糊を使ってプリーツを固めて、それをサクランボ色の綾織りのサーセネットで仕立てた散歩服の手首と首につけるの。きっと王室騎兵隊の制服みたいに見えるわ」

「騎兵隊の上着にプリーツなんてついていたかな？」ジェームズが間のびした口調で言った。

それからテオの身体を前に傾け、背中のボタンを器用に外しだす。

「ジェームズ、だめよ」テオは身をよじり、肩越しに夫を見た。

「なにがだめなんだい？　妻の素肌が見たいだけだよ。四六時中そんなことをしている宗教団体があるじゃないか。たしか〈愛の家族〉とか呼ばれていたっけ。先日、いとこから話を聞いたんだ」

「いとこって、まさかピンクのこと？」テオはそれ以上、抵抗しなかった。一糸まとわぬ姿でジェームズの膝の上に座っている自分を想像すると、どうしようもなく胸が高鳴った。

「ああ、ピンクラー・ライバーンだ」ジェームズは最後のボタンを外し、ボディスを引きおろした。

テオも進んで腕を抜く。「あの人は好きじゃないわ」

「どうして？　きみと同じでおしゃれ好きだ」

「一緒にしないで。あの人はほかの人のまねをしているだけよ。自分に似合うかどうかなんてぜんぜん考えていない。結婚式のときだって、首がまわらないほど高い襟のついた服を着ていたじゃないの。しかもピンクのサテンの裏打ちを見せびらかしたいのか、わざとらしく上着の裾をいじっていたわ」

「気取り屋かもしれないが、よく知るようになれば悪いやつじゃないよ。ところできみは、どうしてコルセットをつけないんだ？」

「必要ないからよ」テオはわざと明るく言った。「あれは出っぱりを引っこめるためにつけるものでしょう。わたしは出っぱっていないもの」

「出っぱっているじゃないか」ジェームズはテオの背中を引き寄せ、片方の手をシュミーズの上に置いて、首から胸へなでおろした。「ここは……」手をもう少しさげる。「男がいちばん好きな場所へ続く小道だ」

テオは身じろぎした。もっと下にふれてほしいと思う自分と、すぐさまジェームズの膝から飛びおりたい自分がせめぎ合っていた。

「いいことを考えたわ」いくぶん早口で言う。

「なんだい？」ジェームズがさらに下へ手をさげる。

「あのね、みにくいアヒルはハクチョウになったでしょう？」

ジェームズは愛撫の手をとめた。しかし、すぐにわれに返ってテオを立たせると、散歩服を足首まで引きおろした。「このシュミーズはどうやったら脱げるんだい？」

「ボタンをふたつ外すだけよ」テオは髪をあげて背中のボタンを見せた。

「なるほど。ハクチョウの話をもっと聞かせてくれ」ジェームズはテオを膝の上に抱えなおした。

「明るいうちからこんなことをするなんて……」テオはそうつぶやいたあと、気をとりなおして続けた。「何カ月も前から考えていたの。正確には社交界にデビューして、母にあの白くてひらひらしたものを着せられるようになってからずっとよ」

「きみが窓から捨てたドレスみたいな服のことかい？」ジェームズがテオの長い髪を手で分

ける。指先が肌をかすめると、その部分にぱちりと火花が散った気がした。

「そう、あのウエディングドレスみたいな服のこと」テオは頭を前に倒した。「本当にボタンを外す気？」首筋にジェームズの指があたっている。

「そうだよ」

「でも、いつアメリが入ってくるかわからないわ」テオの声が裏返った。「そろそろ夕食のための着替えをする時間だもの」

「呼び鈴を鳴らすまで誰も入れるなと言いつけておいた。それに夕食はここでとる」

「そう……」こんなに親密な状況で、ジェームズと一緒に食事をするかと思うと（さすがに食事のときはもう一度服を着るだろうが）息が苦しくなった。「わたし、自分流のおしゃれを確立するつもりよ。あなたのいとことはまったくちがう方法で。他人のまねはしないわ」

「自分流というのはいいね」ジェームズが賛同した。彼はボタンを外し終え、シュミーズを肩から抜こうとしている。

テオは一瞬パニックに陥ったが、結局は夫の好きにさせることにした。ジェームズが彼女を立たせてシュミーズを抜きとり、なにも言わずに膝に座らせる。テオがレースの小さな下穿《ドロワーズ》きしか身につけていないことなど、まったく気にしていないかのように。

「きれいな下着だね」ジェームズは満足そうな声で、レースに指をはわせた。

「わたしがデザインしたのよ。節糸を使ったの。あなたがふれているレースはダブルエッジというのよ」

「それで、きみ流のおしゃれっていうのは？」ジェームズがテオのむきだしの膝に片手を置いて、耳元でささやく。

彼が本気で知りたがっているとも思えなかったが、テオはほかになにを話題にすればいいのかわからなかった。白い膝の上に、日に焼けた浅黒い手が置かれているのを見ていると、なんだかいつもより女らしくなった気がした。

「そうね、ひとつ目のルールは〝ギリシャ人を模範とせよ〟なの」

「勘弁してくれ」ジェームズが言った。「ギリシャ人は毛深すぎる。だいいち、きみはぼくと結婚したんだ。ほかの男の気を引く必要などない」

嫉妬をむきだしにした言い方がうれしかった。そんなことで喜ぶなんてばかげているけれど。

「気を引くとか、そういうことじゃないわ」テオはくすくす笑った。「古代ギリシャ風のドレスはわたしに似合うんじゃないかってこと」胸元がはだけているとはいえ、ジェームズはまだ部屋着を着ている。それに比べて、自分がドロワーズしか身につけていないのが心もとなかった。ふと、ヒップにジェームズのものがあたっているのに気づく。「あなたは……タマキビガイって呼ばれることはないわね」

ジェームズは声をあげて笑った。「そうだね」それまでとは打って変わって朗らかな口調だ。結婚式の最中でさえ彼の顔を曇らせていた、ぼんやりとした苦々しさも消えていた。

テオは勢いをつけて立ちあがり、腰に両手をあててふり返った。「今度はあなたが部屋着を脱ぐ番よ」

ジェームズは飢えたまなざしでテオを見つめていた。彼の喉元の筋肉が脈打っている。テオは女としての自信が満ちてくるのを感じた。ジェームズがそばにいてくれれば、世界中の人たちからみにくいと思われても生きていける気がした。

正面に立ち、彼の部屋着の腰紐を引っぱる。ジェームズの瞳がせつなそうに光った。

「これがあなたなのね」テオはいたずらっぽく言い、布地のあいだから飛びだしてきた彼のものをなでた。

ジェームズがかすれた笑い声をあげる。「なんとでも呼べばいい。ただし……」声が途中でとぎれた。テオがベルベットのようになめらかなこわばりを細い指でなぞったからだ。

彼女はもっとよく見ようとしゃがみこんだ。「昨日の夜よりもずっと大きい気がするわ」しばらく観察してから、弱々しく言う。見ているだけで腿のあいだに引きつれる感覚が走った。これが男性の身体なのだ。

「問題なく入ったじゃないか」ジェームズの息づかいは不規則だった。「その下着を脱いでくれないかな？　ぼくも裸なんだから」

テオのなかの臆病な部分は、あの痛みをふたたび味わうのはごめんだと言っていた。だが、ほかならぬジェームズの頼みだ。テオはうなずいて立ちあがった。身体をひねって、ドロワーズをとめている小さなホックに手をのばす。ジェームズが息をのみ、かすれた声をあげた。まつげの下からのぞき見ると、彼が身をのりだしてこちらを見つめている。本当に妻をみにくいとは思っていないらしい。

テオはホックを外すのをやめ、髪からピンを抜くと、頭をふって髪をおろした。蜂蜜とブランデーと琥珀がまじった色の巻き毛が、乳房の上に流れ落ちた。髪が素肌をなでる感触が愛撫のように感じられて、いっきに鳥肌が立つ。

「デイジー」ジェームズは息を吸いこんだ。

「この下着は小さなホックで留めてあるの」ジェームズの余裕のない表情を見て、テオは小さくほほえんだ。「注意して外さないと、レースを破いてしまうかもしれないわ」ゆっくりと最初のホックを外す。レースのドロワーズが腹部までずり落ちた。もうひとつホックを外して、まつげの下からジェームズの様子をうかがう。ひどく思いつめた表情だ。三番目のホックを外すとドロワーズがヒップのほうまでずれ、テオはそれを手で押さえた。

「そのまま落とすんだ」ジェームズがかすれた声で命令する。彼の身体は小刻みに震えていた。

テオは自分の影響力を実感してにっこりした。「〝お願いします〟と言ったらね」

とたんに、ジェームズが電光石火の勢いで手をのばした。ドロワーズが腿のあいだの、琥珀色の巻き毛の上を滑って足首まで落ちる。

「そんなものを身につける必要はない」テオを目で味わいながら、ジェームズが言った。

「美しいから身につけるのよ。母の目があるから、フランスの流行をとり入れられるのは下着だけだったの。もちろんこれからはちがうけど。もう母の指示に従わなくてもいいんだわ。

着たいものが着られる」

「ぼくはむしろ、ドレスの下になにもつけないでほしい。コルセットもドロワーズも……生まれたままの姿がいい。それなら好きなときにスカートの下に手を入れて、きみにふれられる。頼むから、二度と下着なんてつけないでくれ」

テオは目を見開き、甲高い声で言った。「冗談でしょう?」

「もう一度、ぼくの膝に座らないか?」ジェームズは部屋着を床に落として、ベッドに座った。全裸であることも、下腹部がいきりたっていることも、まるで気にかけていないらしい。燃えるようなまなざしを浴びて、テオはますます自信が満ちてくるのを感じた。まだ日のある時間帯に裸でいることさえ、それほどおかしく思えなくなってきた。

「ここへ来てつかまえてごらんなさいよ。下着をつけないよう、わたしを説き伏せられるかしら?」そう言うと、テオは寝室の奥へすばやく移動した。

ジェームズは焦らなかった。ベッドから腰をあげ、テオのほうへじりじりと近づく。その顔は、獲物を狙う誇り高いトラのようだ。だが、なによりテオの目を引いたのは、彼の身体だった。陰影を帯びて、まるで大理石の彫像に見える。しかし、実際に手をふれたら冷たい大理石とはまるでちがうことを、テオは知っていた。それに股間のものときたら……。生きる喜びがおなかの底からふつふつとわいてきて、全身が熱くなった。

ジェームズとの距離が縮まるにつれ、テオの口から神経質な笑いがもれた。

「昨日とはぜんぜんちがうのね」

「そうかい？　さあ、じっとして、デイジー。じっとしていてくれ」

テオはつかまる寸前に横へ飛びのいて、ベッドの反対側にまわった。「だって今日はお互いが見えるもの」

「ぼくはいつだってきみを見ていた」ジェームズが低くかすれた声で言った。

「本当なの？」テオは驚いて動きをとめた。その隙に、ジェームズが手をのばして彼女を抱き寄せる。

まるで初めてふれ合うかのようだった。初夜のときは暗闇のなかで、ほとんど会話もなかった。とくにテオは、恥ずかしさに圧倒されてなにがなんだかわからず、口を開けば場ちがいなことを言ってしまいそうだったのだ。

ジェームズの胸がテオの乳房をかすめると、身体に震えが走った。テオは彼の首に腕をまわした。呼吸が浅くなり、頭がもうろうとする。ジェームズに愛撫されるたびに、愉悦の波が身体をさらった。

ジェームズが片方の乳房をつかむ。ふたりの視線が日焼けした手に吸い寄せられた。「こうしてほしがっているんじゃないかって、そんな考えで頭が爆発しそうだった」

ジェームズはテオを引っぱってベッドに倒れこんだ。テオが下になるよう身体を反転させる。気づいたときには、乳房をむさぼられていた。愉悦の波がらせんを描いてテオの全身をめぐる。

彼女は思わず身体をそらした。ジェームズの目に映るわたしは美しいの？　胸が小さすぎると思われていないかしら？　そんな不安に答えるように、ジェームズが声をもらしてもう一方の乳房へ唇を移し、さっきと同じく狂おしいほどの勢いで吸いあげた。

「ああ！」テオは何度もあえいだ。「ジェームズ、ジェームズ」甘い響きを含んだくぐもった声は、ジェームズにとって天からの恵みであり、許しだった。彼女は自分を愛している。嘘をついて結婚したこともきっと許してくれるだろう。まじりけのない悦びがふたりの身体を満たしているのがわかる。ジェームズは結婚を決めて以来初めて、自責の念から解放された。

「なにがほしい、デイジー？　ほしいものを言ってくれ」

「わからないわ」テオはすすり泣いた。「でもね、ジェームズ……」

「なんだい？」ジェームズは腰を突きだし、テオの脚の付け根にいきりたったものを押しあてた。息を詰めて、じらすように同じ動作を繰り返す。そのあいだじゅう、手で交互に乳房を探りつづけた。

テオは小刻みに震え、すがるように目を細めて、優美な手足を突っぱった。社交界のどんな名花も、これほどの色香を発することはないだろう。賭けてもいい。

「なんて美しいんだ」ジェームズは心から言った。「自分で気づいているかい？　サテンのような肌、すらりと長い手足、そしてまばゆいばかりの乳房！　イヴがアダムに勧めたリンゴみたいじゃないか」

テオは目を見開いた。「イヴはアダムに乳房を差しだしたりしなかったわ」

ジェームズは膝立ちになって、両膝でテオを挟むようにした。「わからないぞ。禁断の果実はこれだったのかもしれない。こんな形をした乳房だ。ちょうどいい大きさで甘くて……まさしく男を狂わせるために創造されたリンゴだ」

テオがまぶしい笑みを浮かべた。あでやかで幸せそうな表情だった。

「毎朝、今みたいな顔を見せてほしい」ジェームズはテオに顔を寄せてキスをした。「夜も、もちろん昼も」

「わたしもずっとあなたを見てきたのよ」ジェームズの肩を愛撫しながら、テオは言った。「二〇代になってみるみる背がのびたわね。休暇で帰ってくるたびに大きくなるようだったわ。それにいつもおなかをすかせていた」

ジェームズはテオの腿の付け根に目を移した。このうえなくやわらかそうな茂みにふれてみたくてうずうずする。テオのそこにふれ、彼女を恍惚とさせたい。自分が感じるのと同じくらいの悦びを経験してほしい。

「ここもどんどんたくましくなってきたわ」テオはそう言って胸をなでた。

ジェームズは自分の身体を見おろした。「腕はまあまあだけど、胸のほうは貧弱だよ。ジエントルマン・ジャクソンのボクシングジムで毎日鍛えている男たちとは比べものにならない」

「でも、わたしはあなたの胸がいいの。農場で働いている男性たちのなかには、雄牛みたいな身体つきの人もいるでしょう？　あんな身体でのしかかられたら、押しつぶされそうで怖いわ。そこへいくとあなたは……」テオはジェームズの腕に指を滑らせた。「あなたの筋肉のつき方はちがう。とても美しいわ」

テオは彼の腕にいくつもキスを落とした。ジェームズが気持ちよさそうにしているので、唇を乳首に移動させ、わずかにためらったあとぺろりとなめる。

ジェームズの喉からかすれた声がもれた。うれしくなったテオは、もう一度乳首に舌をはわせて軽く噛んだ。

ジェームズが倒木さながらの勢いでのしかかってくる。テオは悲鳴をあげながらも、やわらかく彼を受けとめた。

「ああ……準備はいいかい、デイジー？」ジェームズがつかえながら尋ねると、テオは眉間に小さなしわを寄せた。

「またキスしてくれる？」

「もちろんだ」下腹部がずきずきと脈打っていたが、ジェームズはやさしくキスをした。テオとのキスはこれまで経験したどんなキスともちがった。甘いキスはやみつきになりそうだ。唇を合わせた瞬間から、自分がなにをしようとしていたかを忘れ、永遠にキスを続けていたいと思う。

唇をふれているあいだじゅう、時間がゆっくりと垂れ落ちる蜂蜜のように感じられた。テオの舌をもてあそび、やさしく噛み、彼女が発するかすかな声を吸いとったり、指と指をからめたりして、永遠に楽しんでいられる気がした。

ようやくつないでいた手が離れる。テオがジェームズの肩から背中へ指をはわせ、無言で訴えた。ジェームズは身体の位置を変え、待ち望んでいた場所に入る態勢を整えた。腰を前に突きだすと、テオが息をのむ。彼女のそこはあたたかく、やわらかかった。

「きみにふれたいんだ、デイジー」ジェームズはつぶやき、テオの腹部に指をはわせた。

「もちろんいいわ」テオがささやき返した。その目は欲望に輝いていた。「そうしてほしい」

ジェームズの胸に熱いものがこみあげる。彼女の信頼が泣きたいほどうれしかった。ついにあこがれていた場所に手をのばす。想像どおり、テオはしなやかで潤っていて、すっかり準備が整っていた。さらにうれしいことに、彼の愛撫に合わせてリズミカルに身体を動かしている。

「気持ちいいかい？」全身が炎に包まれているかのようだ。感覚がこれまでにないほど研ぎ澄まされていくのがわかった。

テオがふたたび身体をよじり、すすり泣いた。白い手でジェームズの腕をきつくつかんでいる。

ジェームズはふれる位置を少しずらした。それがよかったのだろう。テオの中心がいっきに潤いを増し、赤みを帯びた。許されるものならそこにキスをしたい。少なくとも、テオがふれられるのを楽しんでいるのはまちがいない。固く目を閉じて、不明瞭な言葉をもらしている。この調子なら、手よりも舌のほうが気持ちいいと説得することだってできるかもしれない。

愛撫する手に力をこめると、テオがはじかれたように目を開け、ジェームズの手をつかんで下へ押した。「今のは強すぎるわ」彼女はあえぎながら言った。「気持ちがいいというより痛かった」

「ここかい？」ジェームズは息を吸い、親指をきつくしまった魅惑の通路へゆっくりと侵入させた。前夜、ふたりがひとつになったのが嘘のように狭い。

テオが苦しげな声をあげる。ジェームズが親指を浅く、何度も抜き差しすると、彼女は身を震わせて、悲鳴をあげながら身体を弓なりにそらした。あざが残りそうなほど強く、細い指が腕に食いこむ。こんなにすばらしい体験は初めてだ。テオの内側が痙攣して親指をしめつける。なんて官能的なんだろう。

一体になっているとき、この痙攣が起こったらどんな感じがするのだろう？　もう一度、テオを今くらい高揚させることができればわかるにちがいない。彼女を本物の絶頂に押しあげれば、このさざ波のような振動を余すところなく体験できる。ジェームズはもうろうとした頭で考えた。そしてテオの上に覆いかぶさり、ぎこちない動作で彼女の中心にみずからをこすりつけた。あたたかくてなめらかで、なんとも言えない感触だ。しかし、まだ自制心を失ってはならない。

ふいにテオが目を開けた。「今の、とってもよかった」うっとりした声で言う。

ジェームズはテオの目を見ながら、腰の位置をずらしてなかに入った。前の晩の五〇倍は興奮していた。ところが入った瞬間、罪の意識に襲われた。自分のような男に、テオを抱く資格はない。悦びを得る資格などないのだ。

鼓動の音がどんどん大きくなっていく。下腹部に全神経が集中し、欲望が激流となって全身を包んだ。テオのなかは信じられないほどきつく、それでいてわが家にたどりついたような安心感があった。

これほどの快感は経験したことがない。ほんの少し押し入っただけだというのに、テオがなまめかしく動いて続きを催促する。

「もう我慢できない」ジェームズはささやいた。

テオの唇から小さな笑いがもれた。「あなたに任せるわ。だってわたしはなにもわからないもの」

「ぼくもたいしてわかっていない気がしてきたよ」ジェームズは素直に認め、顔をさげてテオの唇に何度も唇をふれあわせた。

「そうだとしても、わたしよりはましよ。でもね、ひとつだけわかるの……」

「なんだい?」

「これがほしいってこと」テオはそう言って腰をそらした。甘い蜜をたたえたほの暗い場所が、ジェームズのものをぴったりと包みこむ。

「もっとほしいの。とっても気持ちいいわ。身体のなかの空白が満たされていくようで、昨日みたいに痛くないの」

その言葉に、ジェームズを縛っていた最後の鎖がはじけ飛んだ。夢中になって動き、何度もテオを貫く。じらしている余裕などなかった。衝動に駆られるまま、もっと強く、もっと速く。テオの両側に手を突いて顔をさげ、彼女の吐息を感じながら、すすり泣くような叫びをひとつも聞きもらすまいとした。

なによりもまず彼女をのぼりつめさせたかった。テオの身体が快感に震えるところが見たい。そして絶頂が訪れたとき、テオのなかにいるとどんな感じがするのかが知りたい。

ただし、まだそのときではない。もう少しだ。テオは彼の下で身をよじり、むせび泣いている。ジェームズの身体に緊張が走った。もう長くはもたないだろう。

ジェームズは左手で体重を支え、ふたりがつながっている部分に右手を滑りこませた。

「待って！」テオが鋭く叫んだ。「それだと痛いの」ジェームズの腕をつかむ。「こういうふうに……そこを押して。ああ、そうよ！」

その瞬間、歓喜が嵐のごとくジェームズを包みこんだ。あらゆる感情を超越する悦びだ。しばらくして、ようやく自制心をとり戻したジェームズは、テオの顔を――きつく目を閉じた顔を見つめながら、今度はゆっくりと動いた。力を入れないように注意し、親指をこねるようにして愛撫する。テオはびくっとしたあとうめき声をあげ、小刻みに震えだした。頂点が近づいているのだ。

「きみのものをここにキスしたい」ジェームズが腰を突きだしながら言うと、テオがあえいだ。

「きみのものを残らずなめとりたいんだ。それから……」

先を続けようとしたとき、テオの手にさらに力が入り、頬がきれいなピンク色に染まった。

テオがのけぞって大きな声をあげる。

想像を超える衝撃だった。テオの内側が痙攣するのを感じて、ジェームズは動きをとめた。テオの悦びが伝染し、炎の波となってジェームズの身体をはいのぼる。脳が完全に機能を停止し、肉体がすべての支配権を握った。

テオが苦しげに息を吸う。首筋に彼女の吐息がかかった気がした。ふたたび痙攣が伝わってきて、ジェームズはもはや、なにがなんだかわからなかった。ふたりは白く輝く炎となって果てた。

自分はジェームズでもなければ、伯爵でも、未来の公爵でもない。腕に抱いているのも、デイジーでもテオでもなく、未来の公爵夫人でもなかった。ただの男と女だ。

ふたりはパズルのピースのようにぴたりとはまっていた。

〝死がふたりを分かつまで〟ジェームズは心のなかで誓いの言葉を繰り返した。〝死がふたりを分かつまで〟

11

翌朝、目を覚ましたテオは、二度と歩けないだろうと思った。実際に試してみて、脚を動かさないのがいちばんいいという結論に至った。

昨日、二度目に肌をふれ合わせたあと、彼女があまりにぐったりしているのを見たジェームズは、鏡台の上の洗面器に水を注ぎ、そっと身体を拭いてくれた。火照った身体に冷たいタオルが心地よく、テオはくすくす笑った。

そのあとふたりで夕食をとったのちに、ジェームズは例の場所にキスをするという約束を果たした。気づくとテオはありったけの力で彼を引き寄せ、もう一度抱いてほしいと懇願していた。テオの熱心さにジェームズが屈して、ふたたび激しく身体をぶつけ合った。

そんなわけで、次の日の朝、太陽が高くのぼっても、ふたりはまだベッドの上に寝そべったまま、誰かと一緒に朝を迎えるという新しい体験にぼうっとしていた。

「きみの膝が好きだよ」ジェームズがテオの丸い膝頭にキスをする。「すらりとして優美だ」

「膝より上にはふれちゃだめよ」テオはしかつめらしく言った。「歩けないんだから」

「そんなことはないだろう」

「本当よ。この借りは返してもらいますからね」

「いつでもどうぞ」ジェームズは腹這いになり、テオの膝を指先でそっとなぞった。「これほど見事な膝は見たことがない。ジャンプどころかギャロップもさせられない、繊細な競走馬みたいだ」

「ねえ、歌って」窓から差しこむピンク色の光が、ジェームズの肌の上で躍っている。腰から上はウイスキー色に焼けているが、そこから下はまぶしいほど白い。

ジェームズは勘弁してくれとばかりにうめいて、上掛けの上に突っ伏した。「歌なんて大嫌いだ。知っているだろう？」

母親の死後、ジェームズは礼拝のときを除いていっさい歌わなくなってしまった。

テオはジェームズに対する自分の影響力を試してみたかった。どこまで願いをかなえてもらえるかを。「わたしのために歌ってほしいの」

ジェームズは仰向けになった。「歌以外のことにしてくれないかな？　歌なんて誰でも歌えるじゃないか。もっとぼくにしかできないことがいい」青い瞳に欲望の影がちらつく。

「そんなのはだめ」

「歌詞なんて覚えていないから、ハミングしかできないぞ」

テオはジェームズの腕を引っぱった。「ここに座って」そう言って、ベッドの頭板にもたれかかる。「あなたのお母様が好きだった歌がいいわ。エリザベス女王の御代《みよ》の古い歌があったでしょう」テオは息を詰めた。新婚なのをいいことに、無理強いをしているのは百も承知だった。はたしてジェームズは歌ってくれるかしら？

「《セリアに歌う》か」ジェームズはぼそりと言い、次の瞬間、ほほえんで身体を起こした。頭板に寄りかかって、テオを胸に抱き寄せる。それから深く息を吸い、歌いはじめた。

「〝きみの瞳で、ぼくを賛美しておくれ。ぼくも同じようにするから〟」

部屋を満たす心地よい調べに、テオは胸がいっぱいになった。歌声に、ありのままのジェームズが投影されている気がした。完璧な身体から発せられる、完璧な歌声。

「一緒に歌おう」

テオには際立った音楽的才能はなかったが、レディのたしなみとしてひととおりのレッスンは受けていた。なによりジェームズと歌うと、いつもよりずっとうまく歌える気がした。

「〝そうでないならぼくの盃に唇をつけておくれ。きみの唇があればワインはいらない〟」

窓から差しこむ光がしだいに強さを増し、琥珀色の輝きを帯びて上掛けにのびる。歌い終わったとき、テオは感激で言葉が出なかった。ジェームズが彼女の耳にキスをする。

「ぼくが歌ったことを誰かにばらしたら、きみがシュミーズをつけずにデヴォンシャー家の舞踏会へ行ったことをきみの母上に話すからな」

亡き公爵夫人は、毎晩のように息子を居間に呼んで歌わせたがり、そのたびに公爵は、歌など女々しいと怒った。ジェームズが歌いたがらないのはそのせいだ。

「約束するわ」テオは顔を上に向け、ジェームズのキスを受けた。「そうしたら毎朝、歌ってくれる？」

ジェームズが愛おしげに目を細める。「昨日みたいな夜を過ごしたあとはね。ぼくは部屋に戻るから、きみも少しやすむといい」

彼が自室に戻ってしまうと、ベッドがぽっかり空いた気がした。昨日の夜の出来事を思いだすと頬が熱くなる。昨夜は睡眠をほとんどとれなかった。とてつもない幸福感のなかで、テオは眠りの世界に漂っていった。


アメリがドアから顔をのぞかせて、遠慮がちに言った。「奥様、お湯を持ってまいりましょうか？」

テオはうなずいた。「今、何時なの？」ベッドの上に肘をついて上体を起こす。ささいな動作にも引きつれるような痛みがあり、顔をゆがめた。

「一時でございます」アメリが答えた。「旦那様が、朝食はいらないから寝かせておくようにとおっしゃったので……」

「ありがとう」テオは白い絨毯を照らす日の光をぼんやりと見つめた。こんな色の布を見たことがある。あれはインドの布だった。〈ライバーン織工房〉で、キンポウゲ色からクリーム色へとグラデーションをつけたシルクを織ってみたらどうだろう。たしか、シルク糸はカイコの繭からとれるのではなかったかしら？　イングランドにクワの木があるかどうか……。

しばらくしてアメリが、入浴準備が整ったと知らせに来た。本当はなにかにつかまって歩きたいところだが、侍女の手前、テオはなんでもないふりをして浴室へ移動した。

三〇分も湯につかると、生まれ変わったように気分がよくなった。身体が冷えるといけないと言うアメリを無視して、窓辺に座って髪を乾かす。裏の庭園は昔から好きだったが、それが義理の父ではなくジェームズの庭だと思うと、いっそう愛着がわいた。

そう、今はふたりのものだ。ジェームズが繰り返し言っていたとおり、この庭はわたしのものでもある。

いずれは幾何学的配置をやめて、もっとあたたかみのある庭にしよう。湿った髪をとかしながら、そんな想像をする。小さな迷路を造って、中央に風通しのいい東屋《あずまや》を建てたらいいかもしれない。

そこにベッドとソファのようなものを備えつけたら……急にはしたない方向へ妄想がふくらみ、頬が真っ赤になった。夏のあたたかな夜、ジェームズと一緒に迷路を散策したあとで……いつかわたしもジェームズのものにキスをしてみたい。彼がしてくれたように。

「公爵様から、予定よりも早く戻ると伝言があったそうです」アメリはそう言ってモーニングドレスを広げた。

「つまり、昼食の席でご一緒するということね」テオはわずらわしそうに言った。「そのドレスはだめよ」アメリの用意した服に向かって手をふる。「昨日、注文したドレスが早くできたらいいのに」

「急いでも三週間はかかると、マダムがおっしゃったじゃないですか」

アメリの言葉に、テオはため息をついた。「今日は黄色いので我慢するわ。わたしの髪の色には似合わないけど」

アメリがうなずく。「奥様の髪には、もっと暗い色のほうがお似合いですね」

テオはアメリのこういうところが好きだった。自分と同じく、生地や色にこだわりがある。

ふたたび、ジェームズのことが頭に浮かんだ。昨日ほど活き活きとした気持ちになったことはない。べつにこれまでが死んだようだったとは言わないが、昨日の夜、ジェームズと目が合ったとき、心の底から生きていることに感謝したくなった。

ジェームズが美しいと思ってくれるなら、世界中の人から〝みにくい公爵夫人〟と呼ばれてもかまわない。

アメリにドレスのボタンを留めてもらいながら、テオは古い歌を口ずさんだ。豊かな髪を凝った髪型にまとめてもらっている最中も、自然と笑みがこぼれる。結婚前は、重苦しい髪をばっさり切って、最新の髪型にしたいと思ったこともあった。だが、今はちがう。なんといっても、ジェームズが好きだと言ってくれた髪なのだ。昨日の深夜、彼はベッドのまわりに配されたろうそくに火をつけて、ほの暗い光のなかでテオの髪をもてあそんだ。もう二度と、髪を切ろうなんて思わない。ふと顔をあげると、鏡越しにアメリと目が合った。

「奥様が幸せそうで、わたしもうれしいです」誠実さのにじむフランスなまりで、アメリが言った。「召使たちはみんな同じ気持ちでいます。奥様に……とんでもないあだ名をつけたろくでなし《バタール》どもは鞭打ちにすべきです。ですが、旦那様がうまくおさめてくださいました。夫の役目を果たされたのです」

アメリはそこでにやりとした。

「そのとおりよ」テオは笑みを返した。「立派に果たしてくれたわ。あだ名のことがまったく気にならないと言ったら嘘になるけど。でも、結婚したからには、たったひとりの人に認められれば、ほかはどうでもいいでしょう？」

「わたしは結婚したことがありませんが……」アメリが答えた。「そのとおりだと思います。たいていの男は愚か者《アンベスイル》ですが、旦那様は昔から奥様の美しさに気づいていらっしゃいました。食事のとき、いつも奥様を見つめておいでだったと、ミスター・クランブルから聞いております。奥様の胸から目が離せないようだったと」

「ジェームズもそう言ったの！　クランブルが気づいたのに、当のわたしが気づかなかったなんて信じられない」

「男女の機微に関して、奥様は奥手ですからね」アメリが知ったかぶりをする。

テオは笑いながら侍女をにらんだ。「あら、あなたはそうじゃないって言いたいの？　ひとつしか年が変わらないのに」

「わたしはフランス人ですから《ジュ・スィ・フランセーズ》」アメリが澄まして言う。「さあ、ご所望のスカーフですよ」

「見ていて」テオは爪の手入れに使う小さなはさみをとって、思いきりよくスカーフを切り裂いた。

アメリが悲鳴をあげる。「インド産のシルクが！」

テオはたっぷりしたスカーフの半分を床に落とした。「これでおもしろみのないドレスを大変身させてみせるわ」ボディスにたくしこまれたレースのショールをむしりとり、スカーフに変えた。ラズベリー色のスカーフのおかげで、黄色のモスリンのドレスがいっきに華やぐ。

テオはもう一度、鏡に向きなおった。

「いいですね」アメリはスカーフの形を器用に整えた。「ここここをピンで留めましょう」

「これで胸元に視線を引きつけられるわ」テオはジェームズの反応を想像した。彼は気づくだろうか？

「こうしておけば外れることはありません」ピンを留めたあと、アメリは一歩さがった。

「あとでちゃんと縫いつけます」

「今日は外出しないことにするわ」ジェームズさえ美しいと思ってくれればいいというのは本心でも、ボンド・ストリートを歩いて、あちこちにはってある挿し絵と向き合う気にはなれない。

「騒ぎはそのうち静まりますよ」アメリはうなずきながら言った。「来週には、次の誰かが餌食になるでしょう」

「スタッフォードシャーのライバーン・ハウスへ行く気はないか、ジェームズにきいてみようかしら」わたしが頼めば、ジェームズはどこへでもついてきてくれる気がする。「そうよ、荷造りが終わったら、一カ月ほど田舎の屋敷に滞在するわ」

「でも、社交シーズンが始まったばかりなのに、ロンドンを出るのですか？」

「逃げるのは臆病だと思う？」

「まさか！　ですが、田舎へ引きこもったら、世間はますます噂します。きっと奥様が恐れをなしたのだと思うでしょう」

「エルストンの舞踏会には戻ればいいわ」テオは自分に言い聞かせた。「そのころには注文したドレスも届くでしょうし。クランブルにドレスを送ってもらって、スタッフォードシャーで試着すればいいのよ」

テオは立ちあがり、最後にもう一度、鏡を見た。まだなんとなくやぼったいが、あざやかな差し色のおかげでだいぶましになった。

これからジェームズに会うのだと思うとわくわくする。だが、彼はすでに外出してしまった可能性もあった。乗馬に出かけたかもしれないし、ジェントルマン・ジャクソンのジムでボクシングをしているかもしれない。活力に満ちあふれた人だから、家のなかでじっとしているのが苦手なのだ。身体を動かさないと、檻に入れられたトラのように不機嫌になる。よく覚えておかないと。手すりを指でなぞりながら、テオは階段をおりた。夫には定期的な運動が必要なのだ。犬に散歩が必要なように。

だが、ジェームズは犬にはほど遠い。野性的で、決して飼い慣らされないところがある。これまで出会った貴族の男性たちとはまったくちがう。できることなら、そんなジェームズを自分だけのものにしておきたい。

まだ昼食の時間ではないから、ジェームズが家にいるとしたら、たぶん書斎だろう。期待に気がはやる。もしかすると、わたしの様子を確認してから外出しようと考えているかもしれない。乗馬がまだなら、一緒にハイド・パークへ出かけてもいい。夫婦になったのだから、わたしも乗馬の腕を磨かなくては。

もちろん、自分らしい乗馬服をデザインするのが先だ。組み紐と肩章を使った軍服風の乗馬服を。

12

ちょうどテオが階段をおりきったとき、ジェームズが書斎から出てきた。その顔は怒りにどす黒く染まっている。テオに気づくといっきに頬の緊張がゆるんだものの、目には悩ましげな色が残っていた。

「ごきげんよう」テオは自分の格好が気になってしかたがなかった。

ジェームズはなにも言わず、テオの手をつかんで書斎へ引き入れた。彼の身体からは、かすかな革と風のにおいがした。

「乗馬に行ってきたのね」

しばらくあとで、テオはキスの合間に言った。

「きみのことばかりが頭に浮かんで、どうかなりそうだった」ジェームズが耳元でささやく。

「ちゃんと歩けてよかったよ。やっぱり最後の一回はやめておけばよかったな」

「わたしもしたかったの」ジェームズの唇を見つめて答える。「今だってそうよ」

「なんて甘い香りがするんだろう。本物のデイジーみたいだ」

「いいかげんにその呼び方はやめて。テオと呼ばれるほうが好きなの」

ジェームズはテオを壁際に追いつめ、片方の手で乳房を包んだ。「やめない」感情のこもった声で言う。

「どうして?」

「朝食の席や劇場なんかではテオでいいかもしれない。だが、こんなふうに抱いているときは、ぼくのデイジーだ」ふたたび唇が重なり、テオの身体から力が抜ける。貪欲なキスと愛撫とたくましい身体を感じて、頭のなかが真っ白になった。

「ああ、だめだ」ジェームズがかすれた声で言った。「まだ身体が痛むだろう。キスでやめておこう」そう言いながらもテオを部屋の奥にあるソファに導き、髪からピンを抜きはじめた。アメリがたっぷり一〇分はかけてまとめた髪を、ものの数秒でほどいてしまう。「家にいるときはいつも髪をおろしていればいいんだ」

テオはくすくす笑った。「肩に髪を垂らして屋敷のなかを歩きまわったら、クランブルがどんな顔をすると思う?」

ジェームズが顔を寄せ、独占欲をむきだしにして、ふたたび強く唇を押しあてた。

「夫のぼくが命じたらどうする?」

腹部からつま先へと震えが走る。ジェームズに支配者の顔を――野獣のような顔をされると、なんでも言うとおりにしたくなってしまう。

「ごめんなさい」テオはジェームズのふっくらとした下唇を指先でなぞった。「でも、髪型や着るものについては、二度と他人の意見を聞き入れるつもりはないの。そう決意したのは五年前よ。母がわたしの男っぽい顔を、ドレスのフリルやひだで補おうとするようになってから」

ジェームズが眉をひそめた。

「母はきっと、わたしが女だってことをみんなに印象づけたかったのね」

ラズベリー色の布に目を留めたジェームズは、なんの断りもなくそれを引き抜いた。スカーフがなくなると、胸の谷間が大胆にのぞく。

「どこから見ても女性じゃないか」ジェームズはそう言うと上体をかがめ、あたたかく湿った舌で胸の曲線をなぞった。しばらくしてふたたび顔をあげる。「きみの夫として、今すぐ下着をとれと命令したらどうするんだ？」

テオは声をあげて笑った。自分が歌をせがんだように、ジェームズも夫としての影響力を探っているのだ。「そのときあなたに対して、どういう感情を持っているかによるわ」

「今、この瞬間は、どう思っているんだい？」

テオは少し背のびをして、形のいい下唇に舌をはわせた。「逆にわたしがなにかを命令したら、あなたはどうするの？」

ジェームズは唇を開き、深く息を吸った。「なんでもするよ」熱っぽい声で言う。「きみの言うとおりにする」

「だったら、じっと座っていて」テオは身体をよじり、ソファからおりた。

ジェームズは素直に従った。興奮に目の色が濃さを増している。「ぼくはきみのしもべだ」

「ズボンをおろして」テオは全身が熱くなるのを感じた。

ジェームズはまばたきもせずに立ちあがり、彼女の要求どおりにした。

テオはひざまずいたまま、ふたたびソファに近づいた。ジェームズが腰をおろす。彼の情熱の証は――そんなことが可能だとすれば――昨夜よりもさらに大きく見えた。それを目にしただけで、テオは下腹部がうずいた。

「昨日、腿のあいだにキスされているときずっと……」テオは手をのばしていきりたったものをなでた。「あなたに同じことをしたらどんな感じがするのかしらって、そればかり考えていたの」

「ああ!」ジェームズがささやいた。「きっとすぐに昇天していた。とても耐えられなかっただろう」

「あら、わたしは耐えたのに」テオは生意気な笑みを浮かべた。顔を近づけて、彼のものを味わう。

ジェームズがかすれた声をあげたので、テオはもう少し頭をさげて、ベルベットのごとくなめらかな感触を楽しんだ。

ジェームズのうめき声のせいで、最初はドアの開く音がわからなかった。うめき声のせいではなく、初めての優越感に浸っていたせいかもしれない。

一瞬遅れて、脳が物音を察知した。慌てて立ちあがったテオは、義理の父と目が合った。反射的に部屋の奥へ逃げて、手近なドアを開く。そして居間に入ると、勢いよくドアを閉めて寄りかかった。心臓が破れそうなほど激しく打っている。

気分が悪い。公爵に見られてしまった……すべて見られたのだ。あそこで、ジェームズに覆いかぶさっているところを。

「ああ、どうしよう！」膝ががくがくした。ドアに背中をつけたまま、床にくずおれる。ドアの向こうからジェームズの怒声が響いてきたが、なんと言っているかはわからなかった。ズボンを足首までおろして座っていたジェームズの姿がくっきりと思いだされて、テオは両手に顔をうずめた。

よりによって義理の父に見られるなんて！　ここ数日間で充分辱めを受けたのに、まだ足りなかったの？　だけど、入ってきたのが従僕だったらどうだというのだろう？　従僕なら無視できる？　いいえ、もっとひどいことになっていたかもしれない。

やはり早々に田舎に引きこもるしかない。一カ月で足りなければ一年だわ。

ドアの向こうから聞こえてくる声の感じが変わった。公爵が話しているようだ。

テオは身体をずらしてドアを細く開けた。恥知らずのあばずれなどと言われていたらどうしよう。

聞こえてきたのは笑い声だった。

あろうことか、公爵は笑っている！

心臓が喉元までせりあがった。ただ、軽蔑されるよりもあきれられるほうがましな気がして、少しだけ気持ちが楽になった。案外、新婚の夫婦には珍しくない出来事なのかもしれない。実際に愛し合っているところを見られたっておかしくなかった。身体の痛みさえなければ、あのまま事に及んでいただろう。テオはドアの隙間からもれ聞こえる声に耳をそばだてた。

「ロンドンに戻ってきたのは〝みにくい公爵夫人〟の件を聞いたからだ」公爵が言った。「新聞記者の首根っこをつかんで懲らしめるか、それともどこかの新聞社をつぶすかしないと、おまえの気がすまんだろうと思った。だが、復讐について考えている暇はなかったらしい。みにくかったらどうだというんだ？　おかげであの娘は、夫となったおまえにいっそう感謝しているふうではないか。あの娘がこづかいをもらった酒場の女中みたいに奉仕しているのを見たときは、わが目を疑ったぞ」

テオはがっくりとうつむいた。あの公爵になにを期待していたのだろう？　母が常々ろくでなしだと言っていたけれど、まさにそのとおりだ。

「実際、みにくいからこそあそこまでしてくれるんだ」公爵が続けた。「まともな娘ならとても――」

「黙れ！」ジェームズが怒鳴った。

よかった、ジェームズがかばってくれる。テオは麻痺した頭で考えた。

「なんだその言い方は！」公爵の声が高くなる。

「妻に対する侮辱は許さない」ジェームズの声は父親のそれと対照的に冷たく抑制されていながらも、底知れぬすごみがあった。

テオは震えながら息を吸った。

ところが公爵は、息子の心情などまるで察知していないらしい。「言いたいことがあれば言わせてもらう！　あの娘を選んでやったのはわたしだということを忘れるな！」

「ちがう！」

「ちがうものか！　結婚する気などなかったくせに。結局、わたしの言うとおりにしてよかっただろう？　だから言ったではないか。女など、暗い場所ではみんな同じだと」

「殺してやる」ジェームズが言った。長年一緒にいるテオには、彼の忍耐が限界に達しつつあるのがわかった。ジェームズはこういう事態を忌み嫌っていた。自分の声が、癇癪を起こしたときの父親の声とそっくりになる瞬間を。

ふと〝あの娘を選んでやったのはわたしだ〟という言葉が頭によみがえり、テオは物思いからわれに返った。

「わたしだって初めは、おまえたちを結婚させようなどとは考えてもいなかった」

「初めというのは、デイジーの持参金に手をつけたときか？」ジェームズが怒鳴る。それでテオはふたつの事実を悟った。ひとつは、ついにジェームズの抑制がきかなくなったこと。そしてもうひとつは、たった今、彼が言ったことの重要性だ。持参金に手をつけた？　そんな話は聞いていない。そんなことがあるはずない！

「ちょっと借りただけだ」公爵は苦しそうに言った。「人聞きの悪いことを言うな。結局はおまえのためになったじゃないか。結婚できたことに感謝するあまり、真っ昼間から奉仕してくれる妻を得た。それもクランブルがいつ入ってきてもおかしくない書斎で。結婚を強要したときは、あの容姿だからおまえに申し訳ないと思っていたが、こうなったからにはとり消させてもらう。良家の娘があんなふるまいをするなど前代未聞だ。愛人に注ぎこむ分を節約できたじゃないか。ろうそくを吹き消すのさえ忘れなければいい」

テオの口からすすり泣きがもれた。今まで信じてきた世界が音をたてて崩れていく。公爵は息子に結婚を強要したのだ。しかも、その相手がわたしであることに謝罪までした。それなのにわたしはなにも知らず、あんなはしたないまねまでして。親密な行為は寝室のなかにとどめておくことくらい、召使だって心得ているのに。

「デイジーをおとしめるのは許さないぞ！　あんたなんか地獄に堕ちればいい！」今やジェームズの声は激情に震えていた。しかし大切なのは、彼が公爵の言葉を否定しなかったことだ。

ただのひとつも否定しなかった。

父の親友だった公爵が、わたしの持参金を横領した。昨日の話し合いのとき、領地管理人のリードはそのあたりの事情を承知していたはずだ。もちろんジェームズも知っていた。最初からずっと。わたしの相続財産で公爵家の負債を返済する方法について話しているあいだ、自分の父親がすでに相当な分をくすねていることを知っていたのだ。

テオは必死になって断片的な情報をつなぎ合わせようとした。ジェームズが人前で酔っ払ったことはない。それなのに、ウェールズ公の音楽会でキスをしているところを見つかったときは泥酔していた。わたしみたいな女に求愛するのだから、酒でも飲まずにはいられなかったのだろう。

何年も経って過去をふり返ったとしても、ジェームズに心を踏みにじられたこの瞬間を忘れることはないにちがいない。デイジーとテオが分離した瞬間。それまでの自分と決別した瞬間を。

これまでのわたしには愛情と信頼があった。

これからのわたしには……真実がある。

13

顔をあげたジェームズは、居間へ続くドアがかすかに開いていることに気づいた。目を凝らしてみると、ドアの隙間から黄色い髪がちらりとのぞいている。テオに聞かれてしまったのだ。すべてを聞かれてしまった！

ジェームズはつかつかと父のもとへ近寄った。

愚かで、卑劣な父のもとへ。

「二度と顔も見たくない」ジェームズは喉を絞められているかのような息苦しさを覚えた。

「デイジーに聞かれた。すべて聞かれてしまったじゃないか」

「そうだとしても、嘘は言っていない」開きなおりながらも、公爵は身をこわばらせて居間へ続くドアをふり返った。

「デイジーは決して許してくれないだろう」ジェームズはそう確信していた。

「さっきの様子からすると、そうとも言えない――」

ジェームズが歯をむいたので、公爵は口を閉じた。

「ぼくたちは幸せをつかみかけていた。あんな始まり方をしたにもかかわらず、うまくいきそうだったんだ」

「まあ、しばらくむくれるのはまちがいないな」公爵は声を落としたあと、さも名案であるかのようにつけ加えた。「そうだ、ダイヤモンドを贈るといい。おまえの母親にはいつも効果があったぞ。それで何年もうまくやっていけたんだ」

ジェームズは父の言葉を無視した。「ぼくは一生をかけて……デイジーに償いをする」これほどの恐怖に襲われるのは、母が死の床にあったとき以来だ。「屋敷を出ていってくれ。ほかに住む場所を見つけるんだな。親子の情もないのに、芝居を続ける必要はない」

「おまえはひとり息子だ。わたしの息子だ。情がないはずはない」

「この際、血縁関係は関係ない」ジェームズの胸は激しい怒りと絶望でいっぱいだった。「あんたにとっては、ぼくもデイジーもなんの意味もないんだ。通りですれちがう他人と変わらない。利用できるだけ利用して、いらなくなったらほうりだす」

公爵が目を細めた。「被害者ぶるのはよせ！」興奮に声を荒らげる。「すべてを承知であの娘に求婚したのはおまえだぞ。今さら偽善者ぶるな」

「ぼくはデイジーと、自分自身の人生を犠牲にした。あんたを助けるために」

「わたしのためじゃない。自分が継ぐ領地と爵位を守るためだ。結婚を強要されたとき、あくまで断ることもできたのに、おまえはそうしなかった。おまえのことだからきっと道義心をふりかざし、自業自得だと言ってわたしを見捨てるだろうと思っていた。ところが、実際はちがった。しょせん、わたしたちは似た者同士なんだ」

ジェームズはこぶしを握りしめた。親を殴ることはできない。

「リンゴは……」公爵が続けた。「リンゴの木の下に落ちる。それを肝に銘じておくがいい。おまえの母親だって、わたしを完璧な男だと思っていたわけじゃない。それでもわたしたちは結婚した。そういうことだ」公爵の口元が弧を描いた。「だがな、わたしは泣き言は言わんぞ。おまえがあの娘との結婚に同意したときは驚いたが、困ったことになったら泣き言を言うのは予想どおりだ。いいかげんに大人になれ。わたしに恥をかかせるな。歌なんか歌っているからこういうことになる。これはおまえの母親の責任だな」

「あんたはぼくをこれっぽっちも愛していないんだ」イングランドの紳士ならば決して口にしないことを、ジェームズはあえて言った。「そうだろう?」

「おまえというやつは！　いつもおかしなことばかり言うが、今のはその最たるものだ」公爵の顔がみるみる真っ赤になった。「おまえはわたしの跡継ぎ、それだけだ」

「愛情があったら、こんな仕打ちをするはずがない」ジェームズは疲れた声で言うと、書斎の入口へ行き、ドアを開けた。「出ていってくれ」

「あの娘と話をつけろ」公爵はその場を動かなかった。「事態を収拾するんだ。夫のおまえがしっかり言って聞かせろ。一度、相手の言いなりになると、癖になるぞ」

「いいから、もう出ていってくれ！」ジェームズは繰り返した。これ以上そばにいたら、自分でもなにをしてしまうかわからなかった。

公爵は荒い呼吸をしながらドアに近づいた。取っ手に手をかけて立ちどまり、ジェームズに背を向けたままでつぶやく。「愛していないわけがない。わたしは……おまえを愛している」そうして、部屋を出ていった。

閉まったドアを見つめたまま、ジェームズは母が生きていたらと思った。母が――母でなければ乳母でもいいが、とにかく誰かいたころは、いろいろなことがもっとうまくいっていた。急いで居間に行かなければ。テオと話して、彼女のことをどれほど……どれほど……なんだというんだ？　今さら愛していると言っても、信じてはもらえないだろう。

さっき自分で言ったとおりだった。愛情があるなら、相手を傷つけるような仕打ちをするはずがない。

重苦しいものが覆いかぶさってくる。もしかすると、ぼくには人を愛する能力がないのかもしれない。父と同様に。ぼくもこの屋敷を出ていくべきなのかもしれない。テオはぼくなどいないほうが幸せになれる。

ジェームズは居間へ続くドアに近づいた。


テオはぴくりともせずに座っていた。身体は硬直し、目は閉じたままだ。油断すると、胃のなかのものを絨毯にぶちまけてしまいそうだった。

吐き気をこらえるのがやっとで、まっすぐこちらへ向かってくるブーツが視界に入っても、それがなにを意味するのかしばらくわからなかった。

ジェームズと目を合わせるには、これまで培ってきたありったけの精神力をふりしぼらなければならなかった。テオは心のまわりに厚い氷を張りめぐらせてから、立ちあがって夫の視線を受けとめた。そこに予想どおりの感情を見てとった。羞恥心だ。それを目にして、信じたくないと思っていたことが事実だとわかった。ジェームズはわたしとの結婚を少しも望んでいなかったのだと。

テオは精いっぱいの虚勢を張った。「さっきは楽しんでもらえたかしら？　妻として、あれが最後のご奉仕よ」

「デイジー」

「その呼び方はやめて」

「ぼくを置いていかないでくれ」ジェームズが絞りだすように言った。

厚い氷に包まれて、テオは自分でも驚くほど落ち着いていた。

「置いていくなんて……なにを言っているの？　むしろあなたをここからほうりだすつもりよ。横領された持参金の残りがどのくらいあるかわからないけど、それと相続財産で公爵家を立てなおすわ。昨日の話し合いの様子からして、あなたがいなくなってもさして困らないだろうし」

ジェームズが大きく息を吸った。彼の苦しげな顔を見て、テオはいい気味だと思った。

「そういうことだから、さっさと出ていって。あなたとお父様ときたら、似た者同士のくせにうまくいかないのね。父親は卑劣な犯罪者で、あなたは腰抜けの愚か者よ。父親の犯罪を隠すために、わたしの人生を破滅させたんだわ」

ジェームズはひと言も弁解せず、思いつめた表情で立ちつくしていた。

「この屋敷からも、イングランドからも出ていって。昨日、船を見てきたんでしょう。それでどこかへ行くといいわ。二度と会いたくない」

ジェームズは、悪さをした子供のように、落ち着きなく左右の足に重心を移した。

「最悪なのは、夫婦の契りを交わしてしまったことよ。これで結婚をとり消せなくなった」

「ぼくはとり消したくない」

「当然ね。だってわたしはあなたの前にひざまずいて、感謝の気持ちを表したもの。お義父様が指摘してくださったとおり、どんな男も文句なんてないでしょうよ。ああいう行為はたっぷりおこづかいをはずまないと体験できないらしいから。下着をつけるなと命令したのも、わたしを娼婦扱いするため？　髪をおろしたままにしろというのも？」

「ちがう！」

「大きな声を出さないで。わたしは怒鳴られたくらいでびくびくする小娘じゃありませんからね。陶器の人形なんて投げようものなら、食堂のテーブルを持ちあげて、その頭に投げつけてやるわ」

「ぼくはものは投げない」

「年を重ねたらわからないわよ。お義父様くらいの年になると、本性を現すかもしれない。いいえ、ちょっと待って……あなたはすでに本性を現していたわね」

「すまなかった」ジェームズはとぎれとぎれに言った。「本当に、すまなかった、デイジー」

苦しげにゆがんだ顔を見ても、テオはこれっぽっちも同情しなかった。厚い氷の壁のせいで、なにも感じなかったのだ。

「わたしは美人じゃない。でもね、ジェームズ、あなたみたいになるくらいなら、みにくいままでいるほうが一〇〇倍もいいわ。わたしは幼なじみを裏切ったりしないから。あなたを信じていた自分がどんなに愚かだったか、今ならわかるけれど。それでもあなたが好きだった。昨日のあなたを心から愛していたわ。もう天使のような顔にだまされたりしない。あなたに外見以上のものがあると信じたわたしがばかだった」

ジェームズが歯を食いしばる。

「人生は長いし、あなたとの結婚はもう終わったのだから、きっと新しい恋がめぐってくるでしょう。次に現れる人はきっと、ありのままのわたしを愛してくれる。外見に惑わされることなくわたしの本質を見て、持参金なんか関係なく求めてくれるわ。無知につけこんで、娼婦みたいな扱いができることを知らなくてもね」

「そんな扱いをした覚えはない！」

テオは落ち着いた声で続けた。「あなたは最低よ。本当に最低。でも、いちばん悲しいのはね、本気であなたを愛したこと。あなたもわたしを愛してくれていると思いこんでいたことよ。あなたとちがって、わたしはお金のためにああいうふるまいをしたわけじゃない。でも結局のところ、目が飛びでるほどの金額で、男娼をふた晩雇ったのはわたしのほうだったのね」

「そんな言い方をしないでくれ」ジェームズが弱々しく訴えた。「お願いだから、デイジー、こんなことはやめよう」

「なにを？　本当のことを言っているだけじゃない」

「ぼくたちの未来を壊さないでくれ」ジェームズはそれ以上言葉が出てこないようだった。

「ぼくたちの未来なんて存在しないわ」そう言ったとたん、テオは世界が粉々に砕けた気がした。「今日じゅうにこの家を出ていって」恐ろしいことに、ジェームズの姿を見るといまだに身体が熱を帯びた。それが悔しくて、彼女はますます頑なになった。「こんなふうになるなんて……」初めて声がかすれた。「あなたを愛していたわ。本当に愛していたの。おかしいけれど、結婚するまではそのことに気づきもしなかった。でも、たとえ異性として意識していなかったとしても、あなたを裏切ったりはしなかった。だって、いちばんの親友だもの。兄みたいなものよ。言ってくれればよかったのに」

ジェームズの顔が死人のように白くなった。「なにを？」

「お金を工面してくれと、率直に言えばよかったのよ」テオは気丈に顔をあげた。その目に涙はない。「愛する者同士は分け合うもの、与え合うものよ。言ってくれれば必要なだけあげたでしょうに。わたしを踏みにじるようなまねをしなくてもね」

それだけ言うとテオはジェームズに背を向け、居間を出てぴたりとドアを閉めた。

一〇〇歳の老女になった気分で階段をあがる。すべてを失ったしわだらけの老婆だ。テオが二階に着いたとき、先の部屋から公爵が出てきた。

テオは恥じることなく公爵の目を見据えた。

恥じ入るべきは、わたしじゃないわ。

公爵が視線を落とす。

「この屋敷はわたしのものです」テオは高飛車に言った。「あなたには出ていってもらいます。昨日知ったのですが、わたしはあなたにずいぶん気前のいい手当を払わなければならないみたいですね。それで適当な家を借りてください」

公爵がはじかれたように顔をあげた。「そんなことはできんぞ！」

「明日になってもこの屋敷にいらっしゃったら、いかさま管理人のリードを呼んで、帳簿ごとわたしの弁護士に送りつけますから。もちろん、ボウ・ストリートの捕り手にも連絡することになるでしょう。家を出る理由は好きにおっしゃればいいわ。毎朝わたしのみにくい顔を見るのがいやになったとでも言えばいいんです。ともかく、出ていってください！」

「そんなことはできん。おまえからも言ってやれ！」公爵が怒鳴った。

テオがふり返ると、階段の下にジェームズが立っていた。

「ご心配なく。あの人も出ていきますから」テオは公爵に言った。「経費削減のために、この屋敷は閉めさせていただきます。わたしは当面、スタッフォードシャーの屋敷に滞在しますから。連絡をとりたいときは弁護士を通してください」

「妻と連絡をとるのに、弁護士など通さないぞ」階下からジェームズが言った。

「それはいいわ。連絡しないでくれるほうがありがたいもの」

「女のくせに生意気な！」公爵が怒りに震える声で怒鳴った。

「廊下に投げるものがなくて残念ですこと」テオは軽蔑をこめて言い返した。

「この屋敷はわたしのものだ。祖父が建てたんだ。おまえの勝手にさせるものか！」

「そうですわね。でしたら、横領の証拠を公表させていただきます。親友から託された娘の持参金を横領したとなれば、世間の関心も高まるでしょうね」テオはジェームズを見おろした。「この家では友情など、家畜の飼料くらいの価値しかないみたいですけど」

さすがの公爵も恥ずかしくなったのか、くるりと向きを変え、なにも言わずに自室へ引っこんだ。

テオはジェームズをふり返りもしなかった。彼がこちらを見あげているのはわかっていた。背中に視線を感じた。

まっすぐ前を向いたまま、テオは自分の部屋へ向かった。デイジーを、結婚生活を、そして、みずからの心さえも置き去りにして。

第2部　アヒルがハクチョウに変わる日

14

九カ月後
モルディヴ共和国近海
〈パーシヴァル号〉の船上

「逃げきるのは無理ですぜ！　この船は重すぎる」スクイブという名の頑強な操舵係が、ジェームズに向かって大声で言った。声の震えは強風にまぎれて判別できなくても、表情を見れば怯えているのは一目瞭然だった。

「おまえは舵のことだけ考えろ！」ジェームズはふり返って水平線を一望した。後方の船影はまだぼんやりとしか見えないが、翼でも生えたかのように波の上を滑って距離を詰めてくる。「あれは本当に海賊船なのか？」

「見張りが確認しました」スクイブは額をぬぐった。「ちくしょう！　今までうまく避けてきたってのに。国には生まれたばかりの孫たちがいるんです。やっぱりおとなしくロンドンにいればよかった」

「あの船が掲げているのは黒い旗か？」ジェームズは甲板に立ってじっと船をにらんだ。そうすれば船が消えるとでもいうように。

スクイブはうなずいた。「もう終わりですぜ。ありゃあ〈フライング・ポピー号〉だ」うめき声をあげる。「黒地に赤い花の模様。まちがいない」

それを聞いたとたん、ジェームズの緊張が少しゆるんだ。その船名なら聞いたことがある。そして自分の読みが正しければ、生きのびられる可能性はあった。ほんのわずかな可能性かもしれないが、ないよりはましだ。「もっと悪い状況だってありえたんだ」彼は自分に言い聞かせた。

「最後の寄港地で聞いたところでは、〈フライング・ポピー号〉が襲った船は今季だけで五隻とか。抵抗さえしなければ乗組員を殺しはしないそうですが、船は積み荷を奪われ、沈められます。もう終わりですよ、旦那」

スクイブの泣き言を無視して、ジェームズは尋ねた。「大砲の準備は？」

「大急ぎでやってるところです」

「だったら、最後まであきらめるな。とにかく前進だ。針路は任せる」

ジェームズは上層甲板から飛びおりて、下層甲板を走った。乗組員たちが協力して大砲に火薬を詰めている。

「諸君！」

ジェームズが声をかけると、男たちは作業の手をとめ、いっせいに顔をあげた。彼らは一時間前、真っ黒に焼けた身体をけだるそうに動かしていたときとは別人だった。塩漬け肉もトビウオもうんざりだとか、まぶたも鼻も潮でじゃりじゃりだとぼやいていた連中は、今やひとり残らず震えあがっていた。

「なんとしても生きのびるぞ」ジェームズは言った。

男たちはひと言も発しなかった。

「ともかく大砲の準備を急げ。運がよければ、相手の腹に一発おみまいできるだろう。海賊の狙いは船の荷だ。暴力を日常としている連中を相手にして、無駄に命を落としてほしくはない。砲撃で相手の船を沈められない場合は、全員甲板にあがってうつぶせになれ」

この指示に、あちこちから不満の声があがった。

「おれは生まれてこのかた、売られたけんかを買わなかったことなんざ、一度もねえ！」クランパーが叫んだ。チープサイド出身のこわもてで、短剣の扱いがうまい男だ。

「なにごとにも最初はある」ジェームズが言った。「いつものように短剣をとりだしたら、船長に対する反乱と見なす」

沈黙が落ちた。

海へ出て九カ月。海の流儀に慣れて操舵技術を修得するまでは、乗組員たちとぶつかることもあった。だが、スクイブが味方してくれたこともあって、今では船長として一目置かれている。面子にかけても、乗組員の命だけは守りたい。

「相手の船長に、一対一の決闘を申しこむつもりだ」ジェームズは言った。「海の掟に従って」

「海賊に掟なんて通用しません」誰かが叫んだ。

「〈フライング・ポピー号〉の船長は別だ」ジェームズは出港前に、インドとブリテン島のあいだに横たわる海を荒らす海賊について、できる限りの情報を集めた。「船長の名前はサー・グリフィン・バリー。男爵で、ぼくの親戚だ。まだ幼いころに会ったことがある。向こうもこっちの名前くらいは覚えているだろう」

「つまり、旦那が話をつけてくれるんですかい？」クランパーの目に希望の光が宿る。

「努力する」ジェームズは答えた。グリフィンには、罪を改める気などさらさらないだろう。アシュブルック家の系統には、ジェームズとその父以外にも腐ったリンゴがいたということだ。「いいか、ぼくが命令するまで砲撃するなよ」

しかし、結局のところ、砲撃命令がくだされることはなかった。百戦錬磨の〈フライング・ポピー号〉は、これから襲撃しようとする相手に船腹など見せなかったからだ。一方の〈パーシヴァル号〉は、香辛料を満載しているせいで機敏に動けなかった。〈フライング・ポピー号〉は〈パーシヴァル号〉の周囲を旋回した末に、船を横づけして楽々と乗りこんできた。

手すりを越えてなだれこんできた海賊たちは、〈パーシヴァル号〉の乗組員たちが甲板でうつぶせになっているのを見ると、それを囲むように立ちはだかった。片手に拳銃、もう一方の手には短剣が握られている。黒い旗に刺繍された血の色のケシ《ポピー》を見て、戦う前から降伏した船は〈パーシヴァル号〉が最初ではないのだ。

最後に船長が乗りこんでくる。短剣を口にくわえ、右手に拳銃を持って甲板におりたった男は、当然ながらとても上流階級の子弟には見えなかった。波止場で働く人夫のような服装だ。小さいが、旗と同じケシの花が右目の下に彫られていた。

「サー・グリフィン・バリー」伯爵が男爵にあいさつするのにちょうどいい角度で、ジェームズは頭をさげた。足元にはうつぶせになった乗組員たち、その外側を海賊たちが囲んでいる。ジェームズは場ちがいを承知で宮廷服に着替えていた。金糸の刺繡が入った上着にずらりと並んだ金ボタン。慌ててかぶったせいでいくぶん傾いてはいるが、かつらも忘れなかった。

この姿を見たグリフィンは、手すりにもたれて大声で笑いだした。好意的とまではいかなくても、笑っているのはまちがいない。

ジェームズはひとまず撃ち殺されなかったことで自信を得た。

「海の掟にのっとって、貴殿に決闘を申しこむこともできるが……」ジェームズは精いっぱいの虚勢を張った。

グリフィンが目を細め、拳銃を握りしめる。「たしかに」

「そうでなければ、船長室で一杯やってもいい。この前会ってから……どのくらいになる？五年か？」

交渉に失敗すれば〈パーシヴァル号〉の乗組員など三分でみな殺しにされるだろう。それでもジェームズは、いにしえから受け継がれてきたイングランド貴族の気風に賭けた。上流階級の男たちはよちよち歩きができるようになるとすぐ、紳士らしい身の処し方をたたきこまれるのだ。

「亡くなったアガサおば上は後者を好むだろうが……」思わせぶりにつけ加える。

「おいおい、冗談だろう？」ジェームズの正体に気づいたグリフィンは目を丸くした。「どこの頭が足りない貴族かと思ったら、〝大うつけ公爵〟の息子じゃないか！」

ジェームズは会釈した。袖口の白いレースがひらひらとなびく。「アイラだ。ジェームズ・ライバーンだよ。再会できて光栄だ、サー・グリフィン・バーソ――」

正式名で呼ぼうとしたジェームズを、グリフィンが咳払いをしてさえぎった。ジェームズは小気味よい満足感とともに、新たな自信がみなぎるのを感じた。向かうところ敵なしの海賊が〝バーソロミュー〟という仰々しいミドルネームを恥じているなど、誰に想像できるだろう。

「いったいこんなところでなにをしてる？　おれに略奪されに来たのか？」グリフィンは迫力のある声で言った。しかし、力関係はすでに変化していた。公爵家の跡取りという肩書きが、海賊であり男爵でもあるグリフィンと並んだのだ。

「父が財産を失って他人の金を横領したので、自分でひと財産築くことにしたんだ。親愛なるいとこ殿なら、うまいやり方を知っているんじゃないか？　この船を〈ポピー・ジュニア号〉に改名するなんていうのはどうだろう？」グリフィンの視線をとらえたまま、ジェームズは刺繍入りの上着を脱ぎ捨てた。さらに手首のスナップをきかせて、かつらを海にほうり投げる。「この船に乗って九カ月、風や潮や星について学んだ。香辛料でひと儲けしようと思っていたが、できればもっと刺激的なことがしたい。わが一族に流れる犯罪者の血のせいかもしれないいな」

グリフィンにとって、この発言は予想外だったらしい。ジェームズは、足元に寝そべっている乗組員たちに目をやらないよう自分を戒めた。弱みを見せたら終わりだ。

「……ブランデーをもらおうか」長い沈黙のあと、ついにグリフィンが言った。

「うちの乗組員は丸腰だ」天気の話でもするような軽い口調で、ジェームズは示した。

グリフィンが部下のひとりに向かって合図する。「そいつらを一箇所に集めて見張っておけ。おれはこちらの閣下に話がある」グリフィンは冷酷で容赦のない海賊の目で、ジェームズをにらみつけた。「おれが一時間以内に甲板に姿を現さなかった場合、そいつらをみな殺しにしろ。いいな、スライ、ひとり残らずだぞ」

ところが一時間が過ぎても、グリフィンは戻ってこなかった。賢明なスライがみな殺しの命令を実行する前に船長の様子をうかがうと、ジェームズとグリフィンはすでに二本目の酒瓶を開けていた。

〈フライング・ポピー号〉を曳航《えいこう》する〈パーシヴァル号〉を夜のとばりが包む。乗組員たちは海賊の監視のもと、淡々とそれぞれの仕事をこなしていた。

ジェームズとそのいとこは互いをファーストネームで呼びながら、相も変わらず飲みつづけていた。

「こんなふうに飲むのはずいぶん久しぶりだ」ふとした拍子に、グリフィンがつぶやいた。

「手下とは一定の距離を置かなきゃならない」

「なるほど」ジェームズは不明瞭な声で答えた。「ぼくたちが初めて会ったとき、なにをしたか覚えているか？」

「一緒に屋根にのぼった」わずかに考えたのち、グリフィンが答えた。「煙突からロープを垂らして壁を伝い、子供部屋の窓をがたがた揺らして、おまえの乳母を死ぬほど震えあがらせる計画だった」

「そうだ」ジェームズはブランデーをもうひと口飲んだ。もはやグラスに注ぐことさえやめ、瓶から直接飲んでいた。「それで、失敗したんだ」

「おれの妹は悲鳴をあげて走りまわったのに、おまえの妹はちがった。窓を開けたんだ。てっきりおれたちを部屋に引っぱりこむつもりかと思ったら、花瓶の水をぶっかけてきやがった。それもげらげら笑いながら。危うく落下するところだったぜ」

「デイジーは妹じゃない」ジェームズはいくぶん険しい声で訂正した。「結婚したんだ。今はぼくの妻だ」

気づくとジェームズは、九カ月前の出来事を打ち明けていた。心の底に抑えこんでいた感情があふれだす。もちろん書斎の出来事は省いたものの、それ以外は正直に話した。

「なんてこった！」グリフィンが叫んだ。「彼女はそれを聞いたのか？　ぜんぶ？」

波のせいで船が横揺れし、ジェームズは危うく椅子から転げ落ちそうになって、どうにか踏みとどまった。「そうだ、なにもかも知ってしまった。そして、ぼくに二度と帰ってくるなと言った。だから次の日、〈パーシヴァル号〉でイングランドを出た」

「そういえば、たしかおれにも女房がいたな」グリフィンは妻と離れ離れになったことを、まったく後悔していないふうだった。「ひとりのほうが気楽でいい」

ふたりはおぼつかない手つきで乾杯した。「〈フライング・ポピー号〉に」ジェームズが言う。

「〈ポピー・ジュニア号〉にもな」グリフィンがつけ加える。「これを見ろ」

グリフィンは刺青《いれずみ》と反対側の頰をたたいたが、ジェームズには彼の言いたいことがわかった。刺青をした者がイングランド社交界に受け入れられることはない。刺青をした男は女王に頭をさげないし、〈オールマックス〉でメヌエットを踊りもしない。妻に就寝前のキスをすることもない。

イングランドを発ってからというもの、ジェームズは夜な夜なテオを思いだしていた。なんとかして彼女のもとへ戻り、謝罪して屋敷へ入れてもらおう。必要なら、玄関の前で野宿したっていい。物心ついたときから、テオはいちばん身近な存在だった。ふたりのあいだには特別な絆があった。

いまだにテオの夢を見て、震えながら目が覚めることがある。

だが、刺青を入れたらそれも終わりだ。イングランドに戻る可能性は断たれる。それこそ、テオの望むところだろう。

〝出ていって〟と彼女は言った。〝二度と会いたくない〟と。テオは思ったことしか口にしない。一直線に飛ぶ矢のようにまっすぐな女性だ。自分とはちがう。

「よし、決めた」ジェームズはぐらつくことなく立ちあがった。「おまえの船に移ろう。ぼくも刺青を彫って、本物の海賊になる」

「おれの船に来るのはいいが、ケシの花はだめだ。刺青を入れたいなら、それに値する貢献をしろ。頼めば入れられるってもんじゃない」

ジェームズはうなずいた。「ちくしょう、頭ががんがんする」

「ブランデーを三本も空けたんだから無理もない」グリフィンも立ちあがり、よろめいて壁に寄りかかった。「くそっ、おれも酒に弱くなったもんだ。手下とは飲むなと、もう言ったかな？」

ジェームズはうなずいた。はずみで頭がずきんと痛む。「肝に銘じておくよ」

甲板に戻ると、海風が頭のもやを払ってくれた。

「ところで、どうやってあっちの船に移るんだ？」さっきは船を横づけしていたので、海賊たちはやすやすと手すりを越えて乗りこんできた。ところが曳航索でつながれた〈フライング・ポピー号〉は今や、かなり後方にいる。すでに帆をたたんでいるので、距離を詰めることもできない。

こんだ。

グリフィンは奇声を発するとブーツを蹴るように脱ぎ、手すりを乗り越えて青い海に飛びこんだ。

「まったく正気の沙汰じゃないな」ジェームズはつぶやいた。イングランド貴族たる者、たとえ泳げても、海には足をつけるぐらいしかしないものだ。

それでもジェームズは生ぬるい海水に飛びこみ、サメのように泳ぐいとこのあとを追いかけた。

〈フライング・ポピー号〉まで泳ぎつくと、縄ばしごに手をかけ、グリフィンに負けない速さではしごをのぼる。激しい運動のせいで酔いがさめ、手すりをまたぐころにはほとんどしらふに戻っていた。

一緒に酒を酌み交わしたとはいえ、グリフィンは海賊船の船長だ。

水をしたたらせたジェームズが甲板におりたつと、海賊たちが船長を守るようにまわりを囲んでいた。

手下を前にして、グリフィンの顔つきもさっきまでとはちがう。邪悪で、気難しそうで、育ちのよさなどかけらもうかがわせない。

「こいつはおれのいとこだ」船長の言葉に、手下たちがうなずいた。疑い深そうに目を細める者もいた。「こいつの船を〈ポピー・ジュニア号〉と命名した。こいつのことは〝伯爵〟と呼べ」

グリフィンの船室へ通されたジェームズは、乾いた服を貸してもらった。粗い布で仕立てた服はいかにも動きやすそうだ。グリフィンはなにも言わずにはさみをとりだし、ジェームズの髪を耳の上あたりでばっさり切った。

「こうしておかないと、敵に髪をつかまれて喉を切り裂かれる」

ジェームズは鏡を見て満足した。鏡のなかから見つめ返していたのは、イングランドの伯爵ではない。誰のことも愛さない男、妻も、家族も、相続財産も放棄した男だった。

ぼくは海賊になったのだ。ジェームズはそう自分に言い聞かせた。

一年後

〈フライング・ポピー号〉と〈ポピー・ジュニア号〉はお得意の挟み撃ち戦法で〈ドレットノート号〉を襲い、海賊たちの略奪品を横取りした。〈フライング・ポピー号〉の貯蔵室は穀物をのせたチーク材の荷台と中国茶の樽、そして〈ドレットノート号〉の海賊どもでいっぱいになった。

〈ドレットノート号〉の船体は、船長であるフリバリー・ジャックのあとを追って、インド洋の深みに沈んだ。

グリフィンとジェームズは〈フライング・ポピー号〉の船長室でゆったりと腰かけ、ブランデーとともに新たな勝利を祝っていた。初めて一緒に飲んだ日ほど深酒をすることは二度となかった。ふたりともそこまで酒飲みではないのだ。

「おれたちは意外なほどよく似てるな」ジェームズはグリフィンに言った。

「どっちも最高に腕のいい船乗りなのはまちがいない。〈ポピー・ジュニア号〉をあんなにうまい場所に横づけしてくるとは恐れ入ったぜ」

「相手にとっては気の毒だったが」

「死んだ連中か？」

「ああ」

「こっちはひとりも死ななかったんだからいいじゃないか。それに〈ドレットノート号〉のやつらは、長いこと東インド諸島の人々を震えあがらせてきたんだ。おれたちは海の平和に貢献したのさ。先月の〈ブラック・スパイダー号〉に続いて、またしてもお手柄だ。〈ドレットノート号〉の連中はボンベイへ向かう客船を襲って、男も女も子供も残らず甲板から海に落としたと聞いたぞ」

「そうらしいな」

今や交易船が海賊を恐れるように、海賊たちは二隻のポピー号を恐れている。

「おれたちはロビン・フッドだ」

「唯一、貧しい者に恵まないところはちがうが」ジェームズは冷めた口調で言った。

「立派な金の彫像をシチリア王に返したじゃないか。高値で売っ払うことだってできたのに」グリフィンが不服そうに言った。

「シチリア王の推薦状があれば、私掠船《しりやくせん》（王の特許状を持って、外国船の捕獲にあたった私船）として活動できる。あんな彫像よりも、そっちのほうがずっと価値がある。たとえ彫像の中身が空洞じゃなかったとしてもだ。実際は空洞なんだぞ」

グリフィンは肩をすくめた。人にただでものを与えるのは好きではないのだ。ただし、私掠船のほうが海賊よりも稼げるのはまちがいなかった。

「それはそうと、大量の布を船室に運びこんでたみたいだが、あんなものをどうするつもりだ？　女でも連れこむ気か？　そんなことをしたら、手下どもが反乱を起こすぞ。どんなべっぴんだろうが、最初の嵐が来ると同時に巨大エイの餌にされるのがおちだ」

「妻に送ろうと思ったんだ。デイジーはドレスそのものより生地が好きだから。ちょっとお目にかかれないほど立派なシルクだっただろう。きっと〈ドレットノート号〉の連中がシルクの交易船を襲ったんだな」

「どうして今さら布なんて送るんだ？」グリフィンは純粋に驚いているようだった。「家を追いだされたんだろう？　まあ、事情を聞く限りは当然の報いだが。夫の存在を思いださせてどうしようってんだ？」

「いい質問だ」ジェームズはブランデーをあおった。「布のことは忘れてくれ。ところで、奪った金はどうする？」

「銀行に預けよう」グリフィンが即答した。「おまえとつるむ前は金を洞穴に隠してたなんて、今思うと全身がむずがゆくなる。ジェノヴァの金庫に預けるか？　それとも、どこかに新しい口座を開くか？」

「とりあえず、パリの口座はやめよう。ナポレオンが汚らしい手をのばしてくるかもしれない。そうなる前に、フランスの金は残らず引きあげたほうがいいかもしれないな。ジェノヴァの口座に移すんだ」

グリフィンは空のグラスを脇へ置いて立ちあがった。「ところでジェームズ、その……悪い知らせだ。〈ドレットノート号〉の甲板長は二カ月前にブリストルで雇われたとかで、こんなものを持ってた」

サイドボードに近づいたグリフィンは、新聞をとりあげてジェームズに渡した。黒い枠線に囲まれた部分に〝アシュブルック公爵、急逝〟と書かれている。

ジェームズは新聞をじっと眺めた。父が死んだ？　それも二カ月も前に？

世界はこんなにあっけなく変わってしまうものなのか。ジェームズはゆっくりと立ちあがった。「〈ポピー・ジュニア号〉に戻って、マルセイユへ向かうよう伝えてくる。帆を交換したほうがいいな」

グリフィンがジェームズの腕を軽くたたいた。「言っとくが、おれは〝公爵様〟なんて呼ばないからな。だが、こうなった以上は、〝伯爵〟と呼ぶのも変だ。おまえの通り名を〝伯爵〟から〝公爵〟に変更すると言ったら、手下たちは混乱するかな？」

ジェームズは返事をしなかった。グリフィンの船室を出て、重い足取りで階段をあがる。最近は二隻のポピー号のあいだに連絡船を待機させているので、はしごをおりたジェームズは〈ポピー・ジュニア号〉までの短い距離を小舟で戻りはじめた。

夕闇が迫っている。海は色や動きを失い、のっぺりとして見えた。まるで灰色の霧のなかを進んでいるかのようだ。

船長室へ戻ると、ジェームズは着替えもせずに寝台に倒れこんだ。長くてきつい一日だった。海賊船を見つけた瞬間から四八時間は動きっぱなしだった。神経を研ぎ澄まして相手の出方をうかがい、隙をついて襲いかかり、血で血を洗う戦いをした。海賊の戦いに容赦はない。至近距離で相手をぶちのめすのみ。襲う船は変わっても、それは同じだ。

身体は疲労しきっているのに、脳は覚醒していた。死んだ父のことが頭をめぐる。しばらくすると、手下が湯の入った洗面器を手に入ってきて、静かに出ていった。ジェームズはやっとの思いで寝台から起きあがり、服を脱いだ。記憶の洪水におぼれかけていた。

物心ついたころから父を憎んできたというのに、父のいない世界について考えたことはただの一度もなかった。父はまだ死を意識する年齢ではなかったが、激昂するたびに頬に紫の斑点が浮かんでいた。あれは心臓発作の前兆だったのだ。

いろいろといやな思いをさせられたとはいえ、父がひとり息子で跡取りの自分を愛していたことはわかっていた。短絡的で賭博狂で向こう見ずで、周囲の人々の気持ちを平気で踏みにじる男だった。それでも、父は父なりに愛情を注いでくれたのだ。その父が、息子の生死さえ知らずに逝ったかと思うと、脇腹に短剣を突きたてられたような痛みを感じた。

不思議なもので、こういうときに限って、幸せだったときのことばかりが思いだされる。子供部屋に飛びこんできて肩車をしてくれたことや、家庭教師に見つからないよう書斎の机の下にかくまってくれたこと。なんの連絡もなくイートン校に現れ、同級生と一緒にテムズ川のボートに乗せてくれたことなどだ。

悲しみと罪の意識が一度に襲いかかってくる。ふたつの感情はジェームズの肩に重くのしかかり、おまえの父親は失意のうちに亡くなったのだと責めたてた。

そんなことはわかっている。

息子としてもっと……もっと……。いや、今となってはどうでもいい。おれはなにもしなかった。そして父は逝った。母と同じく、失われてしまったのだ。

葬儀はテオが仕切ってくれただろう。どんなに義父を嫌っていようとも、テオなら立派に送ってくれたはずだ。

海綿で身体を洗ったジェームズは、部屋の隅に積まれた布の山を見つめながら身体を拭いた。北アフリカの青空市場《スーク》やインドの市場《バザール》で見るようなあざやかな色使いだ。イングランドの暑い夏の日、あまりにも高く澄み渡って、まるで天国そのものに見える空の色を彷彿とさせる生地もあった。

しかし、いくら布に意識を集中しても、父の声が耳について離れなかった。〝ジェームズ、くだらない意地を張らないで帰ってこい。みずからの責任と向き合い、公爵領を引き継ぐのだ〟と。

しかし、現実の世界で父の声を聞くことはもうない。思い出などなんの役にも立たないのだ。ジェームズにとってイングランドは海の底の王国と同じで、そう簡単に戻れる場所ではなかった。

だからといって、テオを忘れたわけではない。彼女の夢を見ることは少なくなったものの、戦いで負傷し、傷が癒えるのを待ってひとり寝台で横たわっているときは、とくにテオを恋しく思った。

過去に戻ってやりなおせるなら、航海に出たりはしなかった。激怒する妻を抱えて二階へ行き、ベッドの上で全身を使って彼女への愛を証明しただろう。だが、もう遅い。そうした夢は、父と一緒に死に絶えてしまったのだ。

これでイングランドに戻る理由はなくなった。失踪後七年が経過して生死不明であるとき、残された家族はジェームズを死亡したものと見なす失踪宣告を出してもらうよう、貴族院に申したてることができる。いずれにせよあと二、三カ月で、海へ出て丸二年だ。五年後にはいとこのピンクラー・ライバーンが公爵領を相続する。そうすれば、テオも再婚を考えられる。おれ自身もイングランドへの未練を断ちきって、新しい人生を生きられる。

〝あなたとの結婚はもう終わった〟というテオの声が、教会の鐘のごとく頭のなかに響いた。〝きっと新しい恋がめぐってくるでしょう。次に現れる人はきっと、ありのままのわたしを愛してくれる〟と。

たしかにましな男はいくらでもいるはずだ。おれはこの世で最低の男なのだから。

ドアに向かって声をかけると、手下のひとりが顔をのぞかせた。

「それを残らず海に捨てろ」ジェームズは布の山を顎で示した。手下は布を両手に抱え、慌てて部屋を出ていった。

数時間後、ジェームズは右目の下に小さな青いケシの花の刺青を入れた。名前は、大海原に沈んだ船長フリバリー・ジャックから拝借することにした。当の本人はもはや名乗る機会もないのだから。

ジャック・ホークの誕生だ。

ジェームズ・ライバーンは——アイラ伯爵であり、アシュブルック公爵だった男は——これで死んだ。

15

一八一一年六月
アシュブルック公爵領
スタッフォードシャーのライバーン・ハウス

テオは短い髪に指を通し、軽やかで自由な感覚を好ましく思った。結婚生活が崩壊した翌日に自分でばっさり切って以来、後悔したことは一度もない。

「今、なんて言ったの、お母様？　ちゃんと聞いていなかったわ」

「リンゴのケーキはどうと言ったのよ」

「ありがとう。でも、いらないわ」

「食べなきゃだめよ」ミセス・サックスビーは語気を強め、娘にケーキの皿を押しつけた。

「あなたときたらいつだって仕事、仕事。そんなに根を詰めていいはずがないわ」

「だって、することが山ほどあるんですもの」テオは肩をすくめた。「お母様だって、うまくいっていると思うでしょう？　今月は〈アシュブルック陶磁器工房〉の初窯開きよ。〈ライバーン織工房〉にも新規の注文が入ったし。それも一四件も！」テオは勝利の笑みをこらえきれなかった。

「よかったこと」ミセス・サックスビーが言った。「だけど、あなた自身はげっそりやつれて、とても成功した女性には見えないわ」

テオは母の言葉を聞き流した。〝みにくい公爵夫人〟と呼ばれたときからずいぶん経つが、当時を思いだすといまだに胃がざわついた。あろうことか世間の人々は、ジェームズが姿を消したのはみにくい妻に耐えられなくなったからだと決めつけた。ジェームズ失踪の噂は一カ月近く社交界をにぎわせ、新聞にも関連記事がしょっちゅう掲載された。そうはいっても、テオは騒ぎの渦中にいたわけではない。ジェームズが街を出ると同時に、スタッフォードシャーの領地へ引っこんだのだ。テオの母もスコットランドから戻るなり、すぐさま娘に合流した。

ジェームズが〈パーシヴァル号〉で船出したことを新聞記者が嗅ぎつけるころ、テオは安全な田舎の屋敷にいた。仕事でたまにロンドンへ戻らなければならないことがあっても、社交界に足を踏み入れる危険は冒さなかった。社交界は上品な人々《ポライト・ソサエティー》の集まりとも呼ばれるが、まったく、上品が聞いてあきれる。

「もうじきミスター・ピンクラー・ライバーンの結婚式よ。完璧な装いで出席しなければならないわ」

「お母様、招待状が届いたときに言ったはずよ。ジェームズに次いで公爵位の継承権を持つ彼のいとことクラリベルの結婚式に、どうしてわたしが出席しなきゃならないの？　だいいち、結婚式がケントで開かれるとなると、行って戻るのに一週間くらいかかるわ。そんな余裕はないの。八月はとても忙しいんだから」

「こんなことは言いたくないけれど、最近のあなたは、どんどん頑なになっているわよ」

ミセス・サックスビーのティーカップが大きな音をたてて受け皿にぶつかった。

ミセス・サックスビーの髪には、いつからか白いものがまじりはじめていた。義理の息子の劇的な失踪以来、足取りに以前の軽快さはなくなったものの、母は決して人づきあいをおろそかにはしなかった。「公爵家の代表として、参加しなければなりませんよ。それにミスター・ピンクラー・ライバーンはとてもいい人だわ」

「人柄は関係ないわ」テオは言い返した。「ここで必要とされているときに、ケントの結婚式に出席している暇はないだけ」

「人生を悲観的にとらえるのはやめなさい。結婚に失敗したくらいで、愛想のない毒舌女になるつもり？」

「ひどいことを言うのね。愛想がないわけじゃないわ。おもしろくもないのに笑えないだけよ」

「つらい思いをしたのはわかるわ。でも、以前のあなたはどこへ行ってしまったの？　自分流のおしゃれのルールは？　服装のことであれこれ言われなくなったら、真珠はすぐさま豚にくれてやるんだと息巻いていたじゃないの。あなたがどんなふうに変わるのか、ひそかに楽しみにしていたのよ」

テオは自分のドレスを見おろした。「このドレスだって悪くないわ。公爵様を亡くして喪に服しているんですもの」

「それは村で仕立てた服でしょう。どこか褒める点があるとすれば、縫い目が思ったよりゆがんでいないことくらいよ」

「もう着飾るのはやめたの。子供っぽい夢は卒業したのよ。だいたい一日のほとんどを書斎で過ごすんですもの。流行のドレスなんて必要ないわ。どうせ黒しか着られないし、見せる相手もいないし」

「レディは他人のために装うものじゃありませんよ」

「あら、そうかしら？　社交界では、未来の夫をつかまえるために装うんでしょう？」

「いい夫をつかまえるのは、結局のところ自分のためだわ」ミセス・サックスビーがたしなめる。

テオはため息をついた。「喪が明けたら、ロンドンの仕立屋にドレスを注文するかもしれないわ。でも、寸法合わせのために街に戻ったりしないし、ピンクの結婚式にも出ない」

「幸せは……」ミセス・サックスビーが言った。「自分の内と外の均衡を保つことによって得られるのよ。あなたには幸せになろうとする努力が足りないわ」

テオは生まれて初めて、本気で母をうとましく思った。よりによって努力が足りないと言われるとは思わなかった。ジェームズが出ていって以来、みんなが寝静まったあとも書斎にこもって、イタリアの陶器や、エリザベス朝様式の内装について書かれた本を読みあさった。週に一度はポニーに引かせた馬車で領地をめぐり、羊の生育状況や、小作人たちの生活状態が向上していることを確認してまわるし、ロンドンへ出ることがあっても、劇場や店を訪れるのではなく、チープサイドにある機織り機がずらりと並んだ工房に通いづめだ。

「努力ならしているわ」テオはいらだちを声に出さないよう、気をつけて言い返した。

「まあ、一生懸命に働いているのはたしかね」ミセス・サックスビーはたいして感心したふうでもなかった。

「公爵領の収支は黒字になったのよ。横領犯の公爵にあれだけの手当を払ったあとでもね」テオはぴしゃりと言い、すぐに自分の発言を後悔した。「ああ、お母様、ごめんなさい。毒舌女になんてなるつもりはないのよ。公爵様についても、横領犯なんて言うべきじゃなかった。もう亡くなられたというのに」

ミセス・サックスビーは励ますように娘の手をたたいた。「悪気がないのはわかっているわ」

〝毒舌女〟の部分を否定する気はないらしい。

「ロンドンで上等な羽根飾りを買ったところで、わたしのみにくさは変わらないわ」テオは言った。

「あなたはきれいよ」ミセス・サックスビーはまたしても母親らしい盲目的な愛情を示した。「美しいからこそ、まわりの人とはちがうの」

テオはため息をついた。「羽根飾りもひだ飾りも、このいかめしい顔立ちには似合わないの。みっともないだけよ。かわいく見せようとすればするほど、ばかげて見えるわ」

ミセス・サックスビーが紅茶のカップを置いた。「テオドラ、あなたをそんな弱虫の臆病者に育てた覚えはありませんよ。おかしなあだ名をつけられた女性はあなたが最初じゃないし、最後でもないわ。悪口を言われたくらいでめそめそしたり、自己憐憫に浸ったりしても許されると思わないことね。社交界を避ければ避けるほど、人々はいっそう好奇心を募らせて噂するのよ。ジェームズとの結婚だって悪い面ばかりじゃなかったでしょう?」

「悪い面以外のなにがあるの?」

ミセス・サックスビーは娘の目を見た。「テオドラ、領地の人々に頼られて、うれしいんじゃないかしら? 織工房や陶磁器工房の仕事にやりがいを感じているでしょう?」

それについては反論の余地がない。

「ジェフリー・トレヴェリアンと結婚していたら、こんな経験はできなかったでしょうね。そういえば二週間ほど前、彼をオペラで見かけたわ。《コジ・ファン・トゥッテ》をイタリア語で上演したときに」

「痛いところをつくのね」テオはあきらめて笑った。「お母様の推測どおり、何時間もオペラを見るなんて性に合わないわ」

「あなたは不幸なふりをしているのよ。傷ついた妻の役を演じながら、本当は逆境に直面して活き活きしているんだわ。まあ、追いだされたくらいで素直に出ていく夫も夫だけれど」

「ジェームズはもともと出ていきたかったのよ」テオは反論した。「お義父様の名誉を守るために結婚したものの、結婚生活に嫌気が差したんだわ。相手がわたしではね」

ミセス・サックスビーは娘を見て、それから紅茶のポットに視線を戻した。「紅茶を注ぎなおしましょうか？」

「結構よ、ありがとう。ああ、わたしったら、またお母様にいやな思いをさせてしまったのね」母に見当ちがいの怒りをぶつけてしまった。

「テオドラ、人生はあなたが思っているよりもずっと複雑なの。わたしは……そうね、ジェームズがあなたを裏切ったなんて信じられないけれど、まあ、今となってはどうでもいいわ。結局のところ、かわいそうなジェームズはもうこの世にいないかもしれないのだから」

テオは顔をゆがめた。「そんなはずはないわ！　へそを曲げて寄りつかないだけよ。べつに永遠にイングランドから出ていけと言ったわけじゃないもの」

「わたしの考えでは、ジェームズがイングランドにとどまっていた最大の理由はあなたよ。だからあなたに出ていけと言われたとき、過去のすべてと縁を切ったの。父親の顔を見ればあなたへの仕打ちを思いだすでしょうし、今となってはその父親も死んでしまった。つまりジェームズをイングランドへ引き戻すものは、完全になくなってしまったのよ」

「そうだとしても、わたしはなにも悪くないわ」テオは鋭い口調で言った。

ミセス・サックスビーは娘の発言を無視して続けた。「前公爵がどれほど無責任に散財してあなたの持参金を着服したとしても、わたしたちが困っているときに躊躇せず屋敷に招き入れてくれたのは事実よ。公爵が亡くなり、ジェームズが失踪して、アシュブルック家の前途は暗いわ。その責任の一端があなたにあるのはまちがいない。前公爵は、息子を心から愛していたのよ」

「お母様はさっきから、ジェームズが死んだと決めつけるのね」テオは自分でも驚くほど動揺していた。「でも、彼は死んでなんていないから」

「そうであることを祈りましょう」ミセス・サックスビーは優美に椅子から立ちあがった。「さて、ミセス・ウィブルを手伝ってリネンを片づけてしまわないと。また昼食のときにね」

ミセス・サックスビーはいつものごとく、役者のように完璧なタイミングで部屋を出ていった。

ジェームズは死んでいない。もし死んだら、わたしにはそれとわかるはずだ。どうしてそう思うのかはわからないけれど……。

テオは椅子から立ちあがった。その日の午後、工房に新しい図柄を送る約束をしていたことを思いだしたのだった。

〈ポピー・ジュニア号〉の船上

ジャック・ホークが登場し、アイラ卿ジェームズ・ライバーンが彼自身によって死を宣告されてから数週間。〈フライング・ポピー号〉と〈ポピー・ジュニア号〉は、フランスへ向かう途中で、西インド諸島のとある島に停泊していた。今やジャックとなったジェームズは、プリヤという快活で丸々とした未亡人の誘惑に屈した。しかし一夜が明けると、ひどくうしろめたい気持ちに襲われた。改めて、テオとの結婚生活は終わったのだと自分に言い聞かせる。形式上は夫婦でも、実際は他人。これから死ぬまで禁欲して生きるなど、できるわけがない。

不貞、浮気、裏切り……いやな響きの言葉が頭にこびりついて離れない。結局、うしろめたさをふっきるまでに、それから二カ月を要した。結婚を終わらせたのは妻のほうだ。独身のようにふるまってなにが悪い。これは不貞ではない。断じてちがう。結婚生活が破綻した健全な男に、これ以外の選択肢はない。

このままイングランドに近づかないでいれば、失踪から七年で法律上の死が宣告される。妻を自由にしてやれる。これはテオのためなのだ。

フランスに到着したあと、ジェームズはパリのマドモワゼルから寝室におけるマナーを学び、翌年は、太平洋に浮かぶ島に住むアネラという娘に鍛えられた。グリフィンも各地でそれなりに楽しんでいた。

じきに〈フライング・ポピー号〉と〈ポピー・ジュニア号〉が入り江に姿を現すと、土地の女たちが歓声をあげるようになった。

ジェームズは策具をよじのぼり、剣を手に戦い、ふたつのポピー号のあいだを横断し、ときに女たちとまじわった。肌は浅黒く、胸板は厚くなって、イングランドを出た当時とはまるで別人だった。実の母親が見ても、息子だとわからないかもしれない。肩や腿には荒波を制する船乗りにふさわしい筋肉がつき、背までのびた。

青い瞳と高い頬骨にかろうじて高貴な雰囲気が残っていたが、右目の下に彫られた小さな青いケシの花の刺青は、海賊たちに強烈なメッセージを――〝死〟のメッセージを送るのだった。

16

一八一二年八月

母娘そろって朝食をすませた直後、ミセス・サックスビーが娘に言った。

「いずれあなたは、彼とよりを戻すでしょう」

「ありえないわ」テオはむっとして言い返した。「あんな人のことなんて、もう考えもしないもの」

「だったら、子供はあきらめるの？」席を立って食堂を出ようとしたミセス・サックスビーが、いつものように痛烈なひと言を発する。ところがそのあと、そのまま退場することなく、疲れた様子でドアに額をつけた。「ああ、ひどい頭痛がするわ」

テオは慌てて立ちあがり、母親のそばへ寄った。「ハーブティーを用意しましょうか？寝室まで一緒に行くわ。暗い部屋で、濡れタオルを額にのせて何時間かやすめば、きっと楽になるわよ」

ミセス・サックスビーは背筋をのばしてきっぱりと言った。「気持ちはうれしいけれど、階段くらいひとりであがれるわ。昼寝をすれば元どおりよ」娘の頬に手を置く。「あなたを産んだことは、わたしにとって人生最高の喜びだった。だから、あなたにも同じ幸せを体験してほしいの。自分の子供と、愛する夫とともに生きる喜びをね。あなたは夫への愛を否定するのでしょうけど」

テオは母の身体に腕をまわした。「お母様、元気を出して。ロンドンの仕立屋にドレスを注文するから。それを着て、ピンクラー・ライバーンとかわいいクラリベルを祝福しに行くわ」

ミセス・サックスビーは明るい笑い声をたてた。「ドレスが届くのが待ち遠しいわ。あなたのことを心から愛しているのよ」そう言って、自室へ引きあげた。

そして、ミセス・サックスビーが昼寝から目覚めることはなかった。

母の葬儀の日、テオは濃い霧のなかをさまようように、ふらふらと弔問客のあいだをさまよった。現実を受け入れるのに何週間もかかった。

母は本当に逝ってしまったのだ。

がらんとした食堂でひとり食事をしながら、テオはすすり泣いた。

幸か不幸か、家族を亡くしても仕事は待ってくれない。領地管理人と話し合っているときにめそめそするわけにはいかなかった。テオはがむしゃらに働きつづけた。自分の肩にはたくさんの人たちの生活がかかっている。彼らを路頭に迷わせるわけにはいかない。そんなことはできるはずもない。

翌年、母の喪が明けるころ、テオは母のためにも、ジェームズとの関係にけりをつけたいと考えるようになった。彼が家を出てすでに四年が経過していたが一通の便りもなく、生きているかどうかさえ定かではない。テオは夫を捜索することにした。母はテオの社交界復帰だけでなく、ジェームズとよりを戻すことも望んでいたのだから。

彼女はさっそく弁護士を呼び、ボウ・ストリートの捕り手を必要なだけ雇って、世界中で夫の消息を調査するよう命じた。公爵家の財政はすっかり持ちなおしており、調査が長引いてもとくに問題はなかった。手続きをすませると、テオはジェームズのことを頭から追いだした。当面できることはないし、くよくよ考えている暇はない。するべきことは山ほどある。〈アシュブルック陶磁器工房〉は、テオの提案した古代ギリシャや古代ローマ風のデザインがあたり、最高級の食器を売りにするようになった。〈ライバーン織工房〉も、ルネサンス期にフランスとイタリアで織られた布を次々と復刻させ、上流階級の女性たちの心をがっちりつかんでいる。

工房の経営は軌道にのり、テオが毎日口を出す必要もなくなった。さらなる成功に必要なのは、社会的に影響力のあるパトロンだ。社交界でも抜きんでた審美眼を持っていて、アシュブルック製の織物や器の評判をより高めてくれる人物を見つけなければならない。ただし一点だけ問題があった。というのもテオは、いまだに社交界から遠ざかっていたのだ。

流行の服は持っていなくても、両工房の成功を通じて、テオは自分の好みに対する自信をとり戻していた。結局のところ、おしゃれに必要なのは細部の調和だ。生まれつきの美醜は変えようがないが、おしゃれに装うことはできる。そして、おしゃれな人はたいてい魅力的と見なされる。

自分自身を理想のパトロンに変貌させるのは、それほど難しくないように思えた。試しに一〇代のころに書きためたおしゃれのルールを引っぱりだしてみる。丸みを帯びた少女らしい文字が、何ページにもわたってぎっしりと並んでいるのがほほえましかった。しかし大人になって読み返してみても、恥ずかしさに顔をしかめるような記述はない。それで心が決まった。みずから工房のパトロンになろうと。

いろいろ考えた末、ロンドンに凱旋する前に、数カ月パリに滞在することにした。新聞各紙はフォンテーヌブロー条約とナポレオンの退位について肯定的な記事を掲載している。つまりフランス国内に、イングランド人を歓迎する雰囲気が戻ってきたということだ。魅力的に装う技は、学ぶ気があれば誰でも修得できる。それをフランス人ほど理解している国民はいないだろう。

一八一四年の四月、アイラ伯爵夫人（ジェームズは失踪中で公爵位を継いでいないため）は田舎の屋敷を閉め、セーヌ川のほとり、テュイルリー宮殿の向かいにある壮麗なタウンハウスへ移った。陶器と織物に捧げたのと同じ情熱をかけて、フランスの気品を身につけるつもりだった。

必ず成功すると信じて。

17

一八一四年から一八一五年
パリ

パリの社交界に入って一カ月も経たないうちに、アイラ伯爵夫人は〝興味深いイングランド女性〟という評判を獲得し、さらに数カ月後には〝パリに新風を吹きこむ女性〟とたたえられるほどになった。

彼女を形容するのに〝美しい〟とか〝みにくい〟といった陳腐な言葉を使う者はいなかった。アイラ伯爵夫人はうっとりする存在《ラヴィサン》で、なにより粋《エレガン》だったのだ。

ルイ一八世の姪であるアングレーム公爵夫人が、扇などの装飾品に迷うとレディ・アイラに相談を持ちかけることは、パリ市民なら誰でも知っていた。真に優美な装いは、ボンネットや手袋、靴やレティキュールへの気配りなしに完成しない。テオが地味になりがちな茶色と黒のアンサンブルでなんとも言えない上品さを演出するのを見て、パリの人々は息をのみ、彼女がまとうアメジストが縫いこまれた黒いうね織りの豪華なイブニングドレスに驚嘆し、さらに紫の乗馬服に黄緑色の手袋を合わせる大胆さに衝撃を受けた。

そして、慌てて自分たちのファッションにとり入れた。

フランス人の心をつかんだのは、旧来のファッションとは一線を画した、テオ独自の装いのルールだった。たとえば〝レースを身につけるのは洗礼式だけ〟というテオの発言が報道されると、薄給の女店員さえ、礼拝用のワンピースについているレースを引きちぎった。また〝慎重さは知性と同義語である〟という発言も、フランス社会に大きな影響を与えた。実際のところ、これはファッションについて語られたものではなく、モベック侯爵が父親の三番目の妻に対する慕情を大っぴらに表現したことを揶揄していたのだが、一部のパリジャンは〝知的な人は宝石をじゃらじゃら身につけないものだ〟と早とちりした。テオがかつて派手好きで有名な女性について、〝あの方ときたらまるで野菜畑ね〟と言ったことがあったからだ。

打撃を受けた宝石商は、テオのもとに代表者を派遣して助言を乞うた。その夜、テオは八連のダイヤモンドのネックレスに、これまた豪華なダイヤモンドの洋ナシ形のイヤリングを身につけて舞踏会に登場し、〝女性にとって、夜のライバルは天の川ですもの。赤ちゃんにはミルクを、レディにはダイヤモンドを〟と私見を述べた。

夫が失踪して六年目を迎え、テオは二三歳になっていた。ボウ・ストリートの捕り手はいまだロンドンに戻っていない者も含めて、誰もジェームズの消息をつかめずにいた。夫について質問されるたび、テオはまるでおばからもらった悪趣味な銀のシャンデリアなど、目につかないほうがせいせいするというように軽くあしらった。

だが、内心平静ではいられなかった。テオの知っているジェームズは沈黙しているような男性ではない。あの気性の激しさに対抗できるのは前公爵くらいだ。出ていけと言われた屈辱感から衝動的に母国を飛びだすことはありうるが、これほど長いあいだ音沙汰がないのはどう考えても不自然だった。家に戻って、決着をつけたいとは思わないのだろうか？

もしかするとどこか見知らぬ土地で、別の女性と新たな人生を送っているのかもしれない。別の名前を名乗っている可能性だってある。

楽しい想像ではなかったが、ジェームズに次いで公爵家を継ぐ権利を持つ、セシル・ピンクラー・ライバーンの見解よりもましだった。セシルとその妻クラリベルは、テオに数カ月遅れてパリへやってきた。ロンドンを飛びだしてヨーロッパ大陸を目指す、流行に敏感な人々を追いかけてきたのだ。母親になったクラリベルはすっかりおしゃれから遠ざかり、パーティーに出るよりも子供と一緒に家にいるのを好むようになっていた。しかし夫のセシルは足しげくテオのもとを訪れ、意外にも楽しい話し相手になってくれた。

セシルいわく、もしジェームズが生きているのなら、公爵位を継げることがわかりしだいロンドンへ戻ってくるはずだ。戻ってこないということはつまり、死んでいるということにほかならない。

テオはジェームズのことはなるべく考えないようにして、フランス滞在を楽しんだ。アンティークの生地を探しあてて織工房へ送ったり、古代ギリシャのデザインを施した器を見つけて陶磁器工房へ送ったり、毎日が充実していた。また、フランスの宮廷でも歓迎された。ところが心が躍るようなことがあるたびに、頭の片隅で、ジェームズに教えたらどんな反応を示すだろうと考えずにはいられなかった。

ジェームズはたったひとりの声なき観客として、テオの心に居座りつづけた。時間の経過とともに不快な記憶は薄れ、幼なじみで友人としてのジェームズや、社交界にデビューしたとき、ジェフリー・トレヴェリアンにひそかな思いを抱いていた自分を励ましてくれたジェームズばかりが思いだされた。

セシルが話し相手になってくれるとはいえ、彼はジェームズとは性格も見た目もまったくちがう。クラリベルと結婚してからというもの、セシルは恰幅がよくなり、とくにかつてウエストだった部分にたっぷり肉を蓄えていた。襟の高さよりも上等のワインソースをからめたヒラメに興味を抱くようになり、食への新たな情熱に正面から真剣に向き合っている様子だった。

それでいて、おしゃれを完全にあきらめたわけではなかった。青年期を象徴する過剰な装いはやめたものの、最近では頻繁にライバーン・シルクを身につけている。とくにお気に入りは、パリで流行している色とりどりのクラヴァットだった。二重顎が隠れるからだ。

「また新しいクラヴァット?」セシルと紅茶を飲みながら、テオは質問した。

「ご名答!」セシルが笑うと、チャームポイントである目尻の笑いじわが強調された。「ぼくの従者は、紫の上着にピンクのクラヴァットなんてよくないと言ったんだが、きみを引き合いに出したら沈黙したんだ。ファッションに関して、フランス人の従者がイングランド女性に頭を垂れるなんてすばらしい現象だ。ぼくひとりでは、やつの言いなりだっただろう」

テオはセシルのカップに紅茶のお代わりを注いだ。「公爵家の跡継ぎ問題が中途半端な状態になっているのに、辛抱強く見守ってくれて心から感謝しているのよ」

「ぼくが爵位など求めていないことは、神様がよくご存じだ」セシルは肩をすくめた。本心から言っているらしい。楽観的でのんびり屋のセシルは、公爵の地位とそれに伴う義務にまったく魅力を感じていないのだ。「公爵になりたいとわずかでも思うことがあるとすれば、それは社交界の誰かが人を殺したときに裁く側に立てるからだ。だが率直に言って、そんなことはめったに起きない」

「それじゃあ血に飢えたひねくれ者じゃないの」テオは愛情のこもった声で言った。

「金なら今でも充分すぎるほどある。ぼくを公爵にさせたがっているのは義理の父だけだ」

「まだジェームズの死を宣言することはできないの」言葉が口をついて出た。「ともかくもう少し捜さないと。イングランドに戻って、各地に派遣したボウ・ストリートの捕り手たちがどうなったのか、確認したほうがいいかもしれないわね。クリスマスのあとがいいかしら。このまま永遠にパリにいるわけにもいかないし」

セシルは咳払いをした。「実はぼくの義理の父も、二年前に捕り手を雇ったんだ」

「なにか報告があった？」

「なにも。だからきみには話さなかった。法律では、行方不明になって七年が経過しなければ失踪宣告はできないからね」

「再来年の六月で七年になるわ」テオは紅茶のカップをにらみつけた。「義理のお父様が雇った捕り手はインドへ行ったかしら？　ジェームズはよく、あの国のことを話していたわ」

「確認してみるよ」

セシルはそう言って、大儀そうに椅子から立ちあがった。


一八一四年のクリスマスはすばらしかった。街全体がパリにしか踏めないステップで踊っているかのようだった。しかし、テオの心は冷たい恐怖に支配されていた。みんなの言うとおり、ジェームズは死んでしまったのかもしれない。わたしのせいで彼が異国の地でひとり息を引きとったとしたら、どうすればいいのだろう？　乗っていた船が沈没した可能性もある。〈パーシヴァル号〉が嵐に巻きこまれ、ジェームズが悲鳴とともに波にのまれる場面を想像すると夜も眠れなくなり、気づくとテオは暗い部屋を歩きまわっていた。ようやく眠気を覚えてベッドに戻っても、目を覚ますたびに、ジェームズが連絡してこないのはすでにこの世にいないからだと思うのだった。

不誠実な夫のことが、今になってこれほど気にかかるなんて！

ある朝、いつものように目を覚ましたテオはついに現実を受け入れた。

「きっと、ジェームズは死んだんだわ」しんと冷たい朝の空気にうつろな声が響く。つらい現実ではあったが、いつまでも目をそらしているわけにはいかない。彼が失踪してもうすぐ六年になろうとしている。結局のところ、結婚生活はたった二日で終わってしまった。テオが恋しがっているのは夫としてのジェームズではなく、幼なじみとしてのジェームズだ。

テオはセシルを屋敷へ呼んだ。ふたりは二月にイングランドへ帰る計画でいた。

「あと一年だけ待ちましょう。そうしたら、あなたが爵位を継げるよう必要な手続きをとるわ」

「きみは再婚しないと」セシルが言った。「クラリベルもぼくも、きみに幸せな結婚をしてほしいんだ」

いったいどんな男と結婚するというの?

理想の夫に求める資質を考えてみる。まずは歌が上手な人がいい。ひと晩じゅう肌をふれ合わせたあと、朝の光のなかでジェームズに歌ってもらったことが忘れられないから。それから青い瞳の人がいい。そして、ユーモアがあって、笑い声が魅力的で、思いやりのある人。

そうした条件を足していくと、もうこの世にいないであろう男に行きつくことは、たいして頭を使わなくてもわかった。

テオはやっきになってジェームズの悪いところを思いだそうとした。父親の命令でいやいやわたしと結婚した男など、帰ってこなくたってかまわないじゃないの。

ところが、テオの心が出した答えは、なんとも気の滅入るものだった。どうしても彼に帰ってきてほしいのだ。

彼女を胸に抱いて、やさしく歌ってくれたジェームズに……。

18

一八一五年四月

社交シーズン最初の舞踏会が注目される理由はいくつもある。いちばんわかりやすいのは、やはり社交界に新たな花がお目見えすることだろう。新調した黒の上着にまぶしいほど白いシャツで登場するしゃれ男たちも見応えがある。その年、巻き毛を短くカットして現れたペチュニア・スタッフォードはいたずらっ子のような雰囲気で注目を浴び、レディ・ベリンハムはわざと湿らせたペティコート姿で話題をさらった(彼女がシュミーズを着ていたかどうかは、いまだに議論の的となっている)。しかし、長く社交界にいる者にとっていちばん気になるのは、貴族社会全体の動向だった。たとえば誰が喪中で田舎にとどまっているか、誰の結婚生活が暗礁にのりあげて夫婦が別居しているか、誰が競馬で散財し、流行遅れのみじめな上着を着ているか等々。注意深く観察すると、たったひと晩でその年の社交界の状況が浮き彫りになる。

テオは一八一五年の幕開けとなる舞踏会を欠席した。復帰の場としては少々安易に思えたからだ。誰でも思いつくようなことはしないというのが、彼女にとって暗黙のルールだった。もちろん招待状は届いた。バークレー・スクエア四五のドアにノッカーがとりつけられるなり、招待状はひっきりなしに舞いこんできた。

一八〇九年の社交シーズン半ばで結婚し、それ以降ロンドン社交界には顔を出さなかったため、テオのことをよく知らない人もいた。そういった人々は、彼女がどれほどみにくいのかを自分の目で確かめたがった。

一方では花の都パリを訪れ、またあちらの社交界の噂を聞いて、みにくいアヒルはハクチョウになったのだと得意げに吹聴する者もいた。

テオは、最初の舞踏会を欠席しただけでなく、それから三週間も沈黙を守った。記念すべき復帰の場は、セシルとクラリベルが主催する舞踏会と決めていたからだ。

クラリベルは一〇年前と同じく、おめでたいまでに純真だった。若いころの美しさはすっかり衰え、どちらかというとしおれたバラを――花びらが残ったまま茶色く変色したバラを連想させた。また夫と同様、ウエストまわりにたっぷりと肉がついていた。

一方、やせぎすだったテオは二〇代に入ってようやく女性らしい雰囲気を手に入れ、自分でも二三歳の今がいちばん見栄えがいいと思っていた。ただ、そんなことを考えるたびに、虚栄心を嫌っていた母を思いだして、ちくりと胸が痛んだ。

いよいよピンクラー・ライバーン夫妻の主催する舞踏会の日がやってきた。アイラ伯爵夫人が夫のいとこの招待を受けたという知らせが広まって、世間の期待は最高潮に達した。

「ねえ、あなた。ティンクウォーター卿に招待状なんて出したかしら?」見事に酔っ払ったティンクウォーター卿が、執事の介助を受けてよたよたとこちらへ歩いてくるのを見たクラリベルは、夫に小声で尋ねた。

「出してないね」セシルが答えた。「だが、招待していない人ならほかにもいっぱいいるさ」

セシルは安心させるように妻の腕をとり、ティンクウォーター卿にあいさつをしようと身体の向きを変えた。

ほとんどの客が到着したあとも、アイラ伯爵夫人が現れる気配はなかった。出迎えを終えたセシルたちが、階段をおりて舞踏室に入ろうとしたとき、どよめきが起こった。

「きっとテオだ。注目を浴びるには完璧なタイミングだな」セシルは階段の上をふり返った。

「こりゃあたまげた!」

夫の言葉づかいをたしなめようとしたクラリベルも、ぽかんと口を開けた。

階段の上に、まるでパリ経由で地上におりたった女神のごときオーラを漂わせた人物が立っていた。周囲を圧倒する雰囲気はテオ独特のもので、あとから身につけようと思ってできるものではなかった。

わたしみたいな凡人は逆立ちしてもかなわないわ……クラリベルは少しだけ悲しい気持ちになった。あのドレスの生地だけでも、クラリベルがその年の社交シーズンに使える手当を合わせたくらい値が張るにちがいない。

薄いピンクのシルクタフタには銀糸の刺繡が施してあった。胸元は大胆に開き、ウエストの位置は高めで、スカートはまっすぐ床に流れ落ちていた。テオの動きに合わせて、スカートの生地が優美に揺れる。一度見たら忘れられないほどの強烈な印象があった。

ドレスのピンクがテオの髪を——琥珀色にブランデーとキンポウゲの色をまぜたような髪を——引きたてている。結わずに肩に垂らして、少しだけカールさせたら完璧なのに！　クラリベルはあとでテオに、最新のカールごてを教えてあげようと思った。クラリベル自身もそのこてを使って、耳のあたりに愛らしいらせん状のカールを垂らしていた。

ともかく今夜のテオはいつにも増して、軽々しく声をかけられない雰囲気があった。ドレスの上にはおったケープがまたすばらしい。やわらかく、つやがあって、まるで毛皮のようだ。

「こりゃあまいったね」セシルがふたたび、周囲に聞こえるほどの声で言った。

夫をちらりと見たクラリベルは、かつて自分に注がれていた賞賛のまなざしが別の女性に注がれていることに気づいてショックを受けた。

「下品な言葉を使ってはだめよ」彼女は夫をたしなめ、テオにあいさつするために階段をあがった。

「とってもすてきだわ、レディ・アイラ」クラリベルは心から言った。「今夜のお客様のなかでも群を抜いているわね。ケープをジェファーズに預ける？　とっても美しいケープだけれど、それを着たままだと暑いと思うの」

セシルはテオの手に唇を近づけて言った。「預けるなんてとんでもない。少なくとも最初のうちは着ていないと」おもしろがっているような口調だ。

「もちろん、暑くなければかまわないのよ」クラリベルはどうすればいいかはかりかねて、ケープに目をやった。肩から床へと垂れさがるケープは驚くほど軽そうだ。内側はバラ色のシルクで、外側は……。

「これはいったいなにからできているの？」クラリベルは思わず手をのばした。

「あててみせようか」セシルがいっそうはずんだ声を出す。

「あら、わかるの？」テオが答えた。「だったら意見を聞かせて。ちょっと露骨すぎるかしら？」

クラリベルにはふたりのやりとりがまったくわからなかった。だが、賢いセシルは声をあげて笑いだした。

「ハクチョウだろう？　美しいハクチョウの羽毛だ。これでハクチョウになったことを、舞踏室にいる全員に印象づけようというんだな」

「我慢ができなかったの」テオがたまにしか見せない笑みを浮かべ、クラリベルのほうを向いた。「すてきな旦那様を持って、あなたは幸せね。おとぎ話を知っている男性は貴重よ」

「そうね、もちろんそうだわ」クラリベルは急いで答えた。テオの前に出ると、いつも気おくれしてしまう。彼女はあまりに洗練されている。普通なら見劣りするはずの髪の色も、不思議と色香を感じさせた。もちろん、既婚者のクラリベルには色香など必要ないけれど。

おまけに、近くで見るとテオのドレスはとんでもなく薄かった。どうりでケープを脱がなくても暑くないはずだ。テオがスカーバラ卿にあいさつしようと身体の向きを変えると、スカート越しにふくらはぎのラインがくっきり見えた。

クラリベルはため息をこらえた。三人の子供はもちろん愛おしいが、出産ですっかり崩れてしまった自分の体形がうらめしかった。テオがハクチョウなら、わたしは綿を入れすぎた針刺しといったところだ。

「最高にきれいだと思わないか？」セシルが妻に言った。

「ちょっとドレスが薄すぎる気もするけど……」クラリベルは答えた。思わず傷ついたような言い方になった。

セシルは手袋に包まれた妻の手をとり、唇のところまで掲げた。「まさかぼくがきみよりテオに魅力を感じていると思っているんじゃないだろうね？」

「彼女は完璧な体形をしているもの」クラリベルはうらやましそうに言った。「すらりと背が高くて……」

セシルは妻のほうへ身体を寄せた。「ぼくのキンポウゲちゃん、すらりとしているかどうかなんて、男にとってはどうでもいいことだ」

クラリベルはぐるりと目をまわした。

「たしかにテオはすてきだ」セシルはさっきよりも小さな声で言った。「ぼくらにとって大事な人にはちがいない。だが、彼女と結婚する男をうらやましいとは思わないね。だって見てごらん」

夫の示したほうを見ると、テオが大勢の人に囲まれていた。男たちが教会の募金箱に入れられた半ペニー硬貨のように、彼女の周囲で押し合いへし合いしている。

「やつらはテオに魅了され、テオと話したがっている。軽い恋愛感情だって持っているのかもしれない」セシルは言った。「パリでも似たような光景を何度も見た。だけどジェームズが失踪して六年、テオに浮ついた話はひとつもなかった。本気で彼女をベッドへ連れていきたいと思う男はひとりもいなかったからだ」

「セシル！　なんてことを言うの！」

セシルは目を輝かせた。「きみはちがうよ、クラリベル。残念ながら、ぼくは昔ほどすらりとしていないけれどね」

「わたしがそんなことを気にすると思う？」

「だったらぼくが、きみのあらゆる曲線を愛おしく思う気持ちもわかるだろう？」セシルは誠実な表情で言った。「それだけじゃない。クラリベル、きみはぼくとの営みに悦びを見いだしてくれる。きみは――」

「ミスター・ピンクラー・ライバーン！」クラリベルは大きな声で言った。「場所をわきまえてちょうだい」彼女の頬は赤く、手は小刻みに震えていた。セシルがその手を強く握る。

「わたしたちはお互い伴侶に恵まれたんだわ」夫と同じくらい静かな声でクラリベルは言い、手を引き抜いた。「さあ、もうくだらない話は終わりよ。ところで、レディ・アイラが言っていたおとぎ話ってなんのこと？」

「テオを〝みにくい公爵夫人〟と呼んだ連中は、今ごろ後悔してるだろうな。テオはハクチョウに変身することで、自分をあざけった人々に仕返しをしてるんだ」

「ああ、例の新聞記事ね。そんなことはすっかり忘れていたわ」クラリベルは鼻の付け根にしわを寄せた。「お母様がどうしようもなく品がないと言って、一週間、新聞を読ませてくれなかったの」

セシルは身をかがめ、妻の鼻先にキスをした。「知ってるよ。だからきみはいつまでも小さなフルーツケーキみたいに愛らしいんだ。それに比べるとテオは、斬新で豪華なデコレーションケーキという感じだね」

「わたしはフルーツケーキじゃないわ」そう言いつつも、クラリベルは笑みをこらえきれなかった。

19

テオからすると、ライバーン家の舞踏会に集まった客たちは、手すりにとまったスズメの群れだった。近くの枝から大挙して飛来し、かまびすしく鳴き、一羽が飛びたつと、残りも慌ててあとを追う。それと同時に次の一団が、数メートルほど左（もしくは右）に舞いおりるのだ。

スズメたちを仕切るには、少し大きな鳥になればいい。舞踏室が混雑してくると、テオは、とり巻きの男たちを引き連れてテラスへ移動した。男たちは今夜の装いの仕上げとなる重要な要素だが、誰でもいいというわけではない。たとえばどぎつい紫のベルベットに桃色の縞が入った上着を着たヴァン・ヴェクテンが近づいてきたときは、冷淡な態度で撃退した。ミスター・ホイトも同じだった。金の採掘で財をなしたという噂だが、残念なことにけばけばしい金ボタンで財力を誇示する傾向がある。

テオをとり巻く小さな一団が彼女の発する冗談に腹を抱えて笑っているのを見て、舞踏室の客たちも次々とテラスへ出てきた。

じきにテラスが室内と同じように窮屈になったので、テオはちょっとしたいたずら心から、庭を散策することにした。エスコートの相手は決まっている。テオはジェフリー・トレヴェリアンの腕に手をかけた。

ジェフリーと話すのは六年ぶりだった。彼もテオと同じ年に結婚したからだ（もちろん相手はクラリベルではない）。しかし、妻となった女性は二年ほどで亡くなったらしい。ジェフリーの目尻にはしわが寄り、かすかに頰がこけていた。だが、それ以外は記憶にあるとおりだ。焦げ茶色のつり目、唇の端を震わせる笑い方。それらを目にすると、テオの心はいまだにざわついた。

テオとジェフリーがテラスに戻るころ、招待客たちは次々と千鳥足で薄暗い小道へ消えていった。

テオはすっかり閑散とした舞踏室へ戻り、ジェフリーのリードでワルツを踊った。曲が終わりに近づくと、ほかのとり巻きたちが戻ってきて、またしてもワルツが始まる。男たちはこぞってハクチョウと踊りたがり、しかも軽快なカドリールでは満足しなかった。男たちはハスキーなテオの笑い声を間近に聞き、子馬のような脚に自分の脚を近づけたがった。

「レディ・アイラには不思議な魅力がある」マクラクラン大佐はセシルを前に、羨望を隠そうともしなかった。「率直に言って、これまであいう女性に惹かれたことはなかった。どちらかというとぼくは、小さくてふくよかな女性のほうが好みなんだ。だいいち、レディ・アイラは誰の誘いにもなびかない。ぼくと寝る気がないことは、摂政皇太子と寝る気がないのと同じくらい明らかだ」

それがわかっていながら、大佐のまなざしはテオを追って舞踏室を移動するのだった。そのとき彼女は、父親ほどの年齢の男と踊っていた。テオがほほえみかけると、年配の男は精いっぱい背筋をのばし、少しばかり勢いよくターンした。

「まるで狩りの女神ダイアナだな」セシルはかかとに重心を移動させた。いとこの妻であるテオの成功が愉快だった。「美しさと危うさを兼ね備えている。その気になれば弓矢をとりだして、男どもをキーキー鳴く豚に変えてしまう。つやっぽさと、処女のような清らかさが同居しているんだ」

「これはこれは、まるで詩人みたいな口ぶりだな」マクラクラン大佐が感嘆した。「きみの奥方には聞かせないほうがいい」

セシルはあいまいに笑った。クラリベルのことは心配していない。妻とは心が通じ合っている自信があった。クラリベルとくつろいでいるときほど幸せを感じることはない。そんなセシルが浮気などするはずもなかった。だいいち、テオは伴侶には向かない。

テオの生き方ははたで見ている分には爽快だが、隙がなさすぎだ。完璧主義を貫いているのがよくわかる。彼女は助言するよりも指示する種類の女性だった。頑固で妥協をよしとしないし、頭の回転も速すぎる。

いつもなにかに追われているようにせかせかしていて、感情の起伏が激しい。まさにハクチョウだ。

ロンドンの社交界に彗星のごとく現れ、輝かしい復活をとげたテオは、上流階級の人々がファッションや生活全般に関する彼女の発言に注目し、ことあるごとにハクチョウにたとえるのを愉快に思う反面、しだいにうんざりしてきた。もはや、テオをアヒルと呼ぶ者はいない。

一八一五年の秋になると、新聞社や雑誌社は新たな装いのルールについて、テオに意見を求めるようになった。なかでも『ラ・ベル・アサンブレ』誌は、毎回、テオの装いを詳細な挿し絵とともに掲載した。

この状況をジェームズに教えることができたらどんなにいいだろう、とテオは思った。短かった結婚生活のことはなるべく思いださないように努めていたが、たまに考えはじめると、なにがいけなかったのかをひたすら分析しつづけた。そんな分析をすることに意味があるのかどうかはわからなかったけれど。

冷静に考えると、ジェームズはわたしを愛してもいないのに結婚することを不道徳な行為だとわかっていながら、父親を見捨てられなかったのだろう。彼は彼なりにわたしを大事にしてくれた。それはまちがいない。セシルと約束した期限が近づいてきて、さすがのテオもこの期に及んでジェームズが見つかることはないだろうと思うようになっていた。

そこで年が変わるとすぐにセシルを呼び、お抱え弁護士のボイソーンと引き合わせた。ボイソーンは貴族院に対する失踪宣告の申請について長々と説明した。このままではテオが妻としての義務と責任を果たせず、かといって未亡人の自由と庇護を享受できないと貴族院の議員に訴えるのだ。

「ジェームズの追悼式を執り行いましょう」弁護士の説明がひと段落したとき、テオは唐突に言った。「こんな味気ない方法でジェームズの死を宣告するんですもの。そのくらいはしないと。ジェームズがイングランドを出たのは二〇歳になる前だけれど、彼を覚えている人はたくさんいるわ」

「子供のころ、ぼくはみんなからピンクと呼ばれていた」セシルが口を挟んだ。「ずいぶんいやな思いをしたんだ。でも、ジェームズだけはそう呼ばなかった」

弁護士が咳払いをした。「セント・ポール大聖堂で追悼式をなさるのがよろしいかと。もちろん、アイラ卿の死が正式に認められたあとの話ですが。アイラ卿の勇気をたたえるささやかな記念銘板を手配しましょう。おそらく〈パーシヴァル号〉は出港して間もなく沈没したのです」

「そんなはずはないわ」テオは弁護士の意見を否定した。

「あの船はインドへ向かっている最中に消息を絶ちました。わが国とインドを結ぶ航路には海賊がうようよいます」ボイソーンが言った。「〈パーシヴァル号〉が襲われなかったとしたらそちらのほうが奇跡だと言った船乗りは、ひとりではありません」

テオはため息をついた。「セシル、大法官と貴族院に対してジェームズの失踪宣告を申請してもいいかしら？　もちろん新たな情報があれば、当然ながら手続きはすぐに中止するわ」

「きみはもう一年待ちたいんじゃないか？」セシルはいまだに公爵になりたくないようだった。

テオはそんなセシルを見て弱々しくほほえんだ。「公爵家を切り盛りするのは楽しいわ。とくに織工房と陶磁器工房はね。でも、わたしも新たな人生を始めたいの。もう若くはないのだし」

「そんなことはないさ！」セシルは鼻を鳴らした。

「未亡人になったら、もう一度、結婚市場に身を投じるつもりよ」テオは続けた。「それには、待てば待つほど不利になるでしょう」

「きっとうまくいきますよ」ボイソーンが厳かに言った。「アシュブルック公爵家の暗黒時代にけりをつけるときです。アイラ卿は若い盛りで他界されましたが、みなさんの人生は続いているのですから」

弁護士の陳腐なせりふで、会話は幕をおろした。

いよいよ新公爵の誕生だ。

20

ポピー号の船上

一八一四年、ポピー号は一隻の船も襲うことなく、インドへ向かっていた。モンスーンのなかでも問題なく航海できることを証明するためだけの航海だった。それでもインドに到着すると、せっかくだからと市場をうろつき、グリフィンが、かつて親しかったシチリアの高貴な女性たちは、金の鳥かごを気に入るにちがいないとひらめいた。たちまち二隻のポピー号の船倉は鳥かごでいっぱいになった。カレーをいたく気に入ったジェームズは、鳥かごにターメリックとクミンを詰めこんだ。

インドを出発してシチリアへ戻る途中、ポピー号を交易船と思いこんだ海賊が襲いかかってきた。ジェームズとグリフィンは相手の船を沈めたあと、いつもどおり海賊たちを無人島に置き去りにして先へ進んだ。グリフィンの船室には、新たに海賊船から奪ったエメラルドの山ができた。

シチリア島に到着すると、グリフィンは鳥かごを売って法外な利益を得た。カレーのスパイスはイングランドへ送った。今では商品を売りさばくために五カ国に拠点を置いているのだ。現地からは、最初はなかなか売れなかったが、三カ月後には原価の七〇倍近い金額で売れるようになったと報告があった。

海の生活で、ジェームズは癇癪を抑えるすべを体得し、父親のことも冷静に思い返せるようになった。何人も人を殺《あや》めると（たとえ殺した相手が極悪非道な海賊であろうと）、横領などたいした罪ではないように思えてくる。それに加えて、いつまでも父に対する怒りにとらわれて人生を無駄にするのはごめんだった。

テオのことは……初めて乳房にふれたとき、はじかれたように目を見開いた彼女の顔を、ジェームズはいまだに忘れられずにいた。幼いころ、一緒に遊んだりけんかをしたりしたことは、記憶から消そうと思っても消えるものではない。それでも彼は、ジェームズと呼ばれた少年はもうこの世にいないのだと、繰り返し自分に言い聞かせた。イングランドでの日々は、結婚も含めてすべて忘れようと。

ある事件が起きるまでは……。

一八一六年の初頭、ジェームズたちはオランダ王の特別な要請で〈フローニンゲン号〉を追いかけていた。〈フローニンゲン号〉というのは、海賊に乗っとられたオランダ海軍の船だ。二隻のポピー号は連携して、やすやすと相手の船を抑えこんだ。敵の船長は降伏し、最後まで抵抗を続けているのはわずかな手下たちだけになった。

降伏を促そうとジェームズが口を開いたとき、視界の右隅でなにかが動いた。次の瞬間、短剣を手にした海賊が襲いかかってきた。

短剣が首に、喉のすぐ下に食いこむのがわかった。肉が裂けるすさまじい感覚が走って、生あたたかい血がどっと流れでた。

ジェームズはよろけ、手にしていた武器を落として甲板にくずおれた。それと同時に銃声が響いて、短剣を手にした海賊が硬直し、大きな音をたてて仰向けに倒れた。

駆け寄ってきたグリフィンがジェームズの横にひざまずき、早口で悪態をつきながら部下に指示を出す。

ジェームズは目を細めてグリフィンを見た。太陽を背にしたグリフィンのまわりに、後光のような光の輪が見えた。

「おまえは……うまくやれ」そう言ったつもりが、声が出なかった。喉を切られたのだから当たり前だ。ジェームズとグリフィンとのあいだには兄弟のような愛情が育っていたとはいえ、男同士なので口に出して認めたことはなかった。言葉にする必要などなかった。

そのグリフィンが自分の上にかがみこんで、喉に布を押しあてている。グリフィンの顔を見たジェームズは、彼の瞳が小刻みに震えていることに気づいた。

ああ、おれは死ぬのだ。喉を切られた者は死ぬしかない。

「目を閉じるな」グリフィンが血の気のない唇のあいだからうなるように言った。手下に命令するときのような、迫力ある声だった。「ちくしょう、がんばれ。じきに医者が来る。そうしたら、元どおりに縫ってもらえる」

ジェームズはゆっくりと言葉を発した。「デイジーに……伝えてくれ」声が出ない。痛みが全身を侵し、視界に黒い点がいくつも浮かんだ。だが、心にあること、言うべきことはひとつだ。それが自分でも驚きだった。

「デイジー？」グリフィンが耳を寄せた。「おまえの妻だな？　彼女になんと言えばいい？」

黒い点がつながり、砂嵐のように大きくなって近づいてきた。

まさにそのとき、先ほど撃たれた海賊が最後のあがきに出た。上体を起こしてグリフィンに切りつけたのだ。恐ろしい悲鳴とともに、グリフィンが股のあいだに手をやった。風に飛ばされた血が、ジェームズの顔に飛び散った。

終わった。すべて終わりだ。

そのときになってジェームズは、自分がなにを求めていたかを知った。

どうしても言いたかった唯一の言葉は、声にならないまま彼のなかにとどまっていた。

もはや、それを聞いてくれる者もいなかった。

21

一八一六年四月三日

大法官裁判所にアイラ伯爵の失踪宣告に関する申請が届くころ、イングランドへ戻った二〇人のボウ・ストリートの捕り手のひとりから、テオのもとへ手紙が届いた。

手がかりがあったというのだ。

テオは椅子の上で身じろぎもせずに便箋を見つめた。

ジェームズが生きているのなら、まわりくどいことは抜きで〝伯爵を見つけた〟と書いてよこしただろう。胃のなかで冷たい感情がしこりとなり、第二の心臓のようにうずく。

テオは新しい執事のメイドロップを呼んで、セシルのところへ使いをやった。

手紙の差出人であるミスター・バジャーは浅黒くて毛深い男で、顔つきは険しく、がに股だった。この男に食いつかれたら、どんな犯罪者も罪を犯したことを深く後悔するにちがいないと思わせる。居間に通されたバジャーは、テオたちと向かい合わせの椅子に腰をおろした。

「ナマズみたいな頬ひげだな」セシルがぼそりとつぶやく。隣に座っていたテオは、緊張のあまりほほえむことすらできなかった。まるで頭のなかをたくさんの虫が飛びまわっているかのようだ。まともにものが考えられない。ところがバジャーは上司の命令でどこへ派遣されたか、何人の部下を連れていったか、島で何人雇ったか、最初の寄港地まで航海するのにどのくらいかかったかといった調査の詳細を延々としゃべりつづけ、肝心の点にはまるでふれなかった。

何年かぶりに、テオは指の爪を噛みたくなった。女学生のときに克服した癖だ。

「西インド諸島は……」バジャーが続けた。「われわれの基準からすると未開の地です。ですから所望の情報を得るために、多額の賄賂を使わざるをえませんでした」

「それで、夫は見つかったの？」テオはついに口を挟んだ。それ以上待てなかった。

「いいえ、見つかりませんでした」バジャーが答えた。

テオは息をのんだ。「でも、手がかりをつかんだのでしょう？」

「わたしが思うに、一八一〇年の時点で、アイラ伯爵が生きていらしたのはまちがいないと思います」バジャーはそう言って、膝の上に置いた質の悪い紙の束に視線を落とした。「伯爵は……その……」言いにくそうに顔をしかめる。

「別の女性と暮らしていたのね？」テオは抑揚のない声で言った。

「伯爵は……海賊になっていらっしゃいました」

セシルが音をたてて息をのみ、テオは悲鳴をあげた。恐怖のせいか驚きのせいか、自分でもよくわからなかった。

「そんなはずがないわ」しばらくして、テオは声を絞りだした。「ご主人は犯罪者のあいだで〝伯爵〟と呼ばれてました。念のために確認しておきますが、この時点でジェームズ・ライバーンはアイラ伯爵の称号を保持しておられました。伯爵はグリフィン・バリーという名の海賊と共謀していたのです」

「その名前には聞き覚えがあるぞ」セシルが言った。

「実際のところ、バリーは貴族出身なのです」バジャーは非難するようにふたりを見た。「推察するに、このバリーなる人物が反社会的で受け入れがたい犯罪の道へ伯爵を引っぱりこんだのではないかと」

「犯罪の道だって！」セシルが息をのんだ。「あのジェームズが犯罪者になるわけがないだろう。この命を賭けてもいい」

「わたしがあなたなら、命は賭けないでおきます」バジャーが言った。「伯爵とバリーの具体的な活動については、はっきりした情報がありません。狙うのは海賊船のみだったと言う者もいます。ただ、一八〇八年以前にバリーが海賊行為に及んでいたことはまちがいありません。彼は伯爵と共謀して以降、海賊仲間の船を専門に襲うようになったようです。つまり正確に言えば、伯爵は〝海賊〟というより〝私掠船乗り〟といったところでしょうか」彼は言葉を切った。「法律を順守するわれわれの立場からすると、どちらも似たようなものですが」

「ありえないわ！」テオは初めて、母親が他界したことをうれしく思った。こんな話はとても聞かせられない。

「その〝伯爵〟とぼくのいとこになんらかの関係があるとすれば――」セシルが口を挟んだ。

「海賊船しか襲わないというのは合点がいく。ジェームズは名誉を重んじる男だった。罪もない人を殺すどころか……カードでいんちきをすることだって考えないやつだ」

テオはセシルの手をきつく握った。やっきになっていとこを弁護するセシルの姿を、ジェームズに見せてやりたかった。

「それで、〝伯爵〟はどうなったの？　殺されたの？」

「伯爵の船は〈ポピー・ジュニア号〉と呼ばれ、いろいろと逸話を残してるのですが、最終的にどうなったのかは誰も知りませんでした。もちろん、今も現地にいる部下が調査を続けてます。部下たちが島から島へ移動しながら広範囲にわたって聞きこみをしてるあいだに、わたしだけ大急ぎで戻った次第です。現時点でわかってるのは、グリフィン・バリーにかつて伯爵という名の共謀者がいたことと、ほどなくして伯爵はジャック・ホークと名乗る恐ろしい海賊にとって代わられたということです」

「ジャックですって！」テオは叫んだ。「ジャックとジェームズはどちらも〝J〟で始まるわ」そのときのテオは、ジェームズが生きている可能性があるならなんにでもすがりたい気分だった。とはいえ、ジェームズがジャックだとは思いたくない。この状況で生きているとすれば、ジェームズは海賊に——血も涙もない犯罪者になって、罪もない人々を海に突き落としていることになる。だからといって、あなたの話を信じたわけではないのよ」

「たしかに名前は似てます」バジャーが言った。「ただ、似てるのはそれだけです。ふたりの人物にジャック・ホークの絵を描いてもらいました。ジャックは地元ではよく知られてますから。奥様の前で失礼ですが、とくに島の女たちに人気がありました。しかし、伯爵とジャックが同一人物である可能性は万が一にもありません。描かれた絵のジャック・ホークは怪物のように身体の大きな男で、髪は短く、右目の下に花の刺青を入れてます」

「刺青？」セシルが繰り返した。

「刺青って？」テオが尋ねる。

「色素のついた針を使って、肌に模様を彫るんです」バジャーが答えた。「イングランド紳士が、まして貴族がそんな野蛮でとり返しのつかない行為に及ぶとは思えません。島にいるあいだに、刺青を入れている者をちらほら見かけましたが、粗野そのものでした」

「その海賊とジェームズが同一人物だという可能性は度外視していいかもしれないわね」テオは言った。「実際、ジェームズが海賊になったという前提はありえないのではないかしら。バリーという男が貴族出身だからといって、伯爵と名乗る犯罪者と夫を結びつけるのは強引だと思うわ」

「残念だが、この程度の情報では賞金の一部も渡せないな」セシルが相槌を打った。「ジェームズが海賊であるわけがない。そんな仮定は非現実的だし、彼の思い出を傷つけるものだ」

テオは〝思い出〟という言葉を聞き流した。セシルはますますジェームズを過去の人として扱うようになってきた。気持ちはわからないでもない。結局のところ、ジェームズが失踪してもうすぐ七年になるのだ。

「証拠をお見せする前に、話がそれてしまいました」バジャーはネズミを丸のみしたネコのような満足げな顔をした。胸ポケットに手を入れ、小さなフランネルの袋をとりだして口を開ける。

なかにはロケットが入っていた。

そしてロケットのなかから出てきたのは……ブロンズ色からブランデー色まで、微妙に色のちがう巻き毛だ。

「それがどうして証拠になるのか、ぼくにはぴんとこないんだが」セシルは片手をふって長椅子の背にもたれた。「髪の入った古ぼけたロケットじゃ……」横目でテオを見たセシルは、言葉を切った。

「わたしの髪だわ」テオは唇を震わせた。「結婚式の夜に、ジェームズが切ったの。正確に言えば翌朝だけど」テオはロケットに手をのばした。「見せてもらえる?」

バジャーはロケットを差しだした。セシルの言うとおり、それ自体は古ぼけていて、とくに価値があるわけでもない。だが、自分の髪を見まちがえるはずがなかった。何年もおかしな色合いを嘆いてきたのだから。

「まだきみのだと決まったわけじゃないぞ」セシルはテオが手にしたロケットをのぞきこんだ。「似てることは認めるが、きみの髪のほうがずっと明るい色だ」

「ぱっと見てもわからないように、内側の髪を切ったのよ。色合いは暗くても、いろんな色がまじっているところは同じでしょう？　黄色いシマウマみたいって、ジェームズはいつも言っていたわ」自分の声が震えていることを、テオは悔しく思った。

「いったいどこでこれを？」セシルがバジャーに尋ね、同時にテオの腕をきつくつかんだ。

「まだこれがレディ・アイラの髪だと認めたわけじゃないぞ」

「伯爵と呼ばれてた男から盗まれたものでしょう。アシュブルック公爵が島に来たことを証明するものを持ってきたら、一〇〇ポンド払うと現地でふれまわったんです。あの島で一〇〇ポンドといえばひと財産ですからね。そしてあとから〝伯爵〟という名の海賊に関するものでもいいと言ったら、これが舞いこんできました」

「それなのに、本人がどうなったのかは誰も知らないのね？」テオはささやいた。震える指でロケットを閉める。そこにおさめられた髪を目にするだけで、あの朝の歓喜がよみがえった。人生でいちばん幸せだった朝が。

バジャーはうなずいた。「バリーと〝伯爵〟が組んでしばらく、〈フライング・ポピー号〉の行方はわかりませんでした。それはとくに驚くことではありません。グリフィン・バリーは世界の海を股にかけて活動してますから。インドのあたりに出没したという噂があって、次はカナダ近海でした。人々はバリーをトビウオにたとえます」

「ところが船が島に戻ってきたとき、伯爵はいなかったのね」

「そのとおりです。悔しいことに、〈フライング・ポピー号〉はここ数年目撃されてません。噂すら聞こえてこないのです。バリーは海のもくずとなったのかもしれません。アイラ卿の運命をその胸に秘めたままで」

沈黙が落ちた。報告がようやく終わったのだ。次に口を開いたのはテオだった。

「やっぱり彼は逝ってしまったんだわ」安物の古びた金属片を握りしめる。「ジェームズは死んだのよ」

バジャーがうなずいた。同情している様子だった。「おそらくそうでしょう。海賊の世界は弱肉強食で、数カ月でも生きのびるのは難しいのです。それを、伯爵は数年にわたって生き抜かれました。あいさつ代わりに背後から平気で人を撃つような無法者のなかで、さぞ苦労されたことでしょう」

「こんなことをきくのは屈辱的だが、あえて尋ねる」セシルが口を挟んだ。「いとこが島のどこかに子供を残した可能性はないだろうか？　ライバーン家の血を引く者が、そんな環境で育つなどもってのほかだ」

テオの心臓が動きをとめた。

だが、バジャーは首をふった。「女にだらしないのはジャック・ホークです。調べによるとそのならず者は、西インド諸島全域に子種をばらまいてたようです。しかし、伯爵はまったくちがいました」

「ちがうって？」テオの心臓は胸骨の内側のどこかで縮こまっていた。

「女性のもとを訪れた噂がひとつもないのです」今度こそ、バジャーの目にははっきりと同情の色が浮かんだ。「つまり犯罪の道に踏み入ったにせよ、伯爵はイングランド紳士の誇りを捨て去ったわけではなかったのです。そのロケットを持っていたのがなによりの証拠でしょう」

「前公爵が亡くなっていて幸いだった」セシルがつぶやいた。「こんな話を聞いたら、どんなに嘆かれたか」

テオはすすり泣きをこらえようと唇を嚙みしめた。ジェームズは死んでしまった。きっと海賊に殺されて、海に捨てられたのだ。イングランドを出るとき、彼はわたしの髪が入ったロケットを携えていた。

こんな結末には……とても耐えられない。

テオが立ちあがると、彼女の腕にあてがわれていたセシルの手が長椅子の上に落ちた。

「これで失礼します」頰を伝う涙を意識しつつ、テオは小声で言った。

バジャーがうなずきながら立ちあがる。以前にも同じような場面を経験したことがある男の顔だった。

セシルが大儀そうに重い身体を持ちあげる。「気にせず行ってくれ」少し息を切らして言った。「ぼくはもう少しミスター・バジャーと話をしてからにするよ。あとで様子を見に行くからね」

テオはすぐさま部屋から駆けだした。形見のロケットを握りしめて。

22

一八一六年五月三〇日
ロンドンの貴族院

貴族院議員の言動及び席次に責任を負う筆頭上級紋章官は、今日という日を恐れていた。「議場内に入場する際は、議員を整列させなければならんのだ」ヘンリー・ギズモンド卿はトーストとマーマレードが置かれた食卓越しに、動揺した口ぶりで訴えた。「二〇〇人近くもいる、片時もじっとしていない連中をな。とくに年寄りは始末が悪い。まったく儀式のたびに胃が痛くなる」

向かいに座っているレディ・ギズモンドがうなずいた。愛する夫は公式行事が嫌いなのだ。儀式と紋章に関する国王の首席相談役として、能力を示す絶好の機会ではあっても、胃が痛むものはどうしようもない。

「それにしても悲惨な話ですわね。アイラ卿はあらゆる面で愛すべき青年でしたのに。それが大海原にのまれてしまったなんて、想像もしたくありませんわ」

「さらに手に負えんのは酔っ払いどもだ」ギズモンドは妻の意見を無視してしゃべりつづけた。「緋色のローブの下に携帯用の酒瓶を隠している者がどれだけいるか。まったく情けない。そういう連中を見るとむしょうに殴りたくなる」

「今日はみなさん、さすがに慎むでしょう」レディ・ギズモンドはきっぱりと言った。「失踪宣告がくだる貴族などめったにいませんもの。しかも、妻であるレディ・アイラも出席されるのですから。若くして夫と死に別れた彼女の苦悩を、誰もが察するはずです。なんといっても、あのふたりは恋愛結婚をしたのですよ」


七人の中級紋章官を動員してどうにか議員たちを整列させることに成功したギズモンドは、議場内へ入場する準備を整えた。公爵や伯爵が階級順に二列縦隊を作っている。

「まるでノアの方舟だ」ギズモンドはその日、何度目かのひとり言を言った。それからほとんど耳の聞こえない高齢の議員の肩に手を置いて注意した。「ああ、閣下、ご自分の位置を離れないよう願います」

ようやく入場のトランペットが鳴り響くと、ギズモンドは安堵のため息をつき、母アヒルになった気分で、かしましいアヒルの子たちを先導した。壁の高い位置にあるアーチ型の窓から太陽の光がさんさんと降り注ぎ、金箔を施したシャンデリアに反射している。

議場のいちばん奥でふり返ったギズモンドは、シロテンの毛皮のついた緋色のローブに身を包んだ貴族たちがベンチに着席する様子を感慨深く見守った。フィプルホット卿は眼鏡をどこかへ置き忘れたらしく、デヴォンシャー公は、女性たちでこみ合っている傍聴席に向かって手をふっている。それでも彼らは席次どおりに並んでおり、昼食時にブランデーを飲みすぎてもいないようだ。

貴族院がこれほど盛況なのは、嘆かわしいことに死が議題にのぼるときだけだった。つまり貴族が殺人罪に問われたか、今回のように死亡したと推測されるときだ。ただし女性たちに関しては、遺言や非嫡出子に関する審議も出席率がよかった。いずれにせよ、この国の舵を切るために必要な法案を決めるときは、大多数の議員が億劫がって姿を現さない。今ここでそんなことを考えてもどうにもならないが……。ギズモンドは気をとりなおして、議場内を見まわした。

ひと呼吸置いて、中級紋章官が大股で通路を歩いてきた。そのうしろに、若きアイラ伯爵夫人が続いている。今日を境に、彼女が公爵夫人になる可能性は絶たれるのだ。ギズモンドは同情を禁じえなかった。ところがギズモンドの妻は、伯爵夫人の再婚話のほうが気になるらしかった。何人かの人が聖書に、残りの人たちが競馬の出走表に注ぐ情熱を、妻はゴシップ紙に注いでいる。

〝レディ・アイラには新たな夫が必要です〟今朝も朝食の席で、妻はそう言っていた。〝彼女の身辺にはなんの噂もありませんけれど、かわいそうに、このままでは子供も持てないんですよ〟

黒ずくめのレディ・アイラが議場の奥へ進むと、ベンチに座っていた議員たちが立ちあがった。伯爵夫人はまず傍聴席に、続いて議員たちに、最後に大法官に膝を折っておじぎをした。ひととおりのあいさつが終わると傍聴席に移動し、ミセス・ピンクラー・ライバーンの隣に着席した。

ギズモンドは注意深く目を細めた。家に帰ったら、レディ・アイラの服装について、妻から事細かに説明を求められるに決まっているからだ。だが、全身黒ずくめでは形容のしようがなかった。きらびやかな議場内に、一滴の黒インクを垂らしたかのようだ。

実際、ローブを着る義務がない女性たちは精いっぱい着飾る傾向にあり、彼女たちが座っている一帯は派手な色彩に目がちかちかするほどだった。

議会守衛官が大声で静粛を求め、申請手続きに必要な儀式を始める。そのひとつひとつに、上級紋章官であるギズモンドの魂は高揚した。ついにギズモンド自身がひざまずき、大法官に役職の笏《しゃく》を手渡す場面となった。

大法官は玉座を思わせる、背もたれのない議長席に腰かけていた。議長席は議員たちが座っている赤いベンチよりも一段高い場所に設けられている。

大法官が立ちあがった。「お集まりの聖職貴族及び一代貴族議員の諸君」声を張っているようにも見えないのに、大法官の声が議場内に響き渡った。「本日、われわれがここに招集されたのは、ただひとつの目的による。それはつまり、われわれの一員であり同志であるアイラ伯爵、亡きアシュブルック公爵の跡継ぎが、海で死亡したと宣告すべきかどうかを審議するためだ。本宣告を申請したのは、アイラ伯爵の不在を悲しむミスター・セシル・ピンクラー・ライバーンである。われわれは若き伯爵の人生に敬意を払い、中世からの輝かしき伝統であるシロテンの毛皮がついた緋色の衣をまとった。なお、ミスター・ライバーンは今回の事件に対して、正当かつ相応の悲しみを表現している」

布地のこすれる音とともに大法官の演説を支持する声があがり、セシル・ピンクラー・ライバーンが、ギズモンドの一段下のベンチで居心地悪そうに身じろぎした。それを見たギズモンドは、これほど立派な腹をした男が公爵になったら、緋色のローブを飾る毛皮がどのくらい必要になるのだろうと考えずにいられなかった。ただ、ピンク（みながそう呼ぶらしい）自身にいとこの死を喜んでいる様子がまったくないのは好ましい。

「正当な手順を踏むため、われわれはまず、失踪したアイラ伯爵にアシュブルック公爵の爵位を授ける」大法官が続けた。「息子がイングランドを去って間もなく、前アシュブルック公爵は他界した。ところが、ひとり息子はそれ以前に消息不明になっていた。その結果、若きアイラ伯爵が跡取りとして爵位を受けてそれに見合った義務を果たす機会はなく、さらにわれわれの一員として貴族院のベンチに座ることもなかった」そこで演説の効果を高めるために間を置いた。「同様に令夫人は長いあいだ、嘆くことも喪に服すこともかなわなかった」ふたたび口を開いた大法官は、うつむいているレディ・アイラに父親のようなまなざしを注いだ。「公爵夫人としての義務と責任を果たすこともなければ、未亡人としての自由と庇護を受けることも許されなかった。なにより公爵領そのものが、主《あるじ》の導きを失ったのである」

これはギズモンドが聞いた話と逆だった。レディ・アイラの手腕によって〈ライバーン織工房〉が見事な成功をおさめたのは、誰もが知るところだ。ギズモンドの妻も同工房の布に散財して、居間の模様替えをしたばかりだった。

大法官が、アシュブルック公爵の失踪を死と見なすかどうかの討議を促す。すると予想どおり、公爵の跡取りであるセシル・ピンクラー・ライバーンが発言の許可を求めた。ピンクラー・ライバーンは演壇に立ち、議場内を見渡してしばらく沈黙した。

よく肥えて、どちらかというと地味な風貌ではあるが、ピンクラー・ライバーンには一風変わった威厳が備わっていた。

「愛するいとこの死をこのような形で宣告しなければならないことに、わたしは心の底から苦しんでおります。今回の申請に同意したのは、ひとえにレディ・アイラの願いがあってのことでした。わたしが公爵領に対する義務や責任を回避しているあいだ、彼女は夫の分まで責任を果たしてきました。そうして今、ようやく重責からの解放を求めて、声をあげたのです」

議場内の全員が、ピンクラー・ライバーンの発言を好意的に受けとめた。傍聴席からも共感の声があがり、いくつもの羽根飾りが上下に揺れた。

続いて聴衆は、ピンクラー・ライバーンの申請を審理した委員会の代表者による説明を聞いた。代表者は、伯爵が失踪して数年後に、二〇人のボウ・ストリートの捕り手が世界のさまざまな場所に派遣されたこと、そして彼らの報告はどれも伯爵の消息を明らかにしなかったことを告げた。

すべての発言が終わると、大法官が右手に笏《しゃく》を握って前に進みでた。「ミスター・ピンクラー・ライバーンの発言に感謝する。イングランド公爵の重責は、アイラ卿に対する悲しみの念とともにこの紳士に託されるのだ」

大法官の発言と同時に、議場内の数箇所から忍び笑いが起こった。爵位を授けられるのは、悲しみどころか大いなる喜びだと思っているのだろう。

大法官は品位に欠ける笑いを無視した。「本日ここに集まったイングランドでも選りすぐりの者たちの英知や権力をもってしても、時の流れはとめられない。これは潮の満ち引きや惑星の軌道を変えることができないのと同じである」

マンダーベリー伯爵夫人の髪には長いダチョウの羽根が差してあり、それは大きくうしろに湾曲していた。伯爵夫人が顔を動かすたびに、羽根の先がレディ・バリー・セント・エドモンドの顔をくすぐっている。遠くからそれを見ていたギズモンドは眉をひそめた。レディ・バリー・セント・エドモンドの手に握られている金属製のものは、まさか裁縫用のはさみではないだろうな？

ギズモンドは飾り帯の下に忍ばせた時計を確認したい衝動をこらえて、大法官の力強い演説に意識を集中した。話題は潮の満ち引きから、主の御心へと移った。

事件が起こったのはそのときだった。ギズモンドはその後の人生で、何度もこの瞬間を思いだし、語ることになる。

まず、ドア付近が騒がしくなった。だらしない服装で議場内に入ろうとする貴族を追い返すために、ロンドン塔の衛兵が立っている場所だ。嘆かわしいことだが、追い返される議員は珍しくなかった。

だが、そのとき入ってきた男は貴族のはずがなかった。厳粛な雰囲気にひるむ様子もなく、ずかずかと歩いてくる。男は飾りけのない黒のズボンと上着を着て、手袋もかつらもつけていなかった。

「悲劇の公爵は主の御腕に抱かれて……」そう言いかけたところで、大法官が男に気づいた。

ギズモンドは思わず足を前に踏みだした。侵入者を会議場からほうりだすのは、どう考えても自分の役目だ。腕力に自信のないギズモンドは片手をあげ、部屋の隅に控えている衛兵たちを見た。ところが衛兵たちは、直立不動の姿勢を保って目を伏せたままだ。

いらだちに続いて疑問がわいた。適切な訓練を受けた衛兵が、侵入者を黙って通すはずがない。ギズモンドの顔から血の気が引いた。ひょっとして、新聞記者が貴族になりすまして入ってきたのだろうか？

ギズモンドは肩をいからせ、腹をくくった。

侵入者は今や議場内の奥に到達し、演壇にあがろうとしている。

大きな男だ。

しかしいくら相手が大柄でも、今こそ人生を分ける瞬間だ。筆頭上級紋章官としての威厳を示し、混乱から儀式を守らなければならない。アイラ卿の名を汚すわけにはいかない。

「関係ない者はここから出ていきなさい！」部屋の壁を震わせるざわめきに対抗して、ギズモンドは声を張りあげた。

男に見おろされたとき、不覚にもギズモンドはあとずさりしてしまった。男の髪はぎりぎり耳にかかる長さしかない。肌は木の実のような茶色で、右目の下に野蛮な模様が彫ってある。

「なんたることだ！　ここはアメリカ大陸の原住民が来るところではないぞ」大法官も声をあげた。「こらっ！　なにをしにわが国へ来たのかは知らんが、本来いるべき場所へ帰りたまえ！」

男は白い歯を輝かせてにやりとし、ベンチに並んだ貴族たちをふり返った。それでも口を開こうとはしない。途方に暮れたギズモンドの目に、立ちあがって身をのりだしている傍聴席の女性たちの姿が映った。

「静粛に！」大法官が怒鳴った。「みな着席してもらいたい。どうしてこんな妨害が入ったのかを解明する」

ざわめきはおさまらないものの、貴族たちはばらばらとベンチに腰をおろした。

そのあいだもずっと、浅黒い肌の男はその場に立ったまま、不敵な笑いを浮かべている。ギズモンドは胸騒ぎを覚えた。アメリカ大陸に住むインディアンは屈強で巧妙だと聞いている。インディアンが使う石斧や、鹿革で作ったシャツの展示を見たこともあった。ところが、目の前の男は武器など持っていない。いったいなにが目的で――。

ギズモンドの推察はそこで断ちきられた。

「まさか、誰ひとりとしておれのことがわからないのか?」男が言った。ずいぶん珍しい声だ。深くて力強くて、クマの吠え声のように空気を振動させる。それでいて母音が濁っていない、まぎれもないイングランド紳士の話し方だった。今度こそ、議場内は水を打ったように静まり返った。

ギズモンドは視界の端で、大法官のこめかみがぴくりと引きつるさまをとらえた。権威を示さなければという気持ちはあるものの、あまりの衝撃に言葉を失っているのだ。

「よってたかって人を墓場に送ろうとしてるんだから……」男は大法官に向きなおった。「顔くらい認識してもらえるものだと思ってた」

大法官が子豚のような甲高い声を出した。「ありえん!」

「ありうるとも」男が答えた。この状況を楽しんでいるようだ。「主の御腕はまだおれを引き寄せてない」

これを聞いて、貴族たちがいっせいにどよめいた。ギズモンドは首をのばして、傍聴席にいるレディ・アイラの様子をうかがった。行方不明だった公爵(本物かどうかわからないが)は傍聴席の女性たちに気づいていないらしく、そちらのほうには一度も視線を向けていない。ギズモンドの位置からは、羊皮紙のように白くなったレディ・アイラの顔が一瞬だけ見えた。

ピンクラー・ライバーンが立ちあがり、ふたたび演壇にのぼる。公爵を名乗る男の恐ろしい風貌にも、ピンクラー・ライバーンはひるまなかった。

「失礼だが、ぼくはきみに見覚えがない」ピンクラー・ライバーンは丁重かつ用心深く言った。まるでライオンに純正英語で〝おまえを食べたい〟と言われて、戸惑っているかのようだ。

「もともとさほど親しくはなかったからな」男が答えた。

「仮にきみがジェームズ・ライバーンだとすると、声まで認識できないほど変わってしまったことになる」

「首を切られると誰でもそうなる」男が顎を上に向けた。浅黒い喉に、クラヴァットを巻いたような一直線の大きな傷があるのを見て、一同は小さく息をのんだ。

ギズモンドは自分の首に手をやろうとして、糊のきいた純白のクラヴァットがしわになると思いなおした。

「七年ものあいだ、どこにいたんだ？」ピンクラー・ライバーンが尋ねた。

「人の首を切るような連中と一緒だった」

ピンクラー・ライバーンが肩をいからせる。「あくまでジェームズだと言い張るなら、ひとつ質問に答えてもらおう。ぼくは子供のころ、みんなからなんと呼ばれていた？　ちなみに、ジェームズは一度もその名では呼ばなかった」

議場内に入ってきて初めて、男の頬がゆるんだ。

「ピンクだ。子供たちはおまえをピンクと呼んでた」

ピンクラー・ライバーンが心の底では公爵になりたがっていると思っていた者がいたとしたら、その瞬間に自分の過ちを悟っただろう。というのも、当のピンクラー・ライバーンが、長く行方不明だった兄と再会したかのように、腕を広げて男に抱きついたからだ。あまりに劇的な再会だったので、多くの人は、今やアシュブルック公爵夫人となったレディ・アイラが、隣にいる女性のほうへ倒れこんだことに気づかなかった。

ところがレディ・アイラの夫——七年ぶりに帰還し、今や公爵の称号を手にした男が妻に気づき、ピンクラー・ライバーンの抱擁をふりきって演壇から飛びおりた。

ギズモンドは無作法にも、もっとよく見ようと前のめりになった。

公爵夫人の顔は真っ青で、ミセス・ピンクラー・ライバーンにもたれかかったままぴくりともしない。公爵が彼女の上に身をかがめても、目を覚ます様子はなかった。公爵は妻を抱きあげ、すっくと立ちあがった。

その夜、ギズモンドは妻に繰り返した。〝すべてが芝居のようだった。夫人は公爵の肩に力なくもたれかかっていた。わかるかね？　芝居のなかの英雄と姫君のように。もちろん、英雄はあんな野蛮な格好はしていないだろうが〟彼は言葉を探した。〝印象的だったのは公爵の表情だ。不安そうでもなければ、興奮しているふうでもなく……この程度の騒ぎはよくあることだとでも言いたげだった〟

公爵は自信をみなぎらせ、妻を抱いたまま演壇に戻った。それから大法官に向かってうなずいた。「いとこのミスター・ピンクラー・ライバーンは、失踪宣告の申請をとりさげるだろう」

「もちろん！」ピンクラー・ライバーンは息をのんで即答した。「当然です。いとこは死んでいないんですから。ぴんぴんしてます」

それを聞いた公爵はのけぞって笑った。またしても白い傷跡がのぞく。ギズモンドも声をあげて笑いたい気分だったが、生まれてこのかた儀式の途中で笑ったことなどないし、例外など設けられない。

一方、ベンチに座っていた議員たちは遠慮なく笑い声をあげた。重苦しい緊張のあとにもたらされた、安堵の笑いだった。

〝公爵の笑い声は非常に魅力的だった〟何時間もあとで、ギズモンドは妻に語った。〝外見は野蛮人そのものだが、笑い方はイングランド紳士のそれだったよ〟

〝イングランド紳士の笑い方ってどんなふうですの？〟ミセス・ギズモンドが半信半疑で尋ねる。〝そもそも気の毒な妻が気を失っているときに、聴衆の前に立って演説をするなんて非常識ですわ。もちろんあなたはわたしが気を失ったとき、そんな無神経なことはなさらないでしょうね？〟

ギズモンドは自分より明らかに目方のある妻を見て、気絶されても抱えあげることさえできないだろうと思ったが、紳士なので口には出さなかった。〝そんなことはするものか〟彼はまじめな顔で約束した。〝断じてしない〟

23

テオの頭を真っ先によぎったのは、この場から逃げたいということだった。演壇の上に立つ日に焼けた野蛮な男がジェームズとは思えない。そんなはずがない。

男は飛び抜けて肩幅が広く、落ち着き払って貴族議員たちを見まわしていた。浅黒い頰には刺青があり、髪は首筋にもふれないほど短く刈ってある。

ジェームズはあんなに野蛮な容貌をしていないし、あんな横柄な態度はとらない。男が喉の傷を見せた瞬間、息が詰まり、心臓がひときわ大きく打つとともに視界がかすんで、テオは意識を失った。

気がつくと、男に抱かれて議場内を移動しているところだった。身体の奥深いところが、風と野外のにおいを認識する。姿や声は記憶とちがっていても、これはジェームズの香りだ。

意識がはっきりしてくるにつれ、貴族たちと話す夫の声にあざけるような、おもしろがっているような響きがあることに気づいた。気絶した妻を案じる様子はみじんもない。

テオは気を失ったふりを続けようと決めた。ここに集まった貴族たちに同情のまなざしを向けられるのはまっぴらだった。みじめな思いはもうしたくない。

世間の人々はきっと、ジェームズがロンドンのどこかに潜伏しながら復活に絶好の機会を待ち望み、西ゴート族よろしく貴族院を襲撃して妻を気絶させたと噂するだろう。

テオとしても、べつに再会の熱い抱擁を期待していたわけではなかった。結局のところ、ジェームズとはけんか別れをしたのだから。それでも、まだ夫婦であることはまちがいない。こんな茶番を引き起こす必要があったのだろうか？　妻に対して最低限の気づかいというものがあるはずだ。二〇〇人もの貴族議員に対して演説する前に、どうして生きていることを教えてくれなかったのだろう。公の場で恥をかかされたテオは、〝みにくい公爵夫人〟の風刺画を最初に目にしたときと同じくらいの屈辱を感じていた。

夫に愛されていないという事実を、改めて突きつけられたようだった。きっとこんなみにくい女は愛される価値もないのだ。何年もかかってハクチョウに変身したのに、なんの意味もなかった。ロンドンに戻った夫が訪ねてもこないのだから。

鬱積していた怒りが――みにくさゆえに夫を失ったのだと世間に決めつけられたときの悔しさが戻ってきた。新聞に、両目を覆って逃げていくジェームズの風刺画が掲載されたときは、女としてまったく価値がないと宣告された気がしたが、今も同じ心境だった。

ジェームズが演説を終え、貴族院を出て表に待たせていた馬車に乗るまで、テオはずっと目をつぶっていた。ジェームズが馬車に足をかけると、彼の体重で車体が大きく揺れた。

「もう目を開けていいぞ」ジェームズの声にはさっきと同じ、おもしろがっているような響きがあった。

おもしろがる？　いったいどこがおもしろいというの？　家族の死を宣告するのが、簡単だとでも思っているのかしら？

以前のジェームズは短気ではあっても思いやりを持ち合わせていた。他人をさげすむようなまねはしなかった。

テオは即座に目を開け、背筋をのばした。長い年月を経て、向かいの席に夫が座っている。変わり果てた姿で。夫は海賊に、犯罪者になったのだ。筋肉質の身体が威圧的な雰囲気をかもしだしている。罪もない人々を海に突き落とすところが容易に想像できた。

テオはすがるように革張りの座面をつかんだ。

「どうしてこんな……」思わず声が出る。ジェームズの肌は日に焼けて褐色をしていた。間近で見ると、右目の下に彫られた青い花がますます際立つ。まるで異国の言葉が――テオには理解できない言葉が刻まれているかのようだ。

イングランド紳士は日に焼けたりしない。ユリのように白い肌をしているはずだ。だいいち、肌に花の模様を彫ったりしない。

議場の赤いベンチに座っていた男性たちと比べて、目の前の男の肌はあくまで黒く、どこもかしこも筋肉が盛りあがっていた。それにあの刺青……花は花でも、なにやら不吉で恐ろしい感じがする。

座席をつかむテオの指に力がこもった。まさか幼なじみのジェームズを恐れる日が来るなんて。だけど、それが現実だ。この男を恐れない人がいたら、その人には神経が通っていないのだ。

「やあ、デイジー」ジェームズはほんの一、二カ月留守にしていただけであるかのように、おだやかに言った。

テオはなんと答えていいかわからなかった。ミスター・バジャーが言っていた。右目の下に花の刺青を入れた残忍な海賊はジャック・ホークだと。ジェームズではなくジャックと呼ぶべきだろうか？　そのとき、彼と目が合った。たちまち恐怖が消え、強い怒りがわいた。この男はわたしの反応をおもしろがっている。たった今、中断した儀式がどれほど深刻なものなのか、ちっともわかっていない。

失踪宣告の申請をしたときから、テオはジェームズの死を受けとめられずに混乱していた。今日も朝から、泣かないようにずっと気を張っていたのだ。亡き公爵はたびたびスタッフォードシャーの屋敷を訪れ、息子から連絡はないかとテオに尋ねた。父親にあれほど心配をかけるなんて、息子として最低だ。

「イングランドへようこそ」テオはようやく言った。それからピンを抜いてベールをとり、脇に置いた。

ジェームズがうなずいた。

「ところでどうして戻ってきたのか、教えてもらえるかしら？」相手の口調に合わせて落ち着いて尋ねる。

「喉を切られて死にかけた。使い古された表現だが、死に直面すると、人は考えさせられるものだ」

「ずいぶん派手な登場だったわね」さらりと言えた自分が、テオはこれまでになく誇らしかった。七年前の屈辱をのりきることができたのは超人的な自制心のたまものだ。夫の無関心にどれほど傷ついたかはぜったいに知られたくなかった。

「そうだな。まず言っておくべきだろうが、あの場にきみもいるとは知らなかったんだ」

「知っていたら、なにか変わったの?」

彼はかすかに頭をかしげた。再会して初めて、かつての礼儀正しかったジェームズが垣間見えた気がした。「もちろん」

「イングランドに戻ってからは、どこにいたの?」

ジェームズはわけがわからないとばかりに眉間にしわを寄せた。「船が着いたのは昨日の夜だ。生きて戻ったことをきみに知らせようと、朝いちばんにタウンハウスへ行った。そうしたら親切な執事が、急いでウェストミンスターへ行かないと死ぬことになると教えてくれたんだ。おれの予想では、失踪宣告が出るのは家を出てちょうど七年目にあたる六月一六日だった。あと数週間かけて、生きていることを証明すればいいと思ってた」

「申請書はそれよりも前に提出しなければならないの。公爵不在の期間ができないようにね」

「あと一歩で手にすることができた公爵の地位に、セシルが執着してなくてよかったよ」

「ええ。むしろセシルは、もう一年待ちたかったのよ」

「そうなると、自由になりたかったのはきみのほうか」ジェームズは淡々と言った。

テオは音楽の夕べに参加したレディのように、上品にほほえんだ。「あなたが生きているという証拠はひとつも見つからなかったもの。それで、久しぶりに家を見てどうだった？」

テオは膝の上で手を組み合わせようとしたが、指がこわばってうまくいかなかった。窓際の革紐に手をのばしてしがみつく。馬車はさっきから変わらず、バークレー・スクエアへ向かってゆったりと進んでいた。

「ほんの数分しかいなかったから、なんとも言えないな。荷物を置いて、まっすぐ貴族院へ向かったんだ」

テオは思わず尋ねた。「荷物というのは略奪品のこと？」

「つまり、きみはこの七年間、おれがなにをしてたか知ってるんだな？」ジェームズが皮肉な笑みを浮かべる。

それを見たテオは、怒りで喉が詰まりそうになった。普通の声で話すのは容易ではなかった。「あなたと〝伯爵〟と呼ばれていた海賊に、なにか関連があるかもしれないとは聞いたわ。それからジャック……そう、ジャック・ホークのことも。まさか本当に海賊になっていたなんて、セシルもわたしも信じなかったのに」

「人生は驚きに満ちてるんだ」ジェームズがさらりと言ってのける。

テオの鼻孔がふくらんだ。ジェームズはテオの怒りを察したらしく目を細めたが、相変わらずのんびりした口調で続けた。

「ところで、昨今のロンドンの交通事情ときたらぞっとするな。貴族院までなかなかたどりつけなかった。死者が復活する場面を演じるはめになるかと思ったぞ」

ふたりの乗った馬車がようやくとまる。

「間に合ってよかったこと」

「執事の話では、きみは今朝七時ごろに家を出たとか……審議に出るにしても、ずいぶん早いじゃないか」

七年も行方知れずでいたくせに、妻の行動に口を出す権利があると思っているのかしら？

「あなたのお父様のお墓に寄っていたのよ」従僕が馬車の扉を開けたので、テオはレティキュールとベールを手にとった。「公爵様はお亡くなりになる前、しょっちゅうあなたのことを尋ねていらっしゃったわ。だからあなたの死を宣告する前に、許しをいただきたかったの。ばかみたいだけれど。いろんな意味で」

初めてジェームズの表情が揺らいだ。瞳に深い痛みがよぎる。

それを目にしたテオはある種の喜びを感じ、そんな自分に衝撃を受けた。馬車をおりながら、もう一点、すぐにでもはっきりさせておかなければならないことについて考える。知りたいことは山ほどあるが、これだけは待てない。正面玄関を入ると、テオはメイドロップに向かってうなずいた。執事がすかさず居間のドアを開ける。

ジェームズは無言であとをついてきた。テオがふりむいても、黙って立ちつくしているだけだ。片方の眉をあげ、テオから話しはじめるのを待っている。

見覚えのあるしぐさだ。何年も前、このしぐさは少年らしい好奇心の表れだった。ところが今は、男の傲慢さを感じさせる。

一瞬、心が折れそうになった。この先どうすればいいの？　海賊と一緒に住むことはできない。海賊の妻ではいられない。テオは人一倍、秩序を重んじる人間で、なにが起きても理性的に対処してきた。ところが今は、文字どおり心臓が口から飛びだしそうだ。声だけはどうにか平静を保って、テオは口を開いた。

「あなたが海賊の〝伯爵〟と同一人物ではないかと見破ったボウ・ストリートの捕り手も、まさかジャック・ホークのはずがないと言っていたわ」彼と目を合わせるのが怖くて、テオは目を伏せ、手袋を外した。

まつげ越しに様子をうかがうと、ジェームズはだらしなく壁に寄りかかっている。

「あいにくだったな」

「そういう結論を導きだした理由のひとつは、ホークが……わたしの理解したところによると、西インド諸島全域に婚外子を残しているからだそうよ」テオはここぞとばかりに視線をあげた。年老いた父を顧みることなく、何年も戻ってこなかった男への侮蔑を視線にこめて。目の前に立っているのは、略奪を生きる糧とするだけでなく、人質に甲板から張りだした板の上を歩かせ、海という名の棺に落として楽しむ海賊になりさがった男だ。はたまた結婚の誓いを破り、自分の子供を認知もせず、未開の地に置き去りにした男。

ジェームズはしばらく黙っていた。テオの知っているジェームズなら、すぐに怒鳴り返していただろう。ところが目の前の男は腕組みして、考えこむように彼女を見つめている。

「どうやらきみは怒ってるらしい。おれがイングランドを出たときと同じだ。これだけの歳月が経てば、怒りもおさまるだろうと期待してたんだが」

「あのとき怒っていたのは、あなたがわたしをだましたからよ。あの日から、わたしたちの結婚は実質上の意味を持たなくなった。それでもわたしは人妻としての節度を守ってきたわ。とはいえ、あなたが結婚の誓いを破ったことについては、かすかにいらだちを覚える程度だから安心して。もう一度きくわ。隠し子がいるの？　もしかして一緒に連れてきたとか？荷物というのは子供のこと？」

テオの言葉がしなる鞭のように居間の空気を切り裂いた。

「ボウ・ストリートの捕り手の誤解だ」

ジェームズはそれしか言わなかった。しびれを切らしたテオが子供部屋を確かめに行こうとしたとき、ようやくジェームズが続けた。

「子供などいない。婚外子だろうとなんだろうと」

「本当に？」冷ややかに尋ねる。「自信を持って言いきれる？　七年前は航海に出たきり、わたしがどうなったか気にもしなかったくせに」

「しかるべき期間を置いたのち、使いをやって調べさせた」

「ついでに無事でいることをお義父様に伝えようとは思わなかったのね。残念だわ」アシュブルック公爵は死の瀬戸際まで息子を気にかけていたが、さすがのテオも、ここでそんな残酷なことは言えなかった。

「父が死ぬような年だとは思わなかった。こんなに早く逝くなんて、想像もしてなかったんだ。人生で後悔してることは山ほどあるが、父のこともそのひとつだ。実際、父の死を知って、ジャック・ホークに改名した」

そう言うなり、ジェームズは口をつぐんでしまった。それ以上の説明をする義務はないとでもいうように。テオはいとまも告げずに居間を出て、自室へ戻った。

三〇分後、テオはあたたかい浴槽のなかで、予想外の展開にどう対処すべきか考えていた。ふいに、あることを思いついて勢いよく上体を起こす。肩から流れ落ちた湯が床に飛び散った。

「ボイソーンを呼んでくれる？」テオは大きな声で言った。

「申し訳ありません。なんとおっしゃいました？」ストッキングをたたんでいたアメリがドアの向こうから顔をのぞかせた。

「弁護士のミスター・ボイソーンを呼んでちょうだい」テオは浴槽のなかで立ちあがった。

「明日の朝いちばんに会いたいの」何年も行方不明だった夫が残忍な海賊となって戻ってきたのだから、当然離婚が認められるはずだ。いくら離婚を成立させるのが難しいとはいえ、事情を考慮してもらえるだろう。

テオには主張を通す自信があった。仮に世間が認めてくれなかったとしても、摂政皇太子が婚姻関係を解消してくれるに決まっている。ファーンガスト卿の妻の例があるからだ。ファーンガスト卿は〈愛の家族〉という宗教にのめりこみ、信者の人々とベッドをともにするよう妻に要求した。たしかに破廉恥な要求ではあるが、人は殺していない。

アシュブルック公爵の突然の帰国に、ロンドン市民はしばらく騒然とするだろうが、海賊の末路は誰もが承知している。縛り首だ。

ふいに浴室のドアが開き、ふり返った侍女が悲鳴をあげた。テオはゆっくりとドアのほうを向いた。一糸まとわぬ、濡れた身体のままで。

部屋の入口をふさいでいたのは、ジェームズの大きな身体だった。腹立たしいことに、彼は平然とテオの身体を眺めまわした。

「アメリ」テオは鋭く言った。「タオルをちょうだい」

アメリはしゃくりあげるような声を出してテオの手にタオルを押しつけ、もう一枚を肩にかけた。

瞳の色こそ以前と変わらないが、ジェームズの顔からはなんの感情も読みとれない。なんの親しみも感じさせなかった。

「文明化された社会では……」テオは身体にタオルを巻きつけた。「続き部屋に入るときはノックが必須《ドウ・リグール》なのよ」

彼女は自分の寝室へ入り、大きな音をたててドアを閉めた。

24

階段をおりながら、ジェームズの心は強風を受けた風車のごとく、くるくるとまわっていた。ほんのりと上気した白い肌が繰り返し脳裏に浮かぶ。まるで繊細なバラのようだった。丸みを帯びた腰のラインやすらりとした長い脚を、どうして忘れていたのだろう。

いや、忘れていたのではない。記憶の隅に押しこめて、ふたをしようと努力してきただけだ。それがいっきに噴きだした。高い頬骨……弧を描く下唇……長くて濃いまつげ。少年時代から愛おしく思ってきた女性の姿に、ジェームズの魂は震えていた。それもたんに欲望のためだけではない。

くそっ！

どうやら本当にテオを忘れられたことなど、片時もなかったらしい。

ただ、こちらを見る彼女の目つきには驚きと怒りがあった。そして怯えも。テオが怯える？　このおれに？

かつてあれほど魅力的な女性を捨てて異国へと漕ぎだしたとは、とても信じられなかった。二度とそんなことはできそうもない。テオのそばを離れるなど論外だ。

おれにとってテオは自分の身体の半分のようなものだった。魂の欠けた部分を――スリルに満ちた海の暮らしや陽気な女たちで埋めようとしてかなわなかった部分を――ぴったりと満たす存在だ。

その彼女がおれに怯えるとは……。

怒りをなだめる自信はあっても、恐怖となると別だった。若き日の愚かしさのつけを要求された気分だ。テオはおれを知っているはずだ。なにを恐れる必要があるだろう？

答えはわかっている。七年前におれがテオを傷つけたせいだ。もちろん暴力をふるうとまでは思っていないだろう。そんな男に見られているとしたら、とても生きてはいられない。

ジェームズは両手をこぶしに握った。

テオ以外の人が怖がるなら無理もない。彼らの目に映る自分は刺青を入れて髪を短く切った、ずうたいのでかい海賊にほかならない。しかし、テオは……。

テオはありのままのおれを知りながら、愛してくれた唯一の人だった。この世でただひとり、整った顔や美しい声以上のものをおれのなかに見いだしてくれた女性だ。実の母親でさえ、客を招いて息子を見せびらかし、歌を披露させて悦に入っていたというのに。

薄暗い書斎に入ったジェームズは、すぐに内装が変わっていることに気づいた。

どうしてあのとき、テオを手放したりしたのだろう？　この七年間、自分はなにを考えていたんだ？

窓辺に立ってみる。鼓動が速く、気分が悪い。大丈夫、まだ間に合う、と何度も自分に言い聞かせた。遅すぎたなどということはない。今からでもテオをとり戻せると。

テオの足元にひざまずいてみっともなく懇願する自分を想像したジェームズは、すぐにその可能性を打ち消した。子供のころ、両親の前でなりふりかまわず愛情を乞い、失望したことを思いだしたからだ。頰をなでてほほえみかけてもらう以上のなにかがほしくて、必死で歌を歌ったが、母は気づいてくれなかった。

急に嗚咽がもれそうになる。ジェームズはぎょっとして、窓ガラスに映る自分に歯をむいた。泣き言を言っても始まらない。みっともないまねをしなくても、テオをとり戻すことはできるはずだ。女は意気地なしを嫌う。よりを戻したいなら、まずはテオの尊敬と信頼を勝ちとらなければ。

入浴中の妻を見たくらいで烈火のごとく高ぶり、その肌を伝う水滴を残らずなめとりたいと願う夫のどこを尊敬しろというんだ？　本当はあのままテオをベッドに運んで……かつての愛をとり返したかった。胃がよじれるほど彼女がほしかった。

ジェームズの前にはふたつの世界があった。テオがやさしくほほえみかけてくれる世界と、こちらに背を向けて歩み去ろうとしている世界だ。かつて自分がテオのもとから去ったように。

テオのいない世界など耐えられるはずもない。地獄だ。

ふたたびテオの怯えた表情が脳裏をよぎる。おれは野蛮人のような身なりをして、港で働く男たちみたいなしゃべり方をしているのはまちがいないが、暴力をふるってはいないのに。

ひょっとするとテオは、いまだにトレヴェリアンのような男を求めているのかもしれない。テオはトレヴェリアンの物言いが好きだった。ジェームズに言わせれば、トレヴェリアンは自分の弱さを、あるいは自己嫌悪を覆い隠すために、他人をこきおろしているにすぎない。あんな男のどこがいいんだ?

勝手に熱くなっている自分に気づいて、ジェームズは自嘲気味に笑った。それでもまだチャンスはある。唯一の弱みを――つまりテオにぞっこんであることを――悟られないよう注意すれば、優位に立てるかもしれない。うまくベッドに誘いこめさえすれば、かつての愛情を復活させることも夢ではない。

そのためにはまず、テオの警戒を解かなければならない。礼儀正しくてユーモアのある、洗練された男を演じるのだ。しばらくのあいだなら本性を隠すことくらいできる。

たぶん……。

ジェームズは、水平線の彼方に海賊船を見つけたときのように、すばやく考えをめぐらせた。私掠船の船長として王族に謁見する機会も少なくなかったので、テオのお眼鏡にかないそうな服はたくさん持っている。

テオはすっかり洗練されていた。頭のてっぺんからつま先まで、よく磨いた銀のボウルのような輝きに包まれていた。精神的にも、昔より強くなったらしい。女性が陸軍に入れるものなら、さぞ立派な指揮官になれるだろう。

浴槽のなかに立っていた妻の姿がよみがえって、たちまち下腹部が硬くなる。肌を伝う水滴が小さな流れとなって、白い腿を滑り落ちていた。あの場でテオの足元に崩れ、美しい脚を賛美したかった。美しい脚と、そのあいだにあるものを。

しかしそれ以上に、テオとの人生をとり戻したかった。彼女の斬新なアイデアや鋭い批評が懐かしかった。七年に及ぶ旅暮らしでも、テオほど気の合う相手には会ったことがない。グリフィンでさえ、彼女にはかなわなかった。

テオと再会した今、海の上で過ごした歳月が幻のように思える。現実はここにある。これから先は彼女と年を重ねたい。もしくは老いることなく、ともに永遠のときを過ごしたい。たとえどんな困難が待ち受けていようとも。

25

寝室のドアを閉めたテオは、ジェームズが押し入ってくるのではないかと身構えた。浴室にもわがもの顔で踏みこんできたのだから。

こんなことなら、それぞれの寝室に浴室をしつらえておけばよかった。何度か考えたことはあるのに、実行に移さなかった。最新式のポンプを導入し、公爵家の工房で作った豪華な陶器の浴槽を設置したところで満足してしまったのだ。

耳を澄ますと、ジェームズが部屋を出て廊下を遠ざかっていくのがわかった。ほっとすべきところなのに、拍子抜けした感もあった。もしかするとジェームズは、浴室が共用だということを忘れていただけかもしれない。

テオは時間をかけて身繕いをした。気を抜くと、なだらかな曲線を描く南国の娘たちの身体を想像してしまう。自分とは正反対の身体を。

ジェームズの思い出に敬意を払って、今夜は外出しないつもりだったが、今となっては家にいる必要もなくなった。むしろ、ジェームズと向き合って夕食をとるのが怖い。そんな状況はなんとしても避けたかった。

アメリに劇場へ出かける旨を告げ、やわらかなシルクをたっぷり使ったドレスをまとう。黄緑色の生地がろうそくの炎に輝いていた。ウエストの位置が高く、ボディスは光沢のある黒ビーズを刺繍した赤褐色のレースで縁取られている。たっぷりした袖は肘までの長さだ。スカート部分は腰の曲線にゆったりと沿っていた。髪はひと筋の後れ毛もないようにうしろになでつけた。

アメリが持ってきたルビーのネックレスを、テオは手をふって却下した。今日はネックレスはいらない。代わりに燦然と輝くルビーの指輪を右手にはめた。〈ライバーン織工房〉の収益が一〇〇〇〇ギニーを超えたとき、自分に贈ったご褒美だ。記念すべき日を思いだすのに、一〇〇〇〇ギニーの何割かで購入したアクセサリーを身につけるほど効果的な方法はない。

仕上げにアメリが小さなブラシを使って、控えめだが効果的な化粧を施してくれた。厚化粧は好きではないが、目元にコール墨を薄く引くと、深みが出て神秘的に見える。

自分の姿を鏡で点検したテオは、自信がよみがえってくるのを感じた。ここにたどりつくまでは並大抵の苦労ではなかった。なりふりかまわず働いて公爵家を立てなおし、フランス宮廷における評判を勝ちとって、イングランド貴族の尊敬を獲得した。

夫に無視されたからといって――貴族たちの前で、夫が妻への無関心をあからさまにしたからといって――これまでなしとげてきたことすべてが消えるわけではない。

階段をおりると、メイドロップが控えていた。

「旦那様は書斎にいらっしゃいます」執事の顔はいかにも不安そうだった。

「ありがとう」テオは答えた。「メイドロップ、公爵の帰還は控えめに言っても予想外だったけれど、家のなかのことはこれまでどおりでいいわ。みんなにそう伝えてちょうだい」

執事がうなずいた。「公爵様は従者をお連れになりませんでしたので、職業紹介所へ連絡させていただきました。明日の朝、適当な候補者が三人やってまいります。それから公爵様のお連れ様につきましては――」

「お連れ様？」テオは叫んだ。顔から音をたてて血の気が引く。いくら野蛮人になったとはいえ、いくらなんでも妻のいる家に西インド諸島から女性を連れ帰ったりはしないだろう。

「サー・グリフィン・バリーです」メイドロップが慌ててつけ加えた。「ここ何年か、旦那様と一緒に仕事をされていたとうかがっております。〈バラの間〉へお通ししておきました」

「それでいいわ」テオは弱々しく言った。

できることならすぐさまこの屋敷から飛びだしたかった。夫が帰ってきただけでも頭が痛いのに、犯罪仲間まで一緒とは。ミスター・バジャーの話では、バリーはジェームズよりもさらにたちが悪いのではなかったかしら？

明日の昼までに、治安官が正面玄関に現れるだろう。こんなとき母がいてくれたら……この際、前公爵でも歓迎したいくらいだ。

「それから奥様、今夜のご予定ですが――」

テオは手をあげて執事の言葉をさえぎった。「あとにしてくれる？」しっぽを巻いて逃げる前に、ジェームズと対決しなければ。

テオは心を奮いたたせて書斎へ入った。

前公爵が亡くなったあと、書斎の内装を一掃した。もはや屈辱的な出来事を――ジェームズの前にひざまずいて、今となっては考えたくもない行為をしているのを、前公爵に見られた日のことを彷彿とさせるものはひとつもない。

当時、書斎の壁は黒い木でできていて、天井に届くほどの本棚があり、ずいぶん前に飼われていた猟犬の絵が一枚かかっていた。カーテンは深紅だった。今や壁は白い羽目板に変わり、明るい青を基調とした絵がところどころに飾られている。ポンペイの遺跡をテーマにした幻想的な絵だ。カーテンは言うまでもなく〈ライバーン織工房〉の製品だった。青と白の縞模様で、青い部分には小花が散っている。

前公爵の癇癪を生きのびた羊飼いの少女の人形はずいぶん前に屋根裏にしまわれ、代わりに〈アシュブルック陶磁器工房〉で作られた、古代ギリシャや古代ローマ風のデザインの陶器が効果的に配してあった。壁に描かれた絵との対比も計算ずみだ。

夫の存在を無視して書斎を見まわしながら、テオは自分の心の動きを冷静に把握していた。自分の成果を数えあげて、落ち着きをとり戻そうとしているのだ。

ジェームズは、テオが帳簿をつけるときに使う机に向かって手紙を書いているようだった。上着を脱ぎ、袖をまくりあげている。

テオは深く息を吸った。

「こんばんは、ジェームズ」そう言って、部屋の中央へ進む。

テオの声に、ジェームズが顔をあげて立ちあがった。どうやら少しは礼儀作法を覚えていたらしい。

「デイジー」テオに近づいて、差しだされた手にキスをした。

ジェームズは背筋をのばした。テオは時間をかけて夫をじっくり観察した。

「わたしの名前はテオよ」疑問の余地を残さないように、きっぱりと言った。「それにしても、あなたときたら変わったわね。貴族院に現れたときも、すぐにはあなただとわからなかったわ。シェリー酒でも飲む？」彼女はデカンターの並んだ棚に近づき、シェリー酒の栓を抜いた。

「酒はほとんど口にしないんだ」すぐ背後でジェームズが言う。驚いたテオは、手にしていたガラス製の栓を落としてしまった。床に到達する前に、ジェームズが手をのばして栓をつかむ。「おれにさせてくれ」テオの手からデカンターをとり、グラスにシェリー酒を注いだ。「三種類のブランデーがそろってるな。ということは、そこらのレディとちがって、酒の味がわかるわけか」

レディらしくないとほのめかしているのだろうか？　テオはわずかに戸惑ったあと、頭を切り替えてシェリー酒をあおり、喉が焼ける感触を楽しんだ。「あなたのいとこはブランデーが好きだから、切らさないようにしているだけよ」そう言って、ロココ調のソファを捨てて新たに設置した長椅子へと移動した。そして夫だという見知らぬ男が、グラスにポートワインを注ぐところを見守った。

ジェームズが長椅子のところへやってくる。彼の全身を見ようとすると、テオはのけぞらなければならなかった。「ずいぶん身体が大きくなったのね」

「ああ」ジェームズが隣に腰かける。腿から発せられる熱が伝わってこないよう、テオは長椅子の隅に寄った。

「二〇代前半でいきなり何センチか背がのびたんだ。海風のせいとしか思えない」

ジェームズとふたりで座ると、急に長椅子が小さくなった気がした。テオは心を落ち着かせようとシェリー酒を飲み、彼の顔に視線をやった。「目の下の柄はケシの花かしら?」

ジェームズがうなずく。

「サー・グリフィンも同じしるしを入れているの?」テオは普通に会話している自分を褒めたかった。海賊と対等に話せる女がこの世に何人いるだろう? 同じ屋根の下に海賊がふたりもいて、しかもそのうちのひとりは夫なのだ。だけど、案ずる必要はない。じきにジェームズはイングランドを去り、おだやかな日常が戻ってくるだろう。彼だって縛り首にはなりたくないだろうから。

「そうだ」ジェームズはクラヴァットの話でもしているかのように答えた。そもそもジェームズの首元にクラヴァットは巻かれていない。シャツからのぞく首筋は、農場で働く少年のように浅黒かった。

「イングランドに戻ってきたはいいけれど、この先厄介なことになると思わない?」

「どうして?」

「だって海賊は普通の職業じゃないし、はっきり言って不法行為でしょう。治安官が訪ねてくるんじゃないかしら。王立海軍の将校かもしれない。ともかく海賊をとりしまっている人たちよ」

ジェームズは長椅子の端に身を預け、ワイングラス越しにテオに笑いかけた。

「訪ねてきたとして、なにを恐れる必要がある？」

「ロープにぶらさがって揺れることとか？　わたしの知る限り、海賊は絞首刑よ」テオはシエリー酒をもうひと口飲んだ。

「そうだな」ジェームズはまったく意に介していない様子だった。「おれが海賊ならそうなるだろう」

「心配じゃないの？」

「ちっとも。それよりこの七年間、きみはどうしてたんだ？」

「わたしは……必死だったわ」テオは率直に答えた。「あなたが出ていってから、とにかくたいへんだった。うれしいことに、〈ライバーン織工房〉も〈アシュブルック陶磁器工房〉も繁盛しているのよ。商売が軌道にのったあとパリへ移って、去年戻ったばかりなの。わたしなりに公爵家の将来を考えたのよ」

「セシルに領地を譲ることか？」ジェームズが言葉を継ぐ。「まあ、厄介払いしたくなって当然だ。恥ずかしながら、おれがすぐに戻らなかった理由のひとつは公爵家のごたごたにかかわりたくなかったからだ。だから名前を変えた。いつまでも〝伯爵〟では、アイラ伯爵との関係を揺ぐられるかもしれないからな」

「それなのに、今ごろになって気が変わるなんて……おめでたいこと」テオは投げやりに言った。

ジェームズは長いあいだ、静かにテオを見つめていた。「イングランドに着いてすぐにきみのところへ行かなかったことを、まだ怒ってるのか？　船が港に着いたのは夜更けだったから、きみを訪ねるのにふさわしい時間まで待ったんだ。だいいち、貴族院には男しかいないと思ってた。あのうんざりする演説を、まさか女性たちに聞かれるとは」

「いつだって妻は忘れられやすい存在だもの」

ジェームズはためらってから口を開いた。「おれは数年前から、きみを伴侶と思わなくなってた。もちろんきみもそうだろう？」

彼の発言に、テオは息が詰まった。口ではいろいろ言っても、彼女にとって伴侶はジェームズしかいない。そう思うのをやめられたら、どんなに楽だったか！

男の身勝手な言い分に、彼女はこみあげる怒りを必死で抑えた。

「そう」静かに言う。「あなたが好き放題にしているあいだ、わたしが結婚の誓いを破ったかという意味なら、破っていないわ」

ジェームズの瞳がきらりと光った。だが、ほんの一瞬だったので、見まちがいかもしれない。

「おれは……破った。たった二日間の結婚生活に、そこまでの義理を感じられなかった。たいていの男なら理解してくれるだろう」

「みんながみんな、結婚の誓いを重んじるわけじゃないものね」

「おれとの結婚はもう終わったと言ったのはきみだ」ジェームズは淡々と言った。「きみはおれを追いだして、二度と会いたくないと言った。〝命ある限りともにあらん〟という結婚の誓いに反する行為だと思わないか？」

「つまり、父親の横領を隠蔽しようとしたあなたに腹を立てたのだから、わたしは浮気されてもしかたがないと？」

書斎の空気は極限まで張りつめていた。しかし、ジェームズの声や表情は完全に抑制されている。変わったのは外見だけではないらしい。

「きみがいまだに怒ってるとは思わなかった。おれにとって、きみとの結婚生活は遠い過去の出来事だ。覚えてるのは、おれとの結婚は終わったというきみの言葉だけだった。だが、きみの信頼を裏切ったことについてあのとき謝罪が足りなかったのだとしたら、喜んで今、謝罪する」

ジェームズを恋しく思う気持ちに、テオの心は震えた。目の前の、いかつい顔をした男ではなく、短気だけれど思いやりのあるジェームズ、彼女を慈しんでくれたジェームズが懐かしかった。

「父に乞われるままきみを欺いたことを、本当に申し訳なく思ってる。きみがあれほど怒ったのは、おれを心から信頼してくれてたからだ」

「たとえそうだったとしても、今は他人も同然よ」

「おれにとって、今でもきみは大事な人だ。ただ、ふたりとも変わったのはまちがいない」

ジェームズの笑顔に、テオの警戒がゆるんだ。昔の彼を懐かしく思う気持ちが、心の奥深くを揺さぶりつづけていた。

しかし、すぐに感傷的な気持ちをふり払った。七年ものあいだ、生死も知らせなかった男とよりを戻すことなどできるはずもない。

〝みにくい公爵夫人〟と呼ばれて、学んだことがひとつある。自分に自信のない者は、他人からもそれなりにしか扱ってもらえないということだ。まずは自分がみずからの価値を信じなければならない。

「きみは七年間、誰とも寝てないのか」ジェームズが思わせぶりに言う。

「そうよ」テオは堂々と答えた。「でもそれは、あなたの不貞を知る前の話だわ。たとえ法廷で離婚が認められていなくても、これで結婚の誓いは無効になったも同然よ。失った時間はこれからとり戻すから心配しないで」そう言って、立ちあがった。

ジェームズの顔がゆがむ。

テオは反射的に言った。「わたしはもうあなたの妻じゃないのよ。あなたがわたしの夫だったのは、伯爵でいたあいだだけ。ジャック・ホークになる前のわずかな期間にすぎないわ」

「どうしてわかる？」

「優秀なボウ・ストリートの捕り手を使えば、どんな情報も手に入るの。伯爵を夫と認めても、ジャック・ホークを夫とは認めない。あなたは西インド諸島にいる女たちのうち、半分のものでしょう?」

「大げさな」ジェームズはつぶやいた。

「本当に? ミスター・バジャーは、あなたの子供が西インド諸島全域にいると言っていたわ」

ジェームズの笑い声はしゃべり声と同じく、かすれて深みがあった。「むしろ最初の子供を妻に産んでほしいね」

「それはありえないわ」テオはきっぱりと言った。「そんなに子供がほしいなら、再婚相手と山ほど作ればいいのよ」

「再婚相手?」

「早急に婚姻関係解消に向けた申請をするつもりでいるの。もう弁護士には連絡したわ。摂政皇太子なら、離婚を許可してくれるでしょう」

「いいや、そんなことにはならない」ジェームズは歯を食いしばった。

「お互いのためにも、不快な過去とは決別したほうがいいのよ」

「過去との決別には賛成だ。いつまでもいやな記憶を引きずってることはない」

ジェームズの言い方には、どこか引っかかるところがあった。なにかを企んでいるような……テオは目を細めた。

「わたしなら充分生活していけるから心配しないで。ヘネシー・ストリートに、投資目的で手に入れた屋敷があるの。なるべく早いうちに引っ越せるよう手を入れるわ。あの家は限嗣相続財産には含まれていないから、喜んで買いとらせてもらうわね」

「出ていく妻に家を売ったりしたら、おれはいい笑い物だ！」初めてジェームズが声を荒らげた。

怒った声も悪くない。そんなことを思ったテオは、自分で自分をたしなめた。改めて頭のなかを整理する。離婚することについてはこれっぽっちの迷いもなかった。一度は将来を誓った相手とはいえ、今は赤の他人だ。この人はわたしの知っているジェームズとはちがう。他人と暮らすことはできない。

「残念だけれど、この件について話し合いの余地はないわ」テオは〈ウェッジウッド〉のデザイナーに泥棒と非難されたときとまったく同じ、余裕の笑みを浮かべた。「あなただってさっき、過去との決別に賛成したじゃないの。今度はわたしが外国に住んだっていいし」

「一度は終わったかもしれないが、おれはこうして戻ってきた」

「結婚は勝手にやめたり、再開したりできるものじゃないのよ」テオはそこで間を置いた。「それで、あなたはロンドンに残るつもり？　それとも海に戻るのかしら？」

「イングランドに残る」

海賊行為で逮捕されてもかまわないらしい。

「そうなったら、噂好きな人たちが喜ぶでしょうね。もちろん結婚を解消したら醜聞になるのは避けられないでしょうけど、あなたは天下の公爵ですもの、すぐに再婚相手が見つかるわ。それじゃあ今夜は失礼するわね。これから劇場へ行くの」

ジェームズが一歩、距離を詰めた。「だったら、おれがエスコートしよう」

「その必要はないわ」テオはジェームズの服装をちらりと見た。まるで労働者だ。白いシャツの襟元からのぞく日に焼けた肌。まくりあげられた袖の下に筋肉質の腕が見える。「だいいち、あなたは社交界に復帰するよりも前に、仕立屋へ行ったほうがいいと思うわ。そうそう、時間があるなら執事を紹介するわね」

玄関へ向かうテオのあとを、ジェームズは黙ってついてきた。気づまりな沈黙を埋めようと、テオはいつもより早口で話した。

「メイドロップは本当に掘り出し物だったわ。クランブルが引退してからというもの、手際よく屋敷を切り盛りしてくれているのよ。ああ、メイドロップ、公爵とは午前中に言葉を交わしたそうだけど、正式に紹介させてちょうだい」

執事が頭をさげる。ジェームズはうなずいた。

「公爵に屋敷のことを説明してあげて」テオが言った。「それから、わたしの毛裏付き外套《ペリース》を持ってきてほしいの」

「馬車は待機させております、奥様」メイドロップはふたたび頭をさげた。「しかしながら――」

ジェームズが口を挟んだ。「何年ぶりかで主人が帰宅したというのに、外出用の馬車を用意したのか?」

メイドロップがまた頭をさげる。「奥様の侍女から、劇場へお出かけになると聞いたものですから」

「つまりおまえは、妻とおれが家でくつろいで過ごすとは思わなかったんだな?」ジェームズは質問の答えも待たずにテオに向きなおった。

「思うわけがないでしょう」テオはペリースに袖を通した。パリで特注したシルクの錦織で、彼女好みのすっきりとしたデザインだ。

「誰がエスコートするんだ?」

「既婚者になって長いのよ。エスコートなんて必要ないわ。ジェフリー・トレヴェリアンを覚えているでしょう? 彼のボックス席にはいつでも来ていいと言われているの。午後の騒ぎからして、わたしが劇場に現れたら驚くでしょうけど……。ところであなたのお友達にあいさつする時間がなくてごめんなさいね」テオはわざとらしくほほえんだ。ジェームズの怒りをあおるように。「サー・グリフィン・バリーによろしく伝えてちょうだい」そう言って、おじぎをする。ジェームズも頭をさげるだろうと思ったが、彼は直立不動のままだった。テオはかまわず玄関に向きなおった。ドアの両脇に立っていたふたりの従僕はメイドロップとちがって、ちょっとした夫婦げんかに興味津々のようだ。

ふいに腰をつかまれ、よろけたテオは硬い胸にぶつかった。ジェームズの青い瞳がテオをとらえる。

「そんな他人行儀なあいさつをするな」ジェームズが歯を食いしばって言った。

キツネに出くわしたウサギのごとく、テオは身をこわばらせた。「手を離してもらえない？」

ジェームズが従僕たちのほうを見る。「消えろ！」

慌てふためいた従僕たちはふたりの脇を抜けて、あっという間にベイズ織のカーテンの裏に引っこんだ。

「消えろと言ったんだ」ジェームズがメイドロップをにらみつける。怒ると声のざらつきがいっそうひどくなった。

メイドロップは丁寧な口調で答えた。「公爵様、ご無礼をお許しください。わたくしは奥様にお仕えする身です。奥様がお困りかもしれないときに、おそばから離れることはできません」

ジェームズに腰をつかまれて身動きのとれないテオは、彼の男っぽい身体を意識すまいと努めた。少しでも反応したら、異性との接触に飢えていると思われかねない。もしかするとジェームズは、みにくい妻のことだから、浮気をしようにも相手がいなかったのだと思っているのかもしれない。

七年間の訓練の成果を発揮して、テオは冷静に言った。「手を離してもらえるとうれしいんだけれど」氷のような声だ。

ジェームズがテオを見おろす。メイドロップの存在は無視することにしたらしい。

「きみはおれの妻だ」低く荒々しい声で言う。

テオは答えなかった。細胞という細胞が抵抗していた。それが表情に表れたのかもしれない。ジェームズは彼女の唇に強く唇を押しつけて、唐突に手を離した。

膝ががくがくするのをこらえて、テオは言った。「メイドロップ、わたしの荷物をまとめるようアメリに伝えてちょうだい。明日の朝、ここを発つわ」

「公爵夫人はどこにも行かない」ジェームズは執事のほうを見ようともしなかった。

「奥様」メイドロップはまっすぐテオを見た。「まずは外の状況についてお伝えしなければなりません」

「外の状況？」テオはすばやく息を吸った。できることなら、今すぐ玄関から飛びだしたかった。

「新聞記者です」メイドロップは怒りのこもった声で言った。「公爵様のご帰宅に好奇心を刺激されたのでしょう。大勢で屋敷をとり囲み、塀にのぼろうとするやからも出る始末です。庭に従僕を配置して、なかをのぞかれないようにしております」

「それは残念だ」ジェームズがにやりとした。「どうやら今夜の観劇はあきらめたほうがよさそうだぞ、デイジー」

テオはジェームズをにらみつけた。「そんなことはないわ。メイドロップ、馬車まで従僕にエスコートさせてくれる？」

「愚かなふるまいはしないほうがいい」ジェームズが言った。「七年ぶりに帰国した夫を残して外出したとなれば、心ない妻だとこきおろされる。それに記者どもが、死んだ雌牛にたかるカラスみたいに劇場までついてくるだろう」

「死んだ雌牛……」テオは繰り返した。

「残念ながら、わたくしも旦那様の意見に賛成でございます」メイドロップが口を挟んだ。

「おふたりのうちどちらが姿を見せても、火に油を注ぐ結果となるでしょう。屋根裏にも従僕を配置して、屋根伝いに召使の宿舎に忍びこむ者がないよう見張らせているくらいです」

テオは息をのんだ。急になにもかもが耐えられなくなる。涙がこみあげてきて、ますます動揺した。

「そのとおりだ」ジェームズはぶっきらぼうに言い、すばやくテオを抱きあげて階段をあがりはじめた。

テオは口を開け、ふたたび閉じた。ジェームズの腕に抱かれていると、不思議と安全な気がした。

「いつもこうなるとは思わないでね」階段を半分まであがったところで、テオは言った。

「おれは自分のしたいようにする」ジェームズが息も乱さずに答える。

「わたしはあなたの持ち物じゃないわ」テオは本来の気の強さをのぞかせた。「小麦粉の袋みたいに担ぎあげるなんて失礼よ。突然帰ってきて、一週間前に出ていったかのような態度をとるつもり？　どうしてそんな傲慢なふるまいが許されると思うの？」

ジェームズの揺るぎない視線がテオをとらえる。

「おれはきみの夫なんだ、デイジー」

「テオよ」ばかげていると思いながらも、テオは言い返した。

ジェームズがうなずく。「テオか。妻を男の名前で呼ぶのは、あまり気持ちのいいものじゃない」

「あなたにそんなことを言う権利はないわ!」

ジェームズは寝室のドアを肩で押し開け、テオを床におろした。それから数歩さがって、気安い笑みを浮かべる。「夕食のときもそのドレスを着るのか?」

テオは目を細めた。「いけない?」

「見とれるほど美しいよ」

不覚にも、テオは胃がよじれた。野蛮人みたいな風貌で、急に気のきいたことを言うなんてずるい。

ジェームズにふりまわされている自分に腹が立つ。

美しいと言われたくらいで、気を許したりするものですか!

26

テオの部屋をあとにしたジェームズは、書斎へ戻ろうとはしなかった。とても手紙の続きを書く気分ではない。できることなら妻をベッドに押し倒し、あのちらちら光る黄緑色の布の下に手を滑りこませて……。

ジェームズは首をふって雑念を追い払った。声は荒らげたかもしれないが、癇癪は起こさなかった。なんとかトレヴェリアンのような対応ができたのではないだろうか。独占欲の塊の男にしては上出来だ。

表へ出ようにも、新聞記者たちのせいで正面玄関は使えない。ジェームズは裏口へまわり、庭を抜けて厩舎へ続く小さなドアを開けた。

記憶のなかの厩舎は、ほこりっぽくて雑然としており、藁《わら》と馬のにおいに包まれていた。それが今や四方の壁には水漆喰が塗られ、床は座って食事をしても、横になって眠っても大丈夫なほど清潔だ。馬番いわく〝奥様はきれい好きですから〟とのことだ。

葦毛の馬の馬房から、下働きの少年たちが藁をかきだしている。敷き藁の交換はその日二度目で、当の馬は三度目のブラシをあてられていた。ジェームズは肩をすくめ、中央の通路をぶらぶらと奥へ進んだ。見栄えのよい葦毛が二頭に、真っ黒の去勢馬が二頭、それに体格のそろった四頭の鹿毛がいる。

厩舎の責任者であるロスローは陽気な男で、ひとりよがりな監督官ではなかった。しかし、厩舎に関する説明のなかに〝奥様がこのようにご所望でして〟というせりふがあまりに何度も登場するので、しまいにはジェームズまで一緒になってつぶやいていた。それを見たロスローが声をあげて笑う。

「奥様はいいかげんがお嫌いですからね」ロスローが言った。「ただ、ぜんぶが奥様のお考えというわけではありません。たとえば留め具を整理する方法は、いちばん若い馬番が考えついて、それを奥様が採用されたんです。公平な方ですよ。もちろん、最終的な判断は奥様がなさいますが」

話を聞く限り、テオはすばらしい船長になれそうだ。

グリフィンとは何年も手を組んできたが、ふたりにはそれぞれの船があり、それぞれの部下がいた。ひとつ屋根の下にふたりの船長がいて、うまくいくとは思えない。

母屋に戻ったジェームズは、メイドロップから家政婦のミセス・エルティスを紹介された。続いて引き合わされたのは料理長のムッシュー・ファブロー。オーブンに手が届くのだろうかと心配になるほど小柄なフランス男だ。厨房は厩舎同様、整理整頓が徹底されていた。たとえばふたつある回転焼き器は、ひとつが鳥の丸焼き用で、もうひとつは切り分けた肉用だ。また、食料貯蔵室には色とりどりのジャムが何列も並んでいた。貯蔵室の壁は四面とも棚で覆われている。

「まさかこれを一年で消費するわけじゃないだろうな?」ジェームズは思わず尋ねた。

「もちろんそんなことはございません」ミセス・エルティスが落ち着いた声で答える。「秋に田舎の地所からジャムが届きましたら、瓶にしるしをして左側に置くのです。使うのは右からです。年の瀬になりますと、食べきれなかった分を孤児院に送ります。奥様がそのようにご所望なのです」家政婦は誇らしげににっこりした。

船上の限られた世界では、船長が支配者だ。ジェームズはここ何年も自分のやり方を曲げたことがないし、部下たちも船長に盾突こうなどとは夢にも思っていない。サメを入れた浴槽のなかに、みずから飛びこむ者がいないのと同じだ。ところがイングランドに上陸したとたん、ジェームズは支配者の地位から追放された。この屋敷をひとつの世界と考えると、船長がテオで、ジェームズがたんなる訪問者にすぎないのは明白だ。彼はしだいに混乱してきた。

貯蔵室を出たジェームズは、グリフィンのいる〈バラの間〉を捜した。もちろんどの部屋かすぐにわかったわけではない。屋敷のなかはすっかり様変わりしていた。ジェームズの記憶では、二階の廊下は狭くて薄暗い印象だったが、今や片側が玄関広間から吹き抜けになっていて、明るく開放的だった。マホガニー材のバルコニーが船の甲板を連想させる。

いくつもの部屋をノックして、ようやくグリフィンの部屋を捜しあてたはいいが、ドアを開けたとたんにひどい罵声を浴びせられた。虫の居所の悪い海賊船の船長は、信じられないほど豊富な語彙を披露するものだ。

「妻と感動的な再会を果たしてきたよ」痛烈な歓迎が聞こえなかったふりをして、ジェームズはどさりと椅子に腰をおろした。

グリフィンの顔つきが変わる。「尻を蹴飛ばされたのか?」

「むしろ、もっと無防備な場所を攻撃されたようなものだ。デイジーはこの屋敷を出るつもりでいる。まだとどまってるのは、屋敷が新聞記者に包囲されてるからだ」

「新聞記者だと? ロンドンに戻ったことがおれの女房にばれたらどうなるか……」グリフィンはうめきながら座りなおした。危うく命(及び男としての機能)を失いかけた脚の傷が、まだ完全に癒えていないのだ。喉を切られたジェームズも治癒までには長い時間を要したけれど、グリフィンの場合は感染症に苦しみ、いまだに療養中だった。「考えただけでぞっとする」

「デイジーには、ここにいろと命令してきた」ジェームズは両脚をのばした。

グリフィンが豪快に笑い飛ばす。「従うはずもないな」

「おれに勝ち目がないことは、執事でさえお見通しだったよ。同情のまなざしを向けられた」

「おまえの妻は立腹してたか?」グリフィンが右の尻に重心を移してうめく。

「ひどく」ジェームズは答えた。「それが当然なんだろうが、少しくらいは……」

「夫の帰宅を喜んでほしかった?」

「いまだに恨まれてるとは思わなかった。デイジーは変わったよ」

「おまえだって変わったじゃないか。かつらを海に投げてあいさつしたときのことを思いだせ。彼女の記憶にあるおまえはあれだぞ。ところが帰還したのは傷だらけのむさくるしい海賊で、目の下に刺青まで入れてる。屋敷を出ると言いだすのも無理はない」

「デイジーだって昔のままじゃない」ジェームズは食いさがった。

グリフィンが鼻を鳴らす。「おまえが去って、彼女が苦労しなかったとでも思ってるのか？漁師のかみさんみたいになってなかっただけでも感謝しないと」

「余計なお世話だ」そう言いつつも、ジェームズの声に先ほどまでの勢いはなかった。

七年前にイングランドを出たとき、ジェームズは怒りに支配されていた。ひとり残されたテオがどんな苦境に立たされるのかはほとんど考えていなかった。これでは恨まれてもしかたがない。「デイジーときたら、まるでつららだ。昔は朗らかで活き活きしてたのに」

グリフィンの口の端が物言いたげにぴくぴく動く。

「くそっ」ジェームズは暗い声で言った。「そうだよ、みんなおれが悪いんだ。彼女の人生をめちゃくちゃにした。明るくてやさしかったデイジーを、ハリファックスで見た氷の彫像みたいな女にしてしまった。結婚する前はあんなじゃなかった。そのくせ、おれが結婚の誓いに誠実でなかったことにひどく腹を立ててる」

グリフィンがうなった。「当然だな」

「この家を出るとき、結婚は終わりだと言われたんだ。だから、ほかの女を抱いた。ずっとデイジーに誠実でいるべきだったというのか？」

「そうらしい」グリフィンは明らかに楽しんでいる。

ジェームズは恨みがましくグリフィンを見た。「ときどき、おまえの傷がもう数センチ上だったらと思うよ。股のあいだにつまらないものがぶらさがってなければ、もっと他人にやさしくなれるだろうからな」

「つまらないとはなんだ」グリフィンは言い返し、ズボンの前を軽くたたいた。「おれの自慢の息子を見たいのか？」

「まだぶらさがってることを確認するために？」

「自分の身体でいちばん気に入ってる部分を切断されそうになったんだぞ。いまだにあのときの夢を見て、冷や汗をかいて目を覚ますことがある。危うくカストラート（少年期の声を保つために去勢した男性歌手）にされるところだった」グリフィンは内腿を乱暴にこすった。「ああ、傷口がかゆくてたまらない。まあ、やっと治りつつあるってことだが」立ちあがって、部屋のなかをうろうろと歩きまわる。「ところで、恩赦はいつ出ると思う？　半日この部屋に閉じこめられただけで、カーテンを引きちぎりたくなった」

私掠船の船長として、民間の船舶を無法者や犯罪者の襲撃から守ってきたふたりは、二カ月前、イングランド王室に恩赦を求める申請をしたのだった。

「あとは摂政皇太子の署名をもらうだけだ。誠意を示すために〈ドレットノート号〉から略奪したルビーを献上してある」

「摂政皇太子は必ず署名するさ。なにしろ高潔な私掠船乗りのひとりは、自分の国の公爵なんだから」グリフィンがのんびりと言った。「おまけに署名をすれば、親指ほどもあるルビーが手に入るんだ。ところで、問題なく公爵になれたんだろうな？　もしかして、すでに葬送歌を歌われてたとか？」

「貴族院に到着したときは、まだ死人じゃなかった」

「おまえの妻はすでに再婚相手を見繕ってたんじゃないか？　もしそうなら、そいつにとってはとんでもない番狂わせだぞ」

「デイジーのことだから、そこらへんは抜かりなく考えてたかもしれない」ジェームズは淡々と言った。「結婚前は、トレヴェリアンという名の気取り屋に熱をあげてたんだ。おれの学生時代の同窓で、どうにも鼻持ちならないやつだった。記者に囲まれて外出できないことがわかる前、デイジーはそいつと劇場で合流しようとしてた」

「やれやれだな。おれの女房もよろしくやってるんだろうか？　彼女の場合、おれが死んだとは思ってないだろうが」

「どうしてさっさと会いに行かない？　恩赦が出たら知らせるから、ロンドンで待つ必要はないぞ」

「さほど気が進まなくてな。ベッドをともにすべき瞬間まではまったく知らない者同士だったし、本番ではおれはどうしても立たなかった」グリフィンが自嘲気味に言った。「女房は三歳年上でね。わかるだろうが、一七歳の小僧にとって、二〇歳の女はまるで一〇〇歳も年上に思えたもんだ」

「一七歳は若いな」

「おまえだって結婚したときはたいして変わらない年だったろう？」グリフィンが言い返す。「結局、夫婦の契りを交わすことはできずじまいで、おれは恥ずかしさに耐えきれずに飛びだしたんだ。酒場で酔いつぶれて、気づいたときは船の上で水夫として働かされてた。次の港でその船を飛びおり、別の船に乗った。海賊船を引きあてたと気づいたときは手遅れさ。呪われた人生の始まりだ」

「おれの初夜は真っ暗な部屋のなかだった」

「ろうそくに火を灯したら、萎《な》えると思ったのか？」

「言っておくが、デイジーは美人だ」ジェームズはきっぱりと言った。「明日になったらわかる。デイジーが出ていく前に、おまえが起きられればな。おれの勘が正しいなら、彼女は日の出とともに侍女を連れて出ていくだろう」

「島の女どもはおれたちの船を見つけて大騒ぎして喜んでたのに。今のおれは女房にとって身体の不自由なしみったれ男にすぎず、おまえは結婚詐欺師で、トレヴェリアンとかいう男との恋路に邪魔な存在だ」

「結婚詐欺師が妻とよりを戻せるなら、おまえだってかつての不能男じゃないことを証明できるだろう？」

「おまえは最初に嘘をついた。この先、なにを言っても信じてもらえないだろうな」グリフインが言う。

「人の心配より自分の心配をしろ」ジェームズはいらだった。「なんといってもデイジーは、かつておれを愛してた。ところがおまえは、他人も同然の女にもう一度チャンスをくれと頼まなきゃならないんだぞ」

「おれもおまえも理想的な求愛者とは言いがたいな」グリフィンがあっけらかんと笑った。

「おもしろい。どっちが先に女房をベッドへ連れこめるか、賭けるか？」

ジェームズは思わずにやりとした。「紳士のやることじゃないな」

「今さら紳士ぶっても遅いさ。公爵にはなれるかもしれないが、紳士は……とても無理だ」

「賭けるなら、おまえもバースへ行って、妻と話をしなければならないんだぞ」

「おまえに思い知らせてやるためなら、そうするかもな」

ジェームズはじっとしていられずに立ちあがり、窓辺へ行った。「ちくしょう！　新聞記者どもが塀に張りついてなければ！」

グリフィンも隣へやってくる。体格のいい従僕が木槌をぶらぶらさせながら砂利敷きの小道を歩いてくると、新聞記者たちはクモの子を散らすように消えた。

「これじゃあ身動きがとれないな」ジェームズはゆっくり言った。ぼんやりとではあるが、デイジーを引きとめる方法が見つかりそうな予感がした。

グリフィンが向きを変える。「おれはすぐ出発する。イングランドに戻ってきたことが『ロンドン・クロニクル』紙経由で女房に知れたら最悪だからな」顔をしかめ、ジェームズをにらんだ。「なにをにやにやしてる？」

「なんでもない。執事と話してくる。屋敷の正面にいる連中をなんとかしてもらおう」

「おまえが出ていって、凶悪な海賊役を演じればいい。そうすれば連中も、海賊を檻に閉じこめておくのは無理だってことがわかるだろう」

「本人が閉じこもる気になった場合は別だよ」ジェームズは意味ありげに笑った。

27

結局テオは、黄緑色のドレスにルビーの指輪をはめて食堂へおりることにした。少し考えてから、ルビーのネックレスも追加する。

海賊船の女船長をイメージした装いを、彼女はむしろ楽しんでいた。頭のてっぺんからつま先までがきらきらと輝いている。靴にも小粒のダイヤモンドがちりばめられているのだ。テオは鏡を見て目を細めた。女船長はきっと派手に決めるはずだ。

実際は、女の船長などありえないことはわかっている。海賊船に乗っている女がいるとしたら、愛人くらいのものだろう。だけど、このわたしに愛人役は無理だ。威圧する雰囲気はあっても、色っぽさは皆無。笑うことがない人みたいだ。

テオは鏡のなかの自分に向かって眉をひそめた。わたしだって笑うことくらいある。

ところが階段をおりながら考えてみても、最後に笑ったのがいつだったか思いだせなかった。ジェフリー・トレヴェリアンと会ったときだろうか？　ジェフリーはいつも笑わせてくれる。きっと今も、自分の葬儀が執り行われる寸前に貴族院に現れた野蛮人の話をして、とり巻きたちを笑いの渦に巻きこんでいるだろう。だが、ジェフリーの冗談には残酷なところがある。彼を知れば知るほど、それが際立ってきていた。ジェームズを笑い物にしたくはない。正直なところ、他人がジェームズをあざける場面を想像するだけでむかむかした。

「公爵夫人がいらっしゃいました」メイドロップが居間のドアを開けて宣言する。夫の姿を見たテオは思わず立ちどまり、ぽかんと口を開けた。

パリでも、ほかのどこでも見たことがないほど見事ないでたちだ。上着は鈍い金色のシルクで、深い光沢があった。ベストにはバラの刺繍が施され、ボタンは深い空の色だ。クラヴァットは上等なインド産のシルクで、オレンジからバラ色へ微妙なグラデーションをつけて染めてある。極めつけは筋肉質の脚にぴったりと沿ったズボンで、膝のすぐ下を赤いリボンで絞ってあった。

テオはゆっくりと視線をあげた。最高級の生地を使って、パリの職人が仕立てたにちがいない。襟のカットはロンドンの流行よりも深いし、ズボンもイングランド紳士の好みよりずっとぴったりしているからだ。美しい色合いは一見、女性用の着衣を思わせる。ところが、ジェームズが身につけると少しも女っぽくならなかった。むしろ全身にみなぎる雄々しさが強調されている。

他人の装いを見て、雷に打たれたような感動を覚えるのはずいぶん久しぶりだ。

「その上着は……」テオはようやく言った。「ムッシュー・ブレヴァルが仕立てたんじゃないかしら？」

ジェームズはシャンパンのグラスを手に、テオのほうへ近づいてきた。「その名前には聞き覚えがあるな」愛想よく言う。「丸々とした小柄な男で、足がとても小さくて、なんにでも金箔をはりつけたがる仕立屋のことか？」

「彼の予定は二年先までいっぱいのはずなのに」テオはグラスを受けとった。

「相応の金を払えば別だ。ぼくの記憶が正しければ、ブレヴァルはガーネットに目がなかった。それほど有名な仕立屋だと知っていたら、やつがこの上着に房飾りをつけようとしたとき、頭ごなしに怒鳴りつけたりしなかったんだが」

テオは声をあげて笑い、シャンパンを飲んだ。アルコールとともに強烈な安堵が身体を満たす。今のジェームズは海賊には見えない。芸術的に結ばれたクラヴァットが滝のごとく流れ落ちている。いかつい身体つきは隠せないが、かつてのようにきちんとしていて見栄えがいい。どこから見ても貴族だ。

「なんて上等なシルクなの」テオはジェームズの服に手を滑らせた。ところが布地の下にあるたくましい身体が意識されて、すぐに自分の軽率なふるまいを後悔した。

ジェームズはわずかに間を置いたあと言った。「七年も会っていなかった妻とはどんな会話をするべきなんだろう。天気について話すのが適当とも思えないし」

テオはジェームズから離れ、小さな長椅子に腰をおろした。一瞬、彼が隣に座るのではないかと思った。ジェームズのまなざしは、それほど情熱的に見えたのだ。まるで身体の内側に火が灯ったかのように。しかし彼は、礼儀正しく向かい合った椅子に座った。

「サー・グリフィンも一緒に食事を？」

「いいや。最初は明日、バースに向けて発つと言っていたんだ。そこに奥方がいるんでね。だが、新聞記者が裏庭をはいまわっているのを見て気を変えたらしく、すでに出発したよ。直接きみに感謝の意を伝えられなくて申し訳ないと言っていた」

「奥様がいるの？」自分と同じ立場の貴族女性がほかにもいたなんて！「奥様は夫が海賊だと知っているの？　それも生きているってことを」

「生きているのは知らせていたみたいだが、海賊をしていたことについてはどうかな」

「そう」少なくともサー・グリフィンは、夫の生死もわからない状態で妻を放置することはしなかったのだ。テオはみじめな気持ちになった。おそらくサー・グリフィンは、わたしとジェームズほど後味の悪い別れ方をしなかったのだろう。「海賊の暮らしについて教えてほしいわ」テオはもうひと口シャンパンを飲んで、グラスを脇に置いた。この調子で飲んでいたら酔っ払ってしまう。

「海賊の暮らしか……」ジェームズが考えこみながら言い、テオにならってシャンパンのグラスを置いた。テオの目は金糸で縫いつけられた袖口のひだに引き寄せられた。

「見事なひだ飾りね」

ジェームズは腕をのばして袖口を眺めた。「ちょっと大仰じゃないか？　ぼくはそう思ったんだが、そういえばカスカラ島の姫君も褒めてくれたな」

ジェームズの顔に浮かんだ笑みから、彼がその姫君と楽しいときを過ごしたことが推測されて、テオは冷や水を浴びせられた気分になった。

「姫君は、ぼくの船ならいつ寄港してもいいと熱心に言ってくれた。だからといって、実行に移しはしなかったが……」

「あら、どうして？」テオは冷たい声で言った。「姫君が情熱的すぎて、身体がもたなかったとか？」

「ほかにもたくさん船が泊まっていたからだよ」ジェームズの目にユーモアの光が宿った。「海賊は誰の足跡もついていない小さな島を好むんだ。陽光を浴びてまどろんでいるような、ささやかな天国。たったひとりのためにあるような場所を」

思わせぶりな言い方に、テオは赤くなった。

「海賊の暮らしを知りたいと言ったね」ジェームズが脚をのばす。

テオはたくましい腿から視線を引きはがし、彼の顔を見た。少年時代のジェームズの顔立ちは、ドナテッロが彫った彫刻みたいに整っていた。彼の母親が天使のようだと形容したのも納得がいく。賛美歌を歌う声に、小鳥たちさえ嫉妬するのではないかと思えた。

だけど、今はちがう。どこもかしこも男らしい。頰骨が突きでているし、鼻は戦いのときに折れたのだろう。極めつけはもちろん刺青だ。

「海賊暮らしのどこがそんなに楽しかったの？」そう言ったあと、テオは息を詰めた。ふたりのあいだに緊張が漂う。〝わたしといるよりも楽しかったの？〟頭のなかにそんな疑問がわいて、テオはぎょっとした。傷つきやすいデイジーの出番じゃないのに。

それでも、胸が痛むのはどうしようもなかった。

テオはこれまでに二度、胸を引き裂かれる思いをした。一度目はジェームズが動機を偽って自分と結婚したとわかったときで、二度目は母が死んだときだ。もうあんな思いはしたくない。

「ぼくがどんな男か、きみは知っているだろう？」ジェームズはのんびりと答えた。テオの真意に気づかなかったのかもしれないし、気づかないふりをしたのかもしれない。「少年のころから、機会があれば表へ飛びだして庭を走りまわっては、つきない衝動を抑えこもうとしていた。この屋敷を出て最初の三、四年は常に海をさまよっていた。一年中が航海だ。なまやさしい生き方じゃない。とくに、海賊船を襲うときは命懸けだ」

「想像を絶するわ」テオは長椅子から立ちあがって、呼び鈴の紐を引いた。これ以上、ふたりきりでいたら神経がまいってしまう。食堂に移動すれば、手持ち無沙汰から解放されるし、両脇に従僕たちも控えている。「それで、なにを見てきたの？」彼女は長椅子に戻った。

ジェームズは巨大なトビウオが海面を跳ねてこちらに笑いかけたように見えたことや、信じられないほど太いタコの足の話や、大海原に太陽がのぼって丸みを帯びた水平線をやさしく抱擁する様子を話して聞かせた。

食堂に移動するとすぐ、ジェームズは従僕たちをさがらせた。「わたしの家にはわたしなりのやり方が……」テオは思わず言いかけたが、ここがもはや自分の屋敷ではないことを思いだした。

ジェームズが織工房について質問してきた。従業員以外で商売に純粋な興味を持ってくれる人はめったにいない。

ろうそくの明かりが消えそうになっても、ふたりのおしゃべりは続いた。テオは何度か、明日の朝になったら出ていくと主張したが、ジェームズはいらだつ様子もなかった。外出しようとしたところを無理やり制止した男と同一人物とは思えないおだやかさだった。

しかもジェームズは食事が終わるとテオを寝室までエスコートし、一礼して引きさがったのだ。

ベッドに入ったテオは、初めて自分ががっかりしていることに気づいた。やっぱり彼は、わたしよりもトビウオのほうが好きなのかもしれない。

洗練されたジェームズがテーブルの向こうから笑いかけているというのに、物足りなく感じるなんて矛盾している。それでも寂しさはぬぐえなかった。

ジェームズはまちがいなく変わったのだ。

テオはベッドに横たわったまま、何時間も闇を見つめていた。シャンパンの飲みすぎで涙もろくなったらしい。ジェームズはきっと、姫君がいる島に船を係留したのだろう。逆らいがたい魅力を持った港だったにちがいない。

魅惑的な曲線を描いた港だったにちがいない。

テオはおしゃれなら誰にも負けない自信があった。だが、曲線となるとそうはいかない。古傷がうずく。いくら美しいシルクやサテンをまとっても、女としての魅力に欠ける点は隠しようがなかった。それは水鳥にたとえられるまでもなく、わかっていたことだ。

わたしは美人ではない。

残念だが、それが事実だ。

テオの気持ちはどうしようもなく沈んだ。

翌朝、テオが目を覚まして最初に感じたのは怒りだった。その大半は自分の情けなさに向けられていたものの、ジェームズに向けられた分もあった。どうしてあのままわたしをほうっておいてくれなかったのだろう。南の島のあでやかな乙女たちで満足していてくれればよかったのに。

テオはひとりでもそれなりの幸せをつかむ自信はあった。知的な瞳をした再婚相手を見つけようと思っていた。ジェームズとちがって、色白で細身でおだやかな相手を。少しためらった末に、〝やや長めの顎〟をつけ加える。美しい男はこりごりだ。

まぶたの裏に、テーブルの向こうから愛想よくほほえみかけるジェームズの面影がちらついた。彼はまるで久しぶりに会ったおじのように、やさしく話を聞いてくれた。それが余計にいらだたしかった。

昼食のために部屋を出ると、階段の下にメイドロップが控えていた。

「外の状況は悪くなる一方でございます」食堂へ向かうテオのあとを歩きながら、メイドロップが言った。朝食はホットチョコレートを一杯飲んだだけだったので、テオはひどく空腹だった。

「悪くなる一方?」うわの空で問い返す。彼女は執事を待たず、みずから食堂のドアを開けた。

ジェームズが席について、ローストポークらしきものを食べながら、新聞を読んでいる。テオは深く息を吸った。彼女に気づいたジェームズが、立ちあがってあいさつをする。

「お先に失礼しているよ。きみはてっきり部屋で食事をとるものだと思っていたんだ」

「食堂以外でものを食べたりしないわ」テオは平静を装って答えた。

ジェームズが眉をあげ、メイドロップに視線を移した。「つまり、朝食はとらなかったということか。この家の者たちは、空腹になるときみが悪魔に豹変するのを知らないのか?」

従僕が椅子を引いたので、テオは乱暴に腰をおろした。少量のバターで丁寧に焼かれたマスをひと切れ食べると、少しだけ気分がましになった。

ジェームズはすっかり新聞に注意を戻していた。これが結婚生活だというなら、少しも恋しいと思わない。人生をしのぎやすくするのは互いへの気づかいだ。これではたき火を囲んで地べたに座り、灰のついた肉の塊にかじりつく野蛮人と変わらない。

食事の最後に、メイドロップが三種類のデザートについて説明した。それぞれの皿を持った従僕たちが、説明に合わせて前に進みでる。少なくともこの家の習慣すべてが崩れたわけではないようだ。テオは洋ナシのケーキを見てうなずいた。

テーブルの向こうで、ジェームズが間のびした声で言う。「ぼくも同じものをもらおう」

メイドロップが三人の従僕を引き連れて、ジェームズのほうへ移動しかけた。

「同じのでいいと言っただろう」ジェームズがいらだった声を出す。「わざわざ見せに来る必要はない」彼は洋ナシのケーキをフォークで示した。

村の酒場みたいだ。テオはふたたび新聞に視線を戻したジェームズのほうをなるべく見ないようにして、ケーキを口に運んだ。ジェームズが記事を読みながら、くっくっと笑う。

「まったく、くだらない記事だ」彼はようやく新聞から顔をあげた。瞳は笑いにきらめいている。「こんな新聞があるとはね」紙面を掲げた。「人の名前がぜんぶイニシャルで書いてあるんだ」

「ゴシップ紙でしょう。そんなくだらないものは購読していないはずよ。どこで手に入れたの?」

「従僕にあらゆる新聞を買ってこさせたんだ」ジェームズは紙面に視線を戻した。「ぼくが貴族院に押しかけたことについてなんと書かれているか興味があってね。低俗な好奇心ってやつだよ」

「それでなんと書いてあったの?」テオは洋ナシのケーキを平らげた。本当においしいケーキだ。

「公爵夫人はブラックベリーのタルトも味見するそうだ」ジェームズはタルトの皿を持った従僕にフォークを向けた。

「そんなことは自分で決めるわ」テオは真っ赤になった。甘いものは食べすぎないようにしているのに。ところが従僕はすでに、タルトの皿を彼女の前に置いていた。おいしそうな香りに、つい手がのびる。

「ほとんどの記事は事前にすり合わせをしたかと思うほど似通った内容なんだ。ぼくのことを〝野蛮人〟と書いている」ジェームズは不満そうに言った。「『ザ・デイリー・スター』紙の〈街のさざめき〉というコラムがいちばんましだな。表現に工夫が見られる」

「あら、〝人でなし〟とでも書いてあったの？　それとも〝化け物〟かしら？」

「〝ネプチューンの再来〟だよ」ジェームズは得意そうな顔をした。「ちょっと待ってくれ」椅子の横に落とした新聞の山をかきまわす。

テオは怒るまいと目を閉じた。できることならメイドロップを呼んで、今すぐ床を掃除させたかった。足元に漂ってきた新聞紙を、腹立ちまぎれに小さく蹴る。

「ああ、あったぞ。〝彼は古代の神のように、海のなかから現れた〟」ジェームズが声に出してコラムを読んだ。「〝大海原を彷彿とさせる広い肩幅〟」

テオは鼻を鳴らした。

「なんだい？　ぼくがどうやって大波を静めたか知りたいだろう？」ジェームズは新聞をテオに向けてほうった。ブラックベリーのタルトの皿に、新聞が落下する。

テオは素直に視線を落とし、ジェームズについて書かれた記事を読んだ。「〝海賊公爵は宝箱を携えて帰還した〟ですって？」

「あながちまちがいじゃないな」ジェームズが答える。「きみが開ける気になるまで、屋根裏に置いておくようメイドロップに頼んだんだ」

テオの目は次の段落に移った。

〝世間の関心は今や、海賊公爵が妻の正体に――彼女がイソップ童話に登場するおしゃれなカラスだということに気づくかどうかに移った。大方の予想では、海賊公爵はオルフェウスのごとく死者の世界へ退却するであろう〟

なんの物音もしなかったというのに、気づくとジェームズが隣に立っていて、テオの読んでいた新聞を奪った。そして聞いたこともないようなののしりの言葉とともに、新聞をびりびりに破ってほうり投げた。

テオは視線をあげた。

「そんなに怒る必要はないわ」けなげにほほえむ。「鳥にたとえられるのには慣れているから」

ジェームズがうなった。かろうじて人の姿を保っている野獣のような声だった。新聞の残骸がバターにはりつき、水の入ったグラスのなかにも浮いていた。

「メイドロップ」テオは言った。「馬車を呼んでちょうだい。あと一時間で出発するわ」

執事の顔に苦悶の表情が浮かぶ。「奥様、それは不可能かと存じます」

「そうは思わないわ」テオの声にはそれ以上の意見を許さない迫力があった。

執事が両手をもみ合わせる。彼がこんな態度をとるのは初めてだ。「この屋敷は包囲されているのですよ、奥様」

隣から声がした。「メイドロップ、ここはぼくが説得する」

ジェームズの言葉に、執事と従僕たちは黙って食堂を出ていった。

わたしの召使に指示を与えるとはなんて厚かましいの！　だけど、実際には彼の召使なのだ。

「こっちへ来るんだ」ジェームズはテオを立たせて窓辺へ引っぱっていくと、指先でカーテンを持ちあげた。「外を見てみろ」

歩道はもちろん、通りにも人垣ができている。それも刻一刻と数を増しているようだ。

「なんてこと！」テオは息をのんだ。

「裏手も同じだ。騒ぎがおさまるまで、この屋敷を出るのは無理なんだよ、デイジー」

この期に及んで〝デイジー〟と呼ぶジェームズを怒鳴りつけてやりたかったが、どうにか思いとどまった。考えなしの新聞記者にカラスにたとえられたからといって、礼儀を放棄していいわけではない。カラス、アヒル、ハクチョウ……どれも同じだ。

ふたりはしばらくその場に立ちつくして、興奮する群衆をカーテンの隙間から眺めた。テオはジェームズの身体から発せられる熱を意識すまいと努めた。

「わたしたちのなにが知りたいのかしら？」数人の青年が角を曲がって人ごみに加わるのを見て、テオは言った。

「ひとつ、やつらにねたを与えてやろう」

テオが答える前に、ジェームズがカーテンを全開にし、彼女を抱きしめて勢いよく唇を押しつけた。窓の外であがったどよめきを、テオはどこか遠くで聞いた。

こんなふうにキスをしたかった。彼のキスが恋しかった。

ジェームズは情熱的で、独占欲が強くて――。

テオは急いで顔をそむけた。しかし、押しのけようとしても、彼は大理石の塊のように重くてびくともしない。

「こんなことはしないで」テオは甲高い声で抗議した。

ジェームズが窓の外に目をやった。通りにいる人々は、少しでもよく見ようとぴょんぴょん飛び跳ねている。ジェームズは彼らに手をふった。

「やめてよ」テオはうめいた。

ジェームズは彼女の顎に手をかけるともう一度キスをして、片方の手でカーテンを閉めた。ふたりの視線がからみ合う。昨夜の洗練された態度とは一転して、ジェームズの顔には強い欲望が表れていた。

純粋であからさまな欲望が。

テオはパニックに襲われ、一歩さがった。

「デイジー」すかさずジェームズが言った。「ぼくが怖いなんてことはないだろうね?」

本当のことは言えなかった。もちろんジェームズのことは怖くない。

怖いのは自分自身だ。

テオは小走りで安全な寝室へ向かった。

28

ここ何年も、テオの生活は規則正しく管理されていた。本棚に並ぶ本も、引き出しのなかのリボンも、支度部屋のドレスも、すべて掌握ずみだ。身近に置くのは美しいものばかりで、彼女の審美眼にかなわないものはひとつとしてなかった。

ジェームズもかつてはそんなふうに、隙なく輝いていたのだ。

ところが今の彼は、(昨晩の見事な装いは別として) 美しいというより野蛮だった。手をふれると切れそうな活力に満ちているのは同じでも、昔よりもずっと……男っぽい。ジェームズが七年前に分かち合った、不道徳でみだらな関係を再開したがっているのは明らかだ。

一方のテオは、二度とあんなふるまいをするつもりはなかった。

それでもジェームズが本気になったら、屋敷を出ることはおろか、ベッドへの誘いを拒絶することすらできないかもしれない。なんといっても、彼は公爵なのだ。

心臓が激しく打っている。部屋のなかがオーブンのように熱されている気がした。ジェームズはおそらく今夜にも寝室へのりこんできて、夫としての権利を主張するだろう。ノックもせずに浴室へ入ってきたときと同様に。

行使できる。

しかも、ジェームズにはそうする権利がある。イングランドの法律に従って、夫の権利を
テオはすっくと立ちあがると、モーニングドレスを頭から抜き、続いてシュミーズを脱いだ。夕食までは時間がある。彼女はドロワーズしか身につけていない姿でベッドに潜りこみ、身体をできるだけ小さく丸めた。昼寝をして目が覚めたら、すべてが夢だったということになるかもしれない。熱でうなされていただけだったと気づくかもしれない。

なぜならおとぎ話は、アヒルの子がハクチョウになったところで終わるからだ。ハクチョウはほかの鳥がうらやむものすべてを持っている。美人というのはそういうものだ。

やがて眠りに落ちたテオは、まぶしいくらいすてきな男性の腕に抱かれ、舞踏室で弧を描きながら踊る夢を見た。夢のなかで彼女は、男性の肌が実際に光っているのかどうか見極めようと目を細めた。

「そうだ」男性はやさしい声で言った。「ぼくは生まれつき、神に祝福されているんだ」

なじみのある劣等感が、毛布のように覆いかぶさってくる。祝福されていないわたしがどんなに着飾っても、こんなふうに輝くことはない。

男はステップを速めながら、舞踏室を何周もした。目が覚めたとき、テオの頬には涙が伝っていた。昔から、自分に嘘をつくのは苦手だった。自分がハクチョウでないことくらいわかっている。どちらかというと、前公爵が惜しげもなく投げつけた羊飼いの娘の人形か、もしくは空っぽの花瓶だ。夫に七年も無視された、価値のない女。犯罪者の血を引く男と結婚

した愚かな女……。

涙がひと粒こぼれると、あとはとまらなかった。

嗚咽をこらえようと懸命に努力しているとき、ドアが開く音が聞こえた。「アメリ？」テオはしゃくりあげた。「ハ、ハンカチを持ってきてくれる？」

いつもそばに控えている侍女の前で虚勢を張っても意味がない。アメリはテオの人生のすべてを知っているし、これから先もそうだろう。

足音がしたので、テオはヤマネのように丸まったまま、音のするほうへ手をのばした。指先にやわらかなハンカチがふれる。

「どうしようもなくみじめなの」テオは最後の涙をぬぐった。激しく泣いたために、顔の下になっていた髪が湿っていた。目と喉がひりひりする。「お茶を用意してもらえる？」

遠ざかるアメリの足音を期待していたのに、ベッドが揺れ、誰かが隣に腰をおろした。アメリよりもずっと重い誰かが。

「もう最悪！」テオは目を閉じた。

「最悪とは心外だな」ジェームズが答える。

「最悪でなければ最低よ」テオは歯を食いしばった。「お願いだからあっちへ行って」

短い沈黙が落ちたあと、ジェームズが言った。「いやだ」

起きあがって、彼に立ち向かわなくては。そう思ったものの、あまりのみじめさに気力がわかなかった。シーツを耳までかぶって、固く目を閉じる。

「きつい一日を終えたあとの海賊の楽しみはなんだと思う?」

「余分な乗組員を海へ落とすよりほかに?」テオはぴしゃりと言い返した。

「そのあとだ」ジェームズが愛想よく言う。「船長たるもの、手下の前で隙は見せられない。だからグリフィンもぼくも、酒の席には一度も顔を出さなかった」

テオは呼吸を静めようとした。急にしゃっくりが出て、自分でもびっくりする。

「正解は、熱い湯で身体を洗い、毛布にくるまって眠ることだよ」ジェームズが立ちあがった。足音が浴室のほうへと向かい、小さくなっていく。しばらくしてポンプがきしみ、浴槽に湯がほとばしる音がした。

湯がたまる音を聞きながら、テオは悲しみと疲労のせいで、うまくものが考えられなかった。うとうとしてしまったほどだ。それでもベッドから抱きあげられたときは、はじかれたように目を覚ました。シーツにしがみついて抵抗すると、シーツごと身体が浮きあがる。

「やめて」テオはかぼそい声で抵抗してから、咳払いをして言いなおした。「おろして」

「すぐにおろすよ」

ジェームズの喉に走る傷跡を間近に見て、テオは複雑な気持ちになった。彼にこんな傷をつけた海賊は、死んでしまったのだといいけれど。

浴室に入ると、ジェームズはテオを床におろした。いつの間にか身体に巻いていたシーツが外され、ドロワーズをはいただけの姿になっていた。

テオの口から、バッキンガム宮殿の庭園で飼われているクジャクのような声がもれる。

「いったいどういうつもり?」

テオは慌ててジェームズの手からシーツを奪い返した。バランスを崩したジェームズが、壁に背中をぶつける。

「出ていってよ!」彼女は声を限りに叫んだ。「わたしの部屋でなにをしているの? アメリはどこ? どうしてそっとしておいてくれないの?」

「ぼくが侍女の代わりを務めようと思ったんだ」ジェームズは壁から身を起こした。

「出ていって!」テオは大声で怒鳴った。身体を覆ったことで、自尊心が少し戻ってきた。それでも目は痛み、声はかすれている。これほどの脱力感は母が亡くなって以来だ。全身がひどくだるかった。深く息を吸って、テオはふたたび言った。「少しは個人の権利を尊重してほしいわ。航海生活の長いあなたは感覚が鈍っているんでしょうけど、わたしにはひとりきりの時間が必要なの」

ジェームズの青い瞳にかつての思いやりが垣間見えた。

「風呂に入れ。そうすれば気分がよくなる。ずっと泣いていたんだろう」

「すばらしい推理ですこと」テオは抑揚のない声で言い返した。「でも、入浴ならひとりのときにするわ。さようなら」

「ところで、どうしてそんな簡素な下着を身につけているんだ?」

「なんですって?」

「下着だよ。昔はフランス産のレースやリボンやシルクで飾った、砂糖菓子みたいな下着をはいていたじゃないか。船の上で何度も思い返した」

テオは目を細めた。「子供っぽいものは処分したのよ」

「ぼくはあれが好きだった」

「下着なんて身につけるなと言ったくせに！」考える間もなく、言葉が口をついて出ていた。

「そのほうが興奮するからだ」ジェームズが肩をすくめる。

「下品だわ」テオはそっけなく言った。不愉快な午後を思い起こさせるドロワーズはすべて処分した。例の事件以来、飾りけのない簡素なリネンの下着で通している。

ジェームズの指先がぴくりと動くのを見て、テオは目を細めた。「またシーツを奪ったりしたら、急所に膝蹴りをおみまいしてやるから」

ジェームズの表情は……どこか遠慮がちだった。もしかしてわたしを哀れんでいるの？

テオは息を吸った。もしそうだとしたら、最悪の日にとどめを刺されたことになる。

「早く浴室から出ていってもらえる？　礼儀を解さないまでも、せめて一度でいいからわたしを尊重してほしいわ。お願い」

ところがジェームズは出ていくどころか、部屋の隅に置いてある召使用のスツールに腰をおろした。「ぼくはここにいる」

「だったら、わたしが出ていくわ」テオはきびすを返した。「お湯を張ってくれてありがとう」

ところが一歩も進まないうちに、ジェームズが立ちあがってテオの手首をつかんだ。

「なによ？」テオは息をのんだ。はっとして彼の目を見る。「まさか……女性に無理やり乱暴したりしないでしょうね？　そんなことはしないと言って」思わず目に涙がにじんだ。

ジェームズの喉から低いうなり声がもれた。「どうしてそんなことを言うんだ」

「だって、あなたは海賊でしょう。あなたは……あなたは……」彼の目を見て、テオは声を詰まらせた。怒りよりも悲しみに満ちた目だった。

「ぼくがきみにそんなふるまいをすると思うのか？」ジェームズが暗い声で言った。彼の瞳は嵐の前の不気味な空の色に変わっていた。

「もちろん思わないわ」そう答えたものの、あまり説得力がない。なんといっても、力ずくで迫られたら、最後まで抵抗する自信がなかった。

「女性に乱暴を働いたことなど、一度もない」それまで以上にざらついた声に、テオはどきりとした。

「でも、人を殺したことはあるでしょう？」彼女は唇を噛んだ。

「どうしようもないときだけだ。そもそも、なんの罪もない人を殺めたことは一度もない。〈ポピー・ジュニア号〉が襲うのは、髑髏《どくろ》と交差した骨の旗を掲げた海賊船だ。グリフィンだって、ぼくと組んでからは交易船は襲っていない」

「罪もない人を海に突き落としてはいないのね？」テオは祈るような口調の自分が情けなくなった。

「もちろんだ」ジェームズはまっすぐにテオを見つめた。美しい声は消えてしまっても、瞳だけは昔と同じ、誠意と誇り高さを感じさせた。

誠意ですって？　七年前、ジェームズは誠実とは言えなかった。テオをだまして結婚し、神と招待客の前で偽りの誓いを口にした。新たな疲労感に襲われたテオは、先ほどまでジェームズが座っていたスツールに倒れるように腰をおろした。

シーツで身体が覆われているのを確認してから、膝の上で両手を組み、つま先に視線を落とす。「わたしたちはうまくいくはずがないのよ。ぜったいに」

「どうしてだい？」ジェームズがおだやかに問い返した。

「わたしは変わったの。もう昔みたいに気楽な生き方はできない。秩序のある生活が好きなの」湯気に曇る浴室のなかで、テオは視線をあげた。「お互い正直になりましょうよ。かつてのわたしはあなたを愛していた。あなたもわたしに好意を持ってくれていたんでしょうけど、お義父様の策略を阻止するほどじゃなかった。今にして思うと、わたしたちの関係には無理があったのよ」そこで言葉を切った。「だまされたとわかって、最初はひどく腹が立った。でも、何年かするうちに怒りは消えたわ」

「ぼくが貴族院に現れるまでは……だろう？」

テオはつま先に視線を戻した。「夫が逃げだすほどみにくい妻だと噂されるのは楽じゃないわ。だから、またしてもあなたに軽んじられたと思って、過敏に反応してしまったの」

「ぼくがこの国を去った本当の理由を言わなかったのか？　父の不正や、公爵家の財政状態が公にならないよう気をつかってくれたのか？」ジェームズは浴槽の端に腰をおろした。

テオは黙っていた。

「それにしても、妻がみにくいからぼくが外国へ逃げたなんてばかげた話を、世間のやつらは本気で信じたのかい？」

ジェームズの言い方に、テオの心は慰められた。母を亡くした今、彼女を美しいと思ってくれるのはジェームズだけだ。

「しばらくは人目が気になって外出も避けていたわ」テオは続けた。「でも、公爵家の財政を立てなおしたあと、パリに行ったの。昨年、ロンドンに戻ってきて、セシルの舞踏会でハクチョウの羽毛を使ったケープを身につけたのよ」

ジェームズはにこりともしない。

「とても評判になったんだから」テオはそう主張して、壁に寄りかかった。

「なにを着ようと同じだ。きみは光り輝いている」ジェームズが淡々と言った。その目に哀れみはない。テオはもともと美しいのだから、ハクチョウになったことを祝う意味などないとでも言いたげだ。

「わたしが言いたいのは、あなたがなんの前ぶれもなく貴族院に現れたせいで、ひどく動揺したってこと。午前中に訪ねてくれたというのは本当でしょうけど、夫が生きてロンドンにいるのも知らずに失踪宣告を申請したことで、みにくさゆえに捨てられた妻という世間の印象を肯定してしまった。まあ、今となってはどうでもいい話だけれど……」テオは強がった。

「どうでもよくはない」ジェームズは無表情だった。

「わたし、フランスへ行くわ」テオは唐突に宣言した。「フランスでなくてもいい。とにかく、あるがままのわたしでいられるところへ行きたい。あなたと結婚したころのわたしには戻れないの。あなたと……あなたとベッドをともにすることはできないわ」最後のほうは涙声になった。

ジェームズはしばらく身をこわばらせていたが、ようやくぽつりと言った。

「七年前、きみを置いて出ていったのが気に入らないのか？　それとも、外見が変わったからいやなのか？」

「出ていってと言ったのはわたしよ。軽率な発言がもたらした結果については、とうの昔に受け入れたわ」

「貴族たちの前で、きみを軽んじる気はみじんもなかった」

「あなたがそう言うなら、信じるわ」テオは安心させるように言った。「だから……お互いに正直になりましょう。友人だったときのように互いを尊重し、慈しむ気持ちを持ちましょうよ」

ジェームズがなにかつぶやく。

「なに？」

「い、いや、慈しむ気持ちじゃなくて、愛する気持ちだ」ジェームズが顔をあげた。

「そうね」テオは反論しなかった。「あなたとの恋愛は『ロミオとジュリエット』みたいだった。あっという間に通り過ぎる夏の嵐のように激しかったわ。もともと長続きするはずがなかったのよ」

「ぼくはそう思わない。あんなことがなければ、今ごろ子供ができていただろう」ジェームズが淡々と言う。「さらに愛情が深まって、いずれかの時点で父の横領の件をきみに打ち明けていたかもしれない。そしてきみは、ぼくを愛するがゆえに許してくれたかもしれない」

ジェームズの目に宿る強い光を見て、テオの背筋に震えが走った。「その可能性は否定しないわ。でも、過ぎ去った感情をよみがえらせることはできない。単純に不可能なの。だから法廷で、わたしたちの離婚が認められればいいと思っている。めったに認められないけれど、特別な理由があれば例外はあるから」

「特別な理由というのは、ぼくが海賊になったことか」

テオは申し訳なさそうに言った。「たとえ無実の人を海へ突き落とさなかったとしても、世間の受けはよくないでしょうね」

「女性に乱暴もしていないのに？」

「それでもよ。わかるでしょう？　実際がどうであれ、やったと思われれば終わりよ」

ジェームズが怒りをこらえているのがわかった。むしろ怒鳴ってくれたほうがすっきりしたかもしれない。ところが彼は、頭から湯気が出そうなほど感情が高ぶっているのに、声を荒らげはしなかった。

「離婚を成立させるために、強姦魔で殺人鬼のふりをしろというのか？」ジェームズは抑揚のない声で言った。

「それはちがうわ！」テオは慌てて否定した。

ジェームズはなにも言わない。

「あなたが……そんな人だなんて、周囲に思いこませたいはずがないでしょう。実際、そうじゃないことがわかってほっとしたわ。ただ……あなたは以前とはすっかり変わってしまった。身体つきもちがうし、刺青をしている。その声だって……」テオはなんと言っていいかわからず、両腕を広げた。「わたしたちはもう、別の世界に属しているのよ」

「別の世界？」

テオは笑いそうになった。「賭けてもいいけど、わたしはロンドンでも並ぶ人がいないほど几帳面な女よ。そうやって公爵領を守り、陶磁器と織物の工房を発展させてきた。なにをするときもリストを作るの。なんのリストを作るかまでリストにするくらいだわ。すべてがおさまるべきところにおさまっていれば、人生はとても快適になると信じているから」

「わからないな。どうしてそれとぼくたちの結婚が関係してくるんだ？」

困惑したジェームズの顔を見て、テオもできるだけ丁寧に説明しようとした。

「そうね、たとえばわたしは日に何度も入浴するし、湯加減にもうるさいの。召使たちが水桶を持って階段を往復しなくていいように、浴室にポンプを設置したわ。それで洗い場の釜から直接お湯をくみあげられるようになった。浴槽にはサクラソウのオイルを垂らすの。どんなオイルでもいいわけじゃなくて、スタッフォードシャーの地所で作られたエッセンシャルオイルよ」

ジェームズはとくに感心したふうでもなかった。

「そうやって暮らしていると、人生はずいぶん楽になるの。ほかの人たちのようにぐずぐず迷うことがない。冬はずっとニワトコの香りがするお湯に入って、四月一日にサクラソウに変えるの」

「つまり、ものすごく融通がきかないってことだ」ジェームズが言う。

「そうかもしれないわね」テオはうなずいた。「どこへ出かけるときも、自分の着たいもののイメージがはっきりあるわ。着られる数のドレスしか持たないし、どの服も同じ回数だけ着てから侍女におろすのよ。そうすれば流行遅れのドレスを着たり、また同じ服装をしていると思われたりする心配がないから」

ジェームズがかすかに首をかしげる。そのしぐさに若き日の彼を思いだして、テオはちくりと胸が痛んだ。

「そんなに杓子定規《しゃくしじょうぎ》に生きる必要があるのか？」

「誰にも迷惑はかけていないわ。家のなかは規律正しく管理されている。わたしはそれに満足していて、幸せだと感じているの。召使や職人たちは、自分たちになにが期待されているかを正確に心得ているし、わたしも無理な要求はしない」

ジェームズはまだ納得していない様子だった。

「このやり方を通すと、大半の女性より……いいえ、男性よりもはるかにたくさんのことをなしとげられるわ。一般的に、女性は家を切り盛りすればそれでいいと思われているけど、た。


わたしはちがうから」

「領地をほうりだして出ていったことは、申し訳なく思っている」ジェームズが静かに言った。

テオがぱっと笑みを浮かべた。ジェームズは地面が傾いたのではないかというほどの衝撃を受けた。一瞬ではあったが、なじみのあるデイジーがそこにいた。

「あら、わたしとしては、このままずっと領地の管理をしていたいくらいよ。生前、母に言われたの。あなたとの結婚は悪い面ばかりじゃないって。本当にそのとおりだったわ。わたしは人を動かすのが好きなの。よき妻にはなれないかもしれないけれど、公爵代理としては悪くないと思うわ」

ジェームズはそれについてしばらく考えた。どんな公爵領にも、公爵はひとりだ。

「母上のことは本当にお気の毒だった……いつ亡くなったんだい？」

テオは顔を曇らせ、視線を足元に落とした。「数年前よ。まだ母が恋しいわ」

「ぼくも父が恋しいよ」思わずそう言ったあと、ジェームズは気まずくなってうしろを向き、浴槽に指先を入れた。湯はすっかり冷めていた。ふたたびポンプを動かす。

「お義父様のことは残念だったわ。心臓発作を起こして屋敷に運びこまれたときは、錯乱状態だったの。でも、苦しんでいるふうには見えなかった。その夜、静かに息を引きとられたわ」

ジェームズは息を吸った。立ちのぼる湯気が顔にかかる。まつげに水滴がつくのがわかった。「そうか。後悔しているよ。父のそばにいるべきだった」

テオはなにも言わなかった。

「このうえ後悔を増やしたくないんだ。きみとは離婚したくない」ジェームズはかすかに震える声で言い、ポンプを押す手をとめた。テオがなにも言わないのでふり返ると、その目に哀れみを見た気がした。背筋をのばし、まつげの水滴をぬぐう。

「きみはいちばんの友達だ」ジェームズは立ちあがって、テオから遠ざかる方向へ移動した。「そういう人と結婚するのが理想だった。きみは父の悪いところを知っている。だが、ぼくが父を憎むと同時に愛していたことをわかってほしい」

テオは小さく笑った。「七年のあいだに変わったのね、ジェームズ」

「船の上では、本を読むか考えごとをするかしかやることがなかった。哲学の本をよく読んだ」

「でも、あなたは海賊でしょう？　海賊は哲学の本なんか読まないものよ。それに読書は嫌いだったじゃない」

「ぼくは海賊じゃない。海賊を退治する私掠船乗りだ。シチリア王国の国旗を掲げ、交易船のふりをして航路を行ったり来たりしていた。そうして殺し屋どもが海賊の旗を掲げるのを待つんだ。待っているあいだは刺激がなくて退屈だったから、暇つぶしに本を読むことにした」

「退屈するのがなにより嫌いだったものね」

テオがおだやかに言った。目の赤みがとれ、口元がゆるやかな弧を描いている。ジェームズは愛らしい唇にキスをしたいと思った。

ここで衝動に負けるわけにはいかない。ジェフリー・トレヴェリアンならいきなりキスをしたりはしないだろう。さっき窓辺でキスをしたとき、テオの反応は今ひとつだった。ぼくにとっては頭がくらくらするほどのキスだったのに、彼女はパニックに陥っているふうだった。

「感情を制御するすべを身につけなければならなかったんだ。航海中は、いらいらすると海に飛びこんで泳いだ。いつでも身体を動かせる環境はありがたかった」

テオは彼の胸に目をさまよわせてうなずいた。「なるほどね」

「ぼくより屈強な男なんていくらでもいる」ジェームズは言い訳するように言った。

「そういうつもりで言ったんじゃないのよ。ともかく、これ以上話し合っても平行線だわ。わたしも友達のような伴侶がほしいと思う。でも、あなたのことは知りすぎているもの。あなたが妻に求めるのはたんなる友情じゃない。もっと多くのことよ」

「子供はほしい」

テオはうなずいた。「そうね。でも、それだけじゃないでしょう。情熱や快楽を求めるはずよ。でも、わたしはそれに応えられない」

「どうして？」ジェームズは思わず問い返したあと、大きく息を吸った。「外見は変わったかもしれないが、すぐに慣れる。それとも、誠実でなかったことを怒っているのか？」

「いいえ」テオがシーツの端を折ったり開いたりする。

「不誠実だったことでもなく、おぞましい外見でもなく……声でもないのか?」テオのために歌ったとき、彼女が心からうれしそうにしていたことを思いだして、ジェームズはつけ加えた。この声で歌ったら、彼女が不眠症になるのがおちだ。

「ちがうわ。そのどれでもない。あなたは以前と同じジェームズよ。今ならわかる」

ジェームズの口角があがった。多くの女性に魅力的だと言われるよりも、ただひとりの女性に変わらないと言われるほうがうれしかった。「だったら、どうしてぼくと寝ることができないんだ?」

テオがかすかに身を震わせる。それが生理的な拒絶を示していることに気づいて、ジェームズはショックを受けた。

「あんなおぞましい行為を繰り返すことはできないわ。お義父様に見られたとき、わたしのなかのなにかが死んでしまったの。あれで学んだわ」

「なにを学んだんだ?」

「わたしはそういう種類の女じゃないってことよ。あなたがしてほしいと言ったこと……たとえば下着をつけずにドレスを着るとか、召使の前でも髪をおろしたままにするとか、そういうことができる女じゃないの。考えただけで寒けがするわ」ジェームズをまっすぐ見据えたまま、テオは続けた。「あんな恥知らずなふるまいをしたなんて、今となっては信じられない。ああ、だからといって、あなたやあなたの欲求を批判しているわけじゃないのよ。誤解しないで」彼女はまじめな顔をしていた。「単純に、わたしには向いていないというだけ」

ジェームズは咳払いをした。意図的ではないにせよ、テオから性の悦びを奪ったのが自分だと思うとたまらなかった。かつては奔放に男女のまじわりを楽しんでいたのに……。

しかし、一九歳のときのように、簡単にあきらめるわけにはいかない。テオの心を変えなければ。たとえ五〇年かかろうとも、必ずやりとげてみせる。死んだ父に対してできることはないが、テオとの関係は修復できる。

「きみはまちがっているんじゃないかな」ジェームズは努めてやさしく言った。

「自分のことはよくわかっているわ」何年ものあいだ、誰にも頼らずに生きていた自信をみなぎらせて、テオはきっぱりと答えた。「この点において、あなたとわたしは正反対ね」

「ぼくは自分の身体を恥じてはいない」

「昔からそうだったわ」テオの険しい顔にほんのつかの間、見覚えのあるえくぼが浮かんだ。昔と同じく右側だけ。「あなたはまるで調教が必要な馬みたいだった。ギリシャ語の授業中も、走りたくてうずうずしているふうに見えたわ」

「イートン校ではよくけんかをした。そうやって鬱積した力を発散していたんだな」

またしてもテオの頬にえくぼが浮かぶ。「そのころから、海賊船に乗る訓練をしていたのね」

「じっとしていると、息が詰まりそうだったんだ」

テオはうなずいた。

「だが、航海は想像していたほど刺激的じゃなかった。本を読むようになってから、心を鍛えるのも、身体を鍛えるのと同じくらい刺激的だということがわかった」

またしてもテオはうなずいた。

ジェームズは慎重に言葉を選んだ。「ぼくたちは、過去を乗り越えるために、正反対の方向へ進んだんじゃないだろうか？　ぼくは危険に身を投じ、きみは変化のない生活に固執した」

「変化がないという言葉には異論があるけど、言いたいことはわかるわ。わたしは親密な相手なんていなくてもぜんぜん平気よ。だからこそあなたと離婚すべきだと思うの。あなたは情熱的な妻を求めている。さっきも言ったとおり、それを批判するつもりはないわ。ただ、わたしはそういうふうになれないし、なりたいとも思わない。自分自身はもとより、あなたを不幸な関係に縛りつけたくないの」

「そうか……」ジェームズのなかで、これまで経験したことのない激しい感情が渦を巻いた。デイジーが恋しかった。冷静で仕事のできるテオもいいが、なにより笑顔のかわいらしいデイジーをとり戻したかった。しかし、デイジーから笑顔を奪ったのは彼自身だ。

デイジーのいない人生など考えられない。そんな人生に耐えるくらいなら、それこそ甲板から突きだした板の上を歩いて海に飛びこむほうがましだ。

テオはジェームズの葛藤にまるで気づかないらしく、にっこりした。「心配しなくても、あなた好みの女性が必ず見つかるわ。わたしだって、自分と似たような気質の男性を見つけられるかもしれない。見つからなかったとしても……」彼女は肩をすくめた。「それはそれでいいの。ひとりでも充分幸せだから」

そういうテオは、ジェームズがこれまで出会った人のなかでもっとも孤独に見えた。イングランドを出たあと、ジェームズにとってはグリフィンが相棒であり、友人であり、兄弟だった。

一方のテオはずっとひとりだったのだ。

離婚に同意すれば、テオはジェフリー・トレヴェリアンか、それと似通った男と再婚するだろう。トレヴェリアンは見るからに淡泊そうだ。ふたりのあいだに子供ができたら奇跡と言っていい。

ともかく、テオが自分以外の男に抱かれる事態は死んでも阻止するつもりだ。ぜったいに許すわけにはいかない。

「どうかしたの？」

「きみ以外の女性と結婚したいとは思わない」ジェームズはぶっきらぼうに言った。「きみはトレヴェリアンとの再婚を考えているみたいだが、やつとの夫婦生活はきっと味気ないものになる」

「そうかもしれないわね。べつにジェフリーと再婚したいなんてひと言も言っていないけど。でも、彼ならわたしの気持ちをわかってくれると思うの」テオは考えこんで言った。「ジェフリーはわたしと同じで、夜の義務にあまり興味がなさそうだから」

「義務だって？」

テオはジェームズを無視して続けた。「ジェフリーもわたしも大人だから、味気なくても不快でも、子供を作るためにするべきことはするでしょう。でも、それだけよ。わたしはあなたが望む妻にはなれない。だから、あなたと夫婦でいるのは無理なの。このままでは、自分が自分でなくなってしまう」

ジェームズは戦いの最中のように、すばやく状況を分析した。人生でいちばんの大勝負だというのに、船の上で読んだ本（たとえばマキャヴェッリの『戦術論』や古代ギリシャの哲学書）はちっとも役に立たなかった。目を閉じて、こみあげてくるいらだちと闘う。

テオへの愛情と罪悪感、自分に対する羞恥心と怒りが、ツタのごとく複雑にからみ合っていた。父に対する気持ちを彼女になら打ち明けることができるのには、それなりの理由がある。テオの前では、自己嫌悪や後悔の念をさらけだせた。彼女のえくぼがちらりと見えただけで、洗い清められ、許された気持ちになる。

ふたりは結ばれる運命なのだ。おそらく視力を失った夏、テオが目となってくれたときからずっとそうだったのだ。

七年ものあいだ、テオなしでどうやって生きてきたのか、自分でもわからなかった。ぼくにとって彼女は、太陽や食物や水に等しい。

ジェームズは一歩、テオに近づいた。失うわけにはいかない。彼女ほどほしいものはない。これから先も、その気持ちは変わらないだろう。自分の気持ちをしばらく見失っていたかもしれないが、昔からずっと変わっていなかったのだ。

「ジェームズ?」テオが警戒するように言った。

ジェームズはテオのほっそりした腰に手をまわして立ちあがらせた。シーツをはがさないよう注意しながら。

「きみがほしい」

彼はかすれた声で言った。それはまさしく、夫を欲しない妻、夫とは二度とベッドをともにしたくないと考えている妻をたしなめるにはぴったりのうなり声だった。

テオが反論する前に、顔を近づけて唇を奪う。彼女の唇は記憶どおりみずみずしく、甘かった。これほど年月が経っても、初めてキスをしたときのことがあざやかによみがえった。われを忘れそうになってどうにか踏みとどまる。テオを怯えさせないためには、去勢馬のようにふるまわなければならない。彼女は自分がそういう男を求めていると思いこんでいる。

テオが胸を押したので、ジェームズは素直にうしろにさがった。その顔には笑みが浮かんでいた。

29

「理解してもらえないかもしれないが、言わなければならないことがある」

ジェームズの真剣な表情に、テオは不安になった。シーツをきつく身体に巻きつける。

「理解できないのはむしろ、アメリが……わたしの侍女がどうしていつまで経っても現れないのかということよ。ずっと前に呼び鈴を鳴らしたのに」

「家に帰したんだ。母親の誕生日だから」

「でも……」言いかけて、テオは口をつぐんだ。アメリの母親の誕生日とは知らなかった。だが、どうしても休みたいなら、本人から申し出があったはずだ。召使たちの私生活に関する要求を、むげにはねつけたことはない。

「アメリとしては、きみの予定を変更させたくなかったんだろう」

「べつに問題ないわ。アメリが半日休みをとるときは、メアリーが手伝ってくれるもの。とてもよく訓練されているのよ」

「メアリーも家に帰したよ」

テオは渋い顔をした。「どちらかがいてくれないと困るのに。わたしのドレスはあなたの服とはちがうのよ。普段はコルセットをつけないけれど——」

「きみにはコルセットなんて必要ない」ジェームズはあからさまな賞賛のまなざしを注いだ。

「そうだとしても、ともかくアメリかメアリーのどちらかがいてくれないと困るの」

ジェームズが首をふった。

「本当に困るのよ！」

「休ませるには完璧なタイミングだった。ぼくも召使たちに好かれたいんだよ。召使たちだって、包囲された屋敷に閉じこめられているのは不快だろうし」

「手当さえちゃんと払えば、みんなあなたを好いてくれるわ。まさか全員を家に帰したわけじゃないでしょうね？」

「メイドロップと、屋敷の警護をしている従僕は残した」

「頭がどうかしたの？　誰が食事の準備をしてくれるの？　誰が……」テオは途方に暮れて周囲を見渡した。

ジェームズがほほえむ。

「メイドロップは召使たちを数台の馬車に分けて送りだした。噂話好きの連中を惑わせるためにね」

「明日の午前中にお客様が来たらどうするの？　身支度もできないまま応接間へおりていくわけにはいかないのよ」

「訪ねてくる者がいるとすれば、ぼくの刺青を間近で見たくてうずうずしている連中だけだ。

ぼくは来客を受けない。きみもそうするんだ。実はメイドロップに言って、ノッカーを外させた。外に集まった連中が、召使の乗った馬車と消えたノッカーを見て、ぼくたちがこっそり田舎の地所へ逃れたと誤解してくれればと思ってね」

大勢の人が海賊公爵を見る機会をうかがっていることを、テオはすっかり忘れていた。奇妙にも、時間が経つにつれて、ジェームズはますます以前と変わりないように思えてきた。

「そうね、家のなかにいるほうが賢いんでしょう」テオは気落ちして言った。いつまでも隠れてはいられないが、知りたがりの人々に押しかけられるのはうんざりだ。「あなたの言うとおりね」先ほどよりもしっかりした声で言う。「みんながいっせいに訪ねてきたら、ひどいことになるでしょうから」

「そうだとも」ジェームズは事のなりゆきをおもしろがっているような顔で壁にもたれている。紳士にあるまじき態度だ。

「悪いけど」テオは話題を変えた。「お湯を使うから、出ていってもらえない?」

「ぼくたちは今、ふたりきりだ」ジェームズが答えた。「この機会に、きみの誤解を解いておきたい。きみはぼくを、七年前にベッドをともにした若い男と同じだと、あのときと同じくらい強い欲望を抱いていると思っているだろう」

口を開きかけたテオを、ジェームズが制した。

「七年前のぼくはまだ一〇代だった」

テオはうなずいた。湯気のせいで髪が湿り、後れ毛が目の前に垂れさがる。ジェームズが自分の髪をもてあそぶのが大好きだったことを思いだして、テオは慌てて後れ毛を払った。

「二〇代になって、きみは変わったかい？」

「もちろん変わったわ」ジェームズの身体に娼婦のようにしなだれかかった記憶を頭から追い払う。あのときは正気でなかったのだ。

「だったら、ぼくも変わったとは思わないか？　昔のぼくとはちがう。もう若造じゃない」

「まだ三〇歳にもなっていないくせに」

「自制するすべを学んだんだ」ジェームズはにやりとした。「今日だって、腹は立てても癇癪は起こさなかった」

「たしかにそうね。あのお義父様の血を引いていることを考えると、すばらしい成果だわ」

「呪われた血筋なんだ」ジェームズはため息をついた。彼をよく知らなければ、芝居がかっていると思ったかもしれない。

クッションの悪い座面に座っていたせいでヒップが痛くなってきて、テオはスツールから立ちあがった。アメリは女主人が入浴中、ずっとこのスツールに座って縫い物をしている。詰め物を増やせばずいぶん楽になるはずだ。テオは忘れずに改善しようと心の隅に書きとめた。

「あなたのせいで、これから数日間は原始的な生活を送るはめになるのね」テオは話題を変えた。「まあ、たまには変わった経験をするのもいいけど」

ジェームズは豪快に笑うと、つかつかと近づいてきてテオを抱きあげた。

「やめて！」テオは叫んだが、ジェームズはかまわず彼女の寝室のドアを蹴り開けた。

「デイジー」ジェームズの声は真剣であると同時におもしろがっているふうでもあった。

「原始的が聞いてあきれる。こんな立派な寝室があるじゃないか。ほかの部屋だってすばらしいのに」

たしかに内装は豪華だ。ヴェネチア産のシルクを使ったカーテンはとりわけ自慢だった。

「召使がいないわ」テオは言った。「ひどく不便な生活でしょうね。お願いだからおろしてくれる？」

「もう少しきみを抱いていたいんだ」ジェームズがふいに顔を寄せ、驚いているテオの鼻先にキスをした。蝶がとまったかのような軽いキスで、ほんの一瞬で終わったが、テオの身体にさざ波にも似た衝撃が走った。

七年前の小ぎれいで若い伯爵と、目の前にいる大柄な海賊……まるでジェームズがふたつに分かれてしまったみたいだ。

この調子ではいつ、あの飢えた目つきが復活するかもわからない。テオは本気で抵抗を始めた。

「おろして！」

ジェームズは素直にテオをおろし、早口で言った。

「聞いてくれ。ぼくもようやく分別のつく年になった。以前みたいにがつがつしてはいない。そりゃあ妻とベッドをともにしたいとは思うし、子供だってほしい。ジャック・ホークが何人の女を抱いたか、知りたいかい？」

テオは彼をにらんだ。「結構よ」

「三人だ」ジェームズはかまわず言った。「しかも彼女たちと会う間隔は、何カ月も……そう、半年以上空いていた。そういう関係なんだ。恋人ではなく、愛人だ。去年は誰とも寝ていない。正確には一六カ月前からだ。グリフィンとぼくは中国へ行き、そのあとインドへ向かう途中で負傷した。喉の傷が癒えるのに何カ月もかかった」

改めて喉元の傷に目をやったテオは身震いした。

「あなたは、ボウ・ストリートの捕り手が言っていたような女たらしじゃないのね」

「怒りを制御するためには、欲望も制御しなきゃならない。どちらが欠けてもだめなんだ」

「どうして？」

ジェームズは肩をすくめた。「さあ。ぼくにわかるのは、きみと分かち合った情熱をほかで求める気にはならなかったということだ。それに今となっては、誰が入ってくるかもしれない場所で寝たいとは思わない。寝室の居心地のいいベッドのなかできみを抱きたい」

「わたしはその手の行為をまったくしなくてもかまわないわ」テオはジェームズを見て目を細めた。

「さっきも言ったとおり、ぼくは子供がほしいし、きみにそばにいてほしい。欲求はちゃんと制御する。それと念のために言っておくが、今後はきみを裏切るようなまねはぜったいにしないよ。愛人など持たない」

テオの心に小さな希望の光が灯った。夫の過剰な性欲に対処しなくてすむなら、ジェームズが戻ってくるのは大歓迎だ。

それでも、まだ完全には信頼できない。「でも、さっきのあなたの表情は……」

「なんだい？」ジェームズはおだやかな声で言った。

見まちがいだったのかもしれない。ジェームズの好みは肉付きがよくて官能的な三人の愛人だ。そういう美しい女性たちに慣れているので、わたしを前にしてわれを忘れることなどないのだろう。

テオは唇を噛んだ。

「証明することもできる」

「どうやって？」

「風呂に入るといい。ぼくが侍女役を務めよう」

「だめよ！」

「どうして？ ぼくから無理強いすることはない。それはわかっているはずだ」ジェームズがテオを見据える。「ぼくは不正な動機で結婚したかもしれないが、きみに言ったことはすべて真実だ。身体をまじえたとき、心にもない言葉はひとつも口にしていない」

「本当に？」

「歌まで歌ったんだぞ」

テオはくすくす笑った。ぞっとしたと言わんばかりのジェームズの口調がおかしかったからだ。こんなふうに話せるなら、結婚生活を継続するのは難しくないだろう。刺青なんてどうでもいい。

「また髪をのばすの？」

ジェームズが顔をしかめた。「きみが望むならのばしてもいい。だが、歌はなしだ。もう歌えない」

「その声を聞けばわかるわ」テオは残念に思ったが、ジェームズはしたり顔だ。歌えないことなど少しも気にかけていないらしい。

「きみの子供がほしい」ジェームズのまなざしは真剣だった。「ものすごく頑なだとしても、ぼくにとってきみはいちばんの友達で、この世でいちばん尊敬している相手だ。それに、先のことは誰にもわからない。ひょっとしてきみも、肩の力を抜いて生きる方法を学ぶかもしれない」

「いいえ、それはないわ。しばらく一緒に住めばわかることよ。わたしはなにをするにも最適の方法を見つけるの。そのための時間は惜しまない。一度やり方を見つければ、二度と同じ問題に頭を悩ませなくていいもの」

ジェームズがふたたび肩をすくめた。「なるほどね」そう言って、上着を脱ぐ。

「なにをしているの？」

「裸になるんだ。そうすれば、ぼくが本当のことを言っているかどうかがわかる」ジェームズは真顔で言った。

「そんな……まあ、ひどい！　それも傷なの？」テオは一歩、足を踏みだした。濃い蜂蜜色の肌を二分する白い線が、右肩から腹部へと一直線に走っていた。

「銃剣でやられた」ジェームズはあっけらかんと言った。彼がブーツを脱ごうと上体をかがめると、盛りあがった肩と広い背中がテオの視界を埋めつくした。なんて美しい身体！　昔とはちがう魅力がある。まるでとてつもない力を秘めた獣のようだ。皮膚を押しあげるなめらかな筋肉を見ていると、ふれてみたくて指先がうずく。

「ここにもあるわ！」ウエストを半周する白い切り傷を発見して、テオは息をのんだ。

「サーベルで切られた」ジェームズはもう一方のブーツをほうり、靴下も脱いだ。「決闘する自分にうっとりしているフランス男の置き土産だよ。撃ち殺してやった」

「これまでに何度、死にかけたの？」テオは弱々しい声で尋ねた。

「一度だけだよ」ジェームズが朗らかに答え、両手をズボンにかけた。

「待って！」

ところがテオのかすれた声を無視して、ジェームズはズボンと下着を引きおろした。生まれたままの姿で身体を起こす。どこもかしこも記憶にあるより大きい。七年前はこんなに大きくなかった。ぜったいに。

テオは目をそむけた。

「欲求を制御できるんじゃなかったの？」非難がましく言う。ジェームズの身体を目にしただけで、心臓が破裂しそうだ。今すぐ逃げだしたい。書斎のドアなら鍵がかかる。あそこなら……。

ところが、ジェームズのまなざしは相変わらず静かで落ち着いていた。「そのとおりだ」

「だったら、どうして？」テオは顎で彼の脚のあいだを示した。

「ああ、これかい？」ジェームズがなんでもないとばかりにそこをたたく。「覚えていないのか？」

「覚えているわ。それは……垂れているはずよ」

「垂れる？」ジェームズが眉をあげる。「垂れているところを見たことがあるのか？」

テオは彼をにらんだ。「ないかもしれない。でも、そういうものだってことは知っているわ」

「ぼくのはちがう」ジェームズはもう一度、そこをたたいた。「いつもこの状態なんだ」そう言うと、彼女の返事も待たずにきびすを返し、浴室へ向かった。

テオは困惑しきってジェームズのうしろ姿を眺めた。腕と同じく、ヒップも濃い蜂蜜色に焼けている。どうしたらあんな色になるのだろう？　昔は真珠みたいに白かったのに。色がちがうだけでなく、昔よりも引きしまっている。服を着ないで太陽の光を浴びたかのように……。好奇心に負けて、テオはジェームズのあとを追った。

ジェームズはポンプを動かし、浴槽に指を入れて温度を確かめていた。「どのくらいの温度が好みだったかな？」

「熱すぎないのがいいわ」テオは用心深く言った。本当にジェームズの身体の傷は尋常ではない。どれかひとつでも化膿していたら、彼はこの場にいなかったかもしれない。

「傷口から感染したことはないの？」

「何度かある」ジェームズは背中を向けたまま答えた。テオの背筋に悪寒が走る。感染症の恐ろしさはよく知っていた。皿洗いの女中は指を切っただけなのに、感染症を患って死んでしまった。陶磁器工房の職人も、作業中のやけどから感染して命を落とした。

「あなたは……死んでいたかもしれないのね」テオはジェームズの隣に移動した。女性としては背の高いテオだが、ジェームズの隣に立つと、小さくてかよわくなった気がした。そんなことを周囲にもらしたら、柄にもないと失笑を買うだろうけれど……。

ジェームズがテオに笑いかける。頰に彫られたケシの花が、そよ風に揺れる本物の花のように動いた。

「その可能性はあった。でも、死ななかった。雄牛みたいに頑丈なんだ。ところで、湯加減はどうだい？」

テオは前かがみになって浴槽に指をつけた。ちょうどいい。

「シーツをおとりしましょうか、奥様？」

テオはふたたび、ジェームズの下腹部に警戒のまなざしを向けた。かつてと同じく、勢いよく上を向いている。彼の顔に視線を戻すと、ジェームズは待ちくたびれた表情でテオを見つめていた。

「わかったわ」テオはつぶやいた。

男は欲情しやすい生き物だ。女性の胸を見ただけで興奮するらしい。やせぎすで、曲線美を欠く女
だけど、くだんの女の胸がごく小さかったらどうだろう？

だったら……。

テオはため息をついて、シーツを床に落とした。ずいぶん前に、外見で悩むのはやめた。

ハクチョウになったつもりでふるまえばたいていの人がだまされることは、経験から学んだ。

ただ、服の助けがなくてもうまくいくかどうか……。

くよくよ考えてもしかたがないので、下着を脱ぎ、浴槽に入って湯につかる。すると、がっしりした手が突きだされた。てのひらに石鹸がのっている。

いつも使っているレモンバーヴェナの石鹸だったので、テオは黙ってそれを受けとった。

ところが彼女が身体に塗りつけようとしたとたん、ジェームズが石鹸を奪いとった。

テオが驚いて顔をあげると、彼は浴槽の横に膝をついていた。思ったよりもずっと近い。

「身体まで洗う必要は――」

ジェームズがテオの言葉をさえぎった。「身体を洗いもしないで、どうやってぼくの平静を確かめられる？　怖がる必要はない。ぼくは自分を制御している」

テオは唾をのみこんだ。夫が妻の裸体を見て動じないというのは、もろ手をあげて歓迎できる事態ではない。しかし、それが現実なのだ。

少なくとも、今のジェームズはわたしに魅力を感じていない。だからこそ、おかしな要求をされずにすむ。ジェームズがわたしに欲情したのは、小麦色の肌をした島の乙女たち――

ティツィアーノが描くような曲線美を持つ女たちと出会う前の話だ。

「わかったわ」テオはもう一度、ジェームズの股間に目を走らせた。なんて大きいの！　先端が赤らんではちきれんばかりで、見るからに痛そうだ。でも、どうやら彼にとってはそれが普通の状態らしい。

テオは反射的に腕を突きだした。いつも上半身はアメリが洗ってくれるのだ。もちろん乳房にはふれない。そして髪を洗ってもらっているあいだに、テオがみずから下半身を洗うのだった。

ジェームズの洗い方は手際がよかった。ざらざらした皮膚の感触が心地よい。母が他界してからというもの、アメリ以外の人にふれられるのは初めてだ。

なんといってもテオは伯爵夫人で、気軽に抱擁する対象ではない。あいさつのときも手袋の上から短いキスをされるだけだ。だから……。

だからこそ、単純なふれ合いが懐かしかった。

テオは前かがみの姿勢を保ったまま、ちょうどいい強さの泡のマッサージを堪能した。少なくとも、ジェームズの手に癒やしを求めるのはみじめではなかった。アメリだとこうはいかない。アメリが身体を洗ってくれるのは、あくまでテオが手当を払っているからだ。

片方の腕にまんべんなく石鹸を塗りつけたあと、ジェームズはテオの肩へ手を移動させた。

「あなたとちがって、わたしの背中は貧相でしょう？」沈黙に耐えられなくなって、テオは言った。「筋肉もついていないし」

「そうかもしれない」

「あの、こんな質問をして気にさわったらごめんなさい。その、喉の傷は痛むの？」

「いや。どうしてそんなことをきくんだ？」

「だって声がさっきよりかすれているから。喉が痛むのかなと思ったの。そうじゃなくてよかったわ」テオは早口でつけ加えた。

ジェームズの手はとても大きく、指を広げるとテオの背中全体をこすることができた。滑る指の感触がなんとも官能的で、まるで小さなキスをいくつも落とされているかのようだ。アメリに洗ってもらっているときにこういう気持ちになったことはない。

テオはかすかに上体を丸め、硬くなった胸の頂を湯のなかに隠した。一方のジェームズはけろりとしたもので、呼吸ひとつ乱していない。

ジェームズがベッドの上でどんな息づかいをしていたか、テオは今も鮮明に覚えていた。興奮するにつれて呼吸が荒くなり、それに合わせて胸が大きく上下する。熱っぽい目でわたしを見つめ、かすかに震える手で愛撫してくれた。

しかし今、テオの腕を洗うジェームズの手は震えておらず、一定のリズムを保っている。テオの口から小さなため息がもれた。

それが人生だ。

短い結婚生活が破綻して学んだことがあるとすれば、それでも人生は続くということだ。夫が行方不明になっても、母が亡くなっても、イングランドじゅうの人たちから〝みにくい女〟と呼ばれても、死ぬことはない。

もちろん、へこたれずにいるのは容易ではないし、どうしようもなく気が滅入るときもあるけれど、耐えられないことはない。

「脚をあげて」ジェームズが言った。その声は先ほどと同じくかすれている。腰から下にアメリがふれたことはないが、それでもテオは脚をのばし、彼の手に足首をのせた。なんといっても身体のなかで、脚はいちばん自信のある部分だ。すらりと長く、膝頭は愛らしい丸みを帯び、足首も細い。これなら愛人たちにも勝てるかもしれない。

ジェームズが片方の脚にゆっくりと石鹸を塗った。昔は美しい足首だと褒めてくれたものだ。彼は覚えているだろうか？

「足首は自慢なのよ」我慢できなくなって、テオは言った。ジェームズが足の裏へ指を移動させてくすぐるように動かしたので、テオは小さく悲鳴をあげた。七年前ならもっと情熱的な展開になったにちがいないのに……テオはなんだか悲しくなった。

「ここは暑いな」ジェームズが腕で額をぬぐった。頬が上気している。

「あとは自分でやるわ」テオは脚を引っこめた。「もう証明は充分よ。よくわかったわ」

「なにがわかったんだい？」

「あなたがわたしに魅力を感じていないということ。だから、石鹸をちょうだい」

テオが手をのばすと、ジェームズは石鹸を遠ざけた。「本当にわかったのか？」

「わかりましたとも」テオは言い返した。気をゆるめると泣いてしまいそうだ。

ジェームズがぐるりと目をまわす。「途中でやめたら、いつまでも疑いが残るだろう。疑いが残ったままでは、きみとの結婚生活を守れない」泡だらけの手でテオの顎をうわ向かせる。「きみの子供はきっと、おむつを濡らしていい時間帯まで決められるんだろうな。それでもぼくの子供の母親は、きみでなきゃだめなんだ」

「ありがとう」テオは口角をあげた。ジェームズはアメリの二倍も石鹸を泡立てるので、上体を起こすと胸の谷間を白い筋が滑った。

ふたりの視線がそこへ集中する。

「さてと……」ジェームズがテオの背後にまわる。同時に押し殺したうめき声が聞こえた。

「大丈夫？」

「タイル張りの床に膝をつくのに慣れていないものでね」ジェームズがおどける。「ぼくが侍女になったら、こういう文句ばかり言うだろうな」

「アメリは浴槽の周囲に膝をつくくらいで不平を言ったりしないわ。いったいなにが――」テオは声を詰まらせた。ジェームズが彼女の肩から胸へと両手を滑らせたからだ。その手が頂に達するよりも速く、下腹部がかっと熱くなった。

「そこは……必要ないと……思うわ」テオは切れ切れに言った。ジェームズは今や、両手で乳房を覆っている。

「ただの胸だ」ジェームズが言った。「もちろんきみの胸は……」声がとぎれる。

浅黒い指のあいだからのぞくバラ色の先端は、みずからの目にもとても魅力的に映った。

ふいに、ジェームズが親指でゆっくりと先端をなでる。強烈な刺激に、テオは鋭く息を吸った。もはやジェームズが高揚しているかどうかなどどうでもよくなった。テオ自身が高揚していたからだ。ジェームズの腕に頭を預けてまぶたを閉じる。彼が親指でしていることは、身体を洗う行為とはまったく関係がない。

身体を稲妻に貫かれたように感じた。七年間、誰にもふれられなかった場所がびりびりとしびれている。両脚の付け根がうずいて、大声で存在を主張している。

テオははっとしてジェームズの両手を押さえた。「いったいなにをしているの？」

「きみは、ぼくがきみに魅力を感じていないと言った」ジェームズが唇で耳たぶにふれる。「それはまちがいだ。きみの乳房を見ると、いつだってたまらなく興奮する。わかっているはずだ」テオは、耳たぶに押しあてられた唇の感触に夢中になっていた。

テオはジェームズの手に自分の手を重ねたまま、彼のほうへのけぞった。「そんなはずがないわ」

ジェームズがかすれた笑い声をあげた。昔と同じく官能的な声だ。いや、昔よりもさらに官能的かもしれない。「誓って本当だ」テオの手の下で、ジェームズの親指がやさしく頂をこする。

テオはつま先を丸めた。手足に力が入らない。ジェームズの手を押さえていた手は身体の脇に垂れ、テオはもはや胸をもてあそばれるがままになっていた。

しばしの沈黙のあと、ジェームズが言った。「自制できると言っただろう？　それを証明させてくれ」

急に身体が火照ってきた。筋が通らないと思いながらも、彼の言葉に納得したふりをする。

「どうやって証明するの？」テオはささやくように言った。

ジェームズは泡に包まれたテオの腹部へと片手をおろし、湯のなかへ入れて腿のあいだにさまよわせた。無防備で感じやすく、やわらかな場所の近くに。

「こうやってだ」彼の声はいっそうかすれて苦しげで、ぶすぶすと煙を立ててくすぶる薪を連想させた。

「ふれてもいいかな？」ジェームズが尋ね、テオの返事を待たずに指先で親密な場所を探った。テオの返事は息をのむ音のなかに消えた。

「ぼくの自制心を証明するのに協力してくれ」ジェームズがつけ加える。

テオは〝だまされないわよ〟と言うこともできた。調子のいい言葉は聞けばわかるのだと。ところが理性は欲望の闇に沈み、不満の声はすすり泣きに変わった。ジェームズの指に腰を押しつけ、頭のなかで叫ぶ。〝もっと強く、そこよ、お願い、そこ！〟その声が届いたかのように、太い指が絶妙な刺激を加え、彼女の内側を巧みに侵略した。

もはや耐えられなかった。テオはあえぎながら身体を痙攣させると、浴槽から半身を突きだすようにそり返った。泡だらけの湯が床で跳ねる音がぼんやりと聞こえた。全神経が身体を打つ熱いさざ波に集中していた。

そのとき、ジェームズが指を抜き、テオの身体を自分のほうへ引き寄せた。まだ動揺している彼女の耳元でささやく。「もしアメリがきみにこういう奉仕をしたら、明日にも解雇する」

テオの口からくすくす笑いがもれた。「おかしなことを言わないで」手足の動きがおぼつかず、腿のあいだが充血して熱を帯びている気がした。

「実際、ぼく以外の誰にもこんなふうにはふれさせない」先ほどまでの気軽さはどこへやら、独占欲むきだしだ。テオがなにか言う前に、ジェームズが立ちあがって彼女を腕に抱えあげた。

どちらも服を着ていないので、密着した部分が焼けるようだ。

「重いでしょう?」テオはつぶやき、ジェームズをちらりと見あげた。理性に反して、欲情した顔が見たかった。

ところが、その気配はみじんもない。

ジェームズは無言でテオを床におろし、タオルできびきびと身体を拭きはじめた。粗い繊維がこすれる感触までみだらな気持ちをかきたてる。

ふと、ジェームズが彼女にほほえんだ。テオは腕をのばしてフックにかかっていた部屋着をとり、身体にまとって腰紐をきつく結んだ。

ジェームズがタオルを脇にほうって、ふたたびテオを抱えあげる。ベッドまで歩いていくこともできないと思っているのだろうか?

「そんなふうに笑いかけないで」テオは疲れた声で言い、ジェームズの胸に顔をうずめて目を閉じた。「もうわかったから」

「なにが?」ジェームズがけげんそうな声を出す。

「あなたはわたしに興味がないということよ」

ジェームズはテオをベッドにおろして目を細めた。「それがきみの望みだっただろう?」

テオは横に転がって上体を起こし、ジェームズに向かって手をふった。「どうでもいいわ。それより、ベッドを整えるのを手伝って。くしゃくしゃのシーツじゃ眠れないし、ごらんのとおり、いちばん上のシーツはさっきはいでしまったし」

ジェームズがウインクした。「そうだったかな」

「ベッドメイクをしなきゃ」テオは用心深く言った。「召使にさせようにも、あなたが家に帰したんでしょう」

テオはベッドメイクのやり方などまったく知らなかったが、どうにかなるだろうと思った。とりあえず上掛けを引きはがし、いちばん下のシーツを均等に広げる。上下左右ともマットレスの端から一二センチほど出るように調整したものの、目分量なので正解にはわからない。

まずは頭側のシーツをマットレスの下に押しこむ。中央部分は思いきり手をのばしても、うまくしわをのばせなかった。ジェームズの〝個人的な奉仕〟のおかげで、なんとなく身体が軽かった。浴室から湯を出す音が聞こえてきたが、テオはかまわず作業を続けた。

マットレスの周囲をまわってシーツをたくしこんでいく。それからいちばん上のシーツにしわが寄っていないことを確認して上掛けをかける。自分が部屋着の下にシュミーズもドロワーズもつけていないことがひどく気になったが、ジェームズはまったく動じていなかった。ベッドを整えると、テオは部屋着のままベッドに潜りこんだ。ジェームズの前でまた一糸まとわぬ姿になるのは気に入らない。

ジェームズがベッドの横に立ち、またしてもあの腹立たしい笑みを浮かべる。

「腹が減らないか？　メイドロップに頼んで、食べ物を詰めたバスケットを運ばせよう。ここで食べたほうが、召使たちも楽だ。厨房だって手が足りないからね」

「ベッドで食べるなんて無作法よ」そう言ったものの、テオは強い空腹感を覚えた。

ジェームズの顔から愛想のいい笑みが消える。「今日は例外だ。きみはもうベッドから出るな。二度とそのいまいましいシーツを整えるのはごめんだからな」

シーツのあいだに裸同然の女が横たわっていることより、ベッドメイクのほうが気になるらしい。

テオの心は腹立たしさと安堵のあいだを忙しく揺れ動いていた。自分の置かれた状況を改めて整理してみる。寝室に裸の海賊がいるのに、彼女は少しも怖くなかった。それどころか、傷だらけの身体をじっくり観察したいなどと思っている。ひとつひとつの傷を指でなぞりたい。頬の刺青にキスをしてみたい。

一方のジェームズも、戦利品を値踏みするようにこちらを見おろしていた。はしたない妄想がわきあがり、テオは苦笑いした。ある意味、わたしはとらわれの女だ。ずっと自分自身の恐怖にとらわれていた。

書斎で起きた不快な出来事を、七年分の距離を置いて思い返してみる。若く、引きしまった身体を快感に震わせていたジェームズ。彼女の愛撫に、せつなげな声をもらしていた。目の前の男は海賊であると同時に、わたしを慈しんでくれた男でもある。わたしを女にしてくれた。わたしの愛撫に身をゆだねてくれた。

「それで？」ジェームズが促した。

「それでって、なにが？」テオはきょとんとして問い返した。頭がくらくらする。〝みにくい公爵夫人〟と呼ばれたときの悲しみが、排水溝を流れる石鹸の泡のように消えていった。大事なのは嘲笑に屈しないこと、自分を信じることだ。これまでのわたしは、痛い思いを繰り返したくないあまり身をすくめていた。臆病者だったのだ。

テオは衝動的に部屋着を肩から落とした。はずみで、シーツが胸の下までずりさがる。

ジェームズはじっとテオを見つめていた。表情は変わらないが、青い瞳に光が宿った気がした。ショックと希望の光だ。

テオは精いっぱい愛らしくほほえんで、部屋着をジェームズに渡した。「これを浴室のフックにかけておいてもらえる？　ほかに頼む人もいないから」

ジェームズがうなるように返事をする。テオは少しだけ気分がよくなった。ジェームズはシーツの端から見えそうになっているテオの胸の頂に目を走らせたあと、浴室のドアへと歩いていった。

「廊下に出るなら服を着てね。傷だらけの身体を見たら、メイドロップが腰を抜かすわ」

返事の代わりにドアが閉まる。テオはその隙にベッドから飛びでて、歯を磨いて髪をとかした。

しばらくして、階段をあがってくる足音が聞こえたので、くしゃくしゃのシーツに我慢してベッドへ入る。召使のありがたさが身にしみた。

ドアが開いて、料理の入ったバスケットを手にしたジェームズが入ってきた。バスケットを鏡台に置き、ワインの瓶をとりだして直接口をつける。

テオも飲みたかったが、そう言えなかった。

ジェームズが、今しがた口をつけた瓶からグラスにワインを注ぐ。

「うれしいけれど、それは飲めないわ」テオは上品に断った。

「ひどい一日だったんだ。いいから飲むといい」ジェームズはテオの手にグラスを押しつけ、目を細めた。「まさか、ぼくが瓶に口をつけたから飲めないと言っているんじゃないだろうな？」

「清潔さに関する基準は人それぞれなのよ」お高くとまって聞こえるのを承知で答える。

「本気で言っているのか？　唾がついたから不潔だと？」

「わたしはただ――」

ジェームズが上体をかがめ、テオのうなじに手をまわして自分のほうへ引き寄せた。唇が重なったとき、テオは反射的に目を閉じた。ジェームズの舌が口のなかに割りこんでくる。あたたかくて、湿っていて、攻撃的な舌が。

たちまち清潔のことは頭から消えた。テオはジェームズの首に手をまわしてキスに応えた。彼の舌が呼び覚ます感覚を味わい、かつての歓喜をとり戻そうとした。

やがて、テオは深く切れ切れに息を吐いた。ジェームズが残念そうに上体を起こし、顔をそむけた。彼が自分に背中を向けているのをいいことに、テオは引きしまったヒップの輪郭や、筋肉質の太い腿をじっくりと眺めた。ジェームズの身体はかすかに震えていた。

しかし、ふたたびこちらに向きなおったとき、彼はすっかり平常心をとり戻していた。

「さて」気さくな声で言う。「チキンでもどうだい？」

それを聞いたテオは、ワインの瓶でジェームズの頭を殴ってやりたくなった。それを実行に移す代わりに、およそ自分らしくない行動をとる。ワインの瓶をつかんで、直接口をつけたのだ。それは海賊がルビーを海へ投げるのと同じくらい、ありえない行為だった。豊潤なワインが口内を満たす。桃と夏の味にまじって、甘い花の香りがした。

これまで飲んだなかでいちばんおいしいワインかもしれない。キスのせいですっかりシーツのことは忘れていたので、枕に背中をつけると乳房がシーツからはみだした。それでもテオはシーツを引きあげなかった。身体の力を抜き、目を閉じたまま、神々しいまでに美味なワインを堪能する。

今日は、招待客がワインの味を気に入ったかどうかを心配する必要がない。目の前の料理とワインの味が合っているかを考えることもない。

ただ、楽しめばいいのだ。

冷たいワインは流れ星のように喉を滑り落ちて消えていった。

30

ジェームズにとって痛みはおなじみの感覚だが、これほど激しいのは初めてだった。愛しい女性が枕にもたれ、先端がピンク色をした乳房を惜しげもなくさらしている。天から賜った究極の砂糖菓子のようなそれを前にして、自分はなにもできないのだ。

彼は苦境に立たされていた。どんなに気をそらそうとしてみても、下腹部の緊張は高まるばかりだ。

テオはまだワインを飲んでいる。ジェームズはしばらく彼女を見守ってから、ワインの瓶を奪った。テオは抵抗もせずにぼんやりしている。どうやら酒を飲みつけていないらしい。

「食事だ」ジェームズはチキンをテオの手に押しつけた。「食べてくれ」

数カ月にわたる航海を終えた水夫が新鮮な水をむさぼるように、テオはチキンにかぶりついた。

ジェームズはテオの身体にふれないよう注意してベッドに腰をおろした。テオが彼の全身を無遠慮に眺める。見世物になった気分だが、彼女が眺めたいなら気のすむようにさせてやりたい。そうしていれば、いつかテオも欲望をとり戻すだろう。あれほど情熱的で奔放な反応を示していたのだから。

「それほどでもない」ジェームズは答えた。

「ところで、海賊になるってどんな気分？　興味があるわ」チキンを食べ終えたテオは、小さなハムのタルトに手をのばした。

ジェームズは鋭く息を吸った。形のいい乳房やつやのある唇や髪のことばかり考えてしまう。高い頬骨やシルクのようなまつげのことも頭から追いださなければならない。

「残念ながら、ぼくは海賊じゃない。さっきも言ったとおりだ。だから縛り首なんて怖くないんだよ。海賊に奪われた王家の宝をとり戻した褒美として、シチリアの旗を掲げて海賊を成敗する許可を得た。スペインとオランダの旗もだ」

「百戦錬磨の海賊を襲うなんて、海賊になるよりも危険なんじゃないの？」ハムのタルトを食べ終えたテオがふたつ目に手をのばす。彼女は昔から食欲旺盛だった。男並みに食べるくせに、ちっとも太らないのだ。

「どちらかというと、海軍に入るようなものだな」ジェームズはふっくらしたテオの唇から視線を引きはがした。「まずは標的を捜す。目印になるのは、髑髏と交差した骨の模様だ。見つけたらすばやく襲いかかり、ねじ伏せる」

「たった二隻の海軍ね」テオは考えこんで言った。「これまででいちばん手ごわかった船は？」

「奴隷船だ」ジェームズは即答した。

「奴隷船？　海賊は奴隷も売るの？」テオが驚いて口を開ける。その形は……ああ、考えてはいけない。彼女はその行為を二度としたくないと言っているのだから。

「海賊が奴隷船を乗っとるんだ」ジェームズは深く息を吸った。「奴隷商人を殺したあと、数人の海賊を奴隷船に移し、奴隷を金に換えられる港へ向かう。ぼくたちは奴隷を乗せた船を見つけたら、海賊だろうとそうでなかろうともれなく襲った」

テオが唇を引き結んだ。食べかけのタルトを皿に戻す。「奴隷船なんて最悪だわ。そんなことをする連中は死んでしまえばいいのよ。イングランドでは廃止されたのだから、ほかの国だってそれに続くべきだわ」

「ぼくもそう思うよ」

テオがにっこりした。「よかった。アシュブルック公爵家は奴隷の売買だけでなく、奴隷使用も違法だという見解を打ちだしているの。悲しいことに、人々の支持をとりつけるためには何百ポンドもの賄賂を使わなきゃならなかったわ」

ジェームズはうなずいた。「テオ」意識してその名前で呼ぶ。「きみが領地をうまく切り盛りしてくれているのは見ればわかる。それにしても、何百ポンドもの賄賂を捻出できるまでになっているとは驚いた」

「まずは織工房から改革したの」テオはほほえんだ。「いつだったか、ルネサンス期の布を再現してみたらどうかと提案したのを覚えている？　昨今はなかなか見つからない、古い図案の布よ」

「ああ。たしか領地管理人のリードは、工房の織機でそこまで複雑な図柄を織れるかどうかわからないと言っていた」

「あの人はごく初期の段階でくびにしたわ」テオは悪びれもせずに言った。「あなたのお父様の散財を放置したことや、持参金の横領を黙っていたこともあるけれど、それ以前にあの人には挑戦する勇気がなかった。保守的すぎたの」

「具体的にはどういうことだい？」

「なんだって始めるときにはリスクがつきものでしょう」テオは食べかけのタルトをふたたび口に運びながら、〈ライバーン織工房〉の職人は全員女性なのに、責任者は男性ばかりだったことを話した。「大事なのは色なの。わかるでしょう？　たとえばフィレンツェ・ブルーは再現するのがとても難しいわ。でも、メディチ家の布を再現するには必須の色なの。ところが、リードは渋っていた」

「なにを？」

「男性の責任者を解雇することよ」テオはにんまりした。「彼らを解雇したあと、職人のなかでも一目置かれていたミセス・エルコーンを責任者にしたわ。これまでにわたしがくだしたなかで、もっとも優れた決断のひとつね。ところがリードときたら、卒中を起こしそうになったの」

「ミセス・エルコーンのなにがそんなに気に入ったんだい？」

「そうね、ひとつにはリヨンから織機を密輸してくれたこと」

「密輸だって？」

「以前、うちの工房では玉虫色のシルクが織れなかったの。それがミセス・エルコーンのいとこの友人にフランス人の兄弟がいて……わたしがなにも言わないうちに、ほしかった織機を手に入れてくれたのよ」

ジェームズは唐突に笑いだした。「つまりぼくたちはどちらも、完全に法の範囲内で財産を築いたわけじゃないってことだ」

「〈ライバーン織工房〉と海賊を一緒にしないで」テオは心外だと言わんばかりの声を出した。

「陶磁器工房はどうだったんだい？　どうやって軌道にのせた？　リードの助言どおり、〈ウェッジウッド〉から職人を引き抜いたのかい？」

「あら、まさか。そんな汚いまねはしないわ」

ジェームズは上体を前に倒した。テオの好戦的なまなざしや、自信に満ちた口調がたまらなく愛おしかった。「話してくれ」

「妥当な手当を提示しただけよ」テオは不敵な笑みを見せた。「卑怯な手段なんて使わなくても、職人たちのほうから雇ってほしいと言ってきたわ。おそらく〈ウェッジウッド〉では腹を立てた人もいるでしょうね。でも、本当にわたしとは関係のないことよ。〈ウェッジウッド〉の職人には声をかけることすらしていないんだから。〈アシュブルック陶磁器工房〉のほうが払いがいいという噂が職人たちのあいだに広がったからといって、文句を言われる筋合いはないわ」

ジェームズは噴きだした。

「そういうわけで、〈アシュブルック陶磁器工房〉には最初から最高の職人がそろっていたの」テオはタルトを平らげた。「デザインのテーマを古代ギリシャや古代ローマにしたら、幸いにもそれがロンドンの人たちに受けたのよ」

「織工房と同じ戦略だな」ジェームズは感心して言った。「ルネサンス期の布に、古代ギリシャや古代ローマの陶磁器か……」

ふいにテオがベッドから出て、小走りで棚のほうへ向かった。たちまちジェームズはなについて話していたか忘れてしまった。長く優美な脚、愛らしく引きしまったヒップ、きゃしゃで上品な肩。炎に投げこまれた枝の束のように、ジェームズは全身が一瞬にして燃えあがった。

テオは大判の本を抱えてベッドに戻ってきた。ベッドにのってシーツを引っぱりあげ、本を開く。

「これが今年の〈ライバーン織工房〉の布見本なの。ほら、見て」示された布を見ようと、ジェームズは意識を集中させた。黒い布だ。しかし、布をはりつけた本の向こうに、シーツとそこからのぞく白い腿が見えた。あの繊細な肌に舌をはわせたら……。

「飛んでいる鳥の図柄よ」テオが言った。「近づいて見ないと、図柄があることさえわからないでしょう?」

「ほう」ジェームズはうわの空で答えた。

「赤ちゃんを亡くした職人がいてね」テオはそっと言った。「その人がデザインしたの。亡くなった娘さんが、ここよりもすてきな世界に飛んでいけますようにという願いをこめて」

「それはすばらしい」今度はジェームズも心の底から言った。

「首相が撃たれたとき、この図柄は週に一三巻きも売れたのよ」テオの口調が商売人のそれに戻った。

「首相が撃たれたのか？」ジェームズは眉をあげた。「なんという名前の首相だい？　撃たれたのはいつだ？」

「スペンサー・パーシヴァルよ」テオは驚いて答えた。「一一日に暗殺されたの。航海のあいだ、そういった情報はまったく入ってこなかったの？」

「ごく限られた情報しか手に入らない。だから毎朝、新聞を読む生活が恋しかったんだ」

「首相が暗殺されて儲かったなんて不謹慎だけれど……」テオは言った。「哀れな首相には一三人も子供がいてね。未亡人となった奥様がこの図案をとても気に入ってくださったの。そうしたら、みんながうちの布で仕立てた喪服を着るようになったというわけ。悲しかったけれど、誇らしい気分でもあったわ」彼女は口ごもった。「そういう気持ちってわかるかしら？」

ジェームズはうなずいた。「奴隷船を発見したときも複雑な気持ちになる。海賊との戦いが怖いからではなくて、船を乗っとったあと、そこで見るものが予想できるからだ」

「新聞で読んだことがあるわ。不潔で悪臭漂う船倉に人が押しこまれているんでしょう？　生きている者も死んでいる者も一緒くたで、ろくに食べ物も与えられず、光を浴びることはおろか換気すらできない場所で。まったく言語道断だわ！」

激昂したテオは輝いていた。他人にこれほど強い同情を抱けるとは。テオは頑固かもしれないが、心根のまっすぐな女性だ。そうだ、そこに訴えてみたらどうだろう？

「奴隷商人を始末したあとは、奴隷として連れてこられた人たちに選択してもらうんだ。金貨を持って故郷へ帰るか、ぼくたちと一緒に最寄りの港まで航海するかをね。もちろん、奴隷船で見つけた財宝はすべてくれてやった」ジェームズは真摯な顔で言った。

すると予想どおり、テオが目を潤ませて軽いキスをしてくれた。その身体に腕をまわし、彼女を上にしてゆっくりとベッドに仰向けになる。

テオが目を見開いたが、ジェームズはかまわず口を開いて、彼女の舌を招き入れた。テオがベルベットのような舌をおずおずと差しこんでくる。身体が燃えつきそうに高ぶっているというのに、ジェームズはおだやかで戯れるようなキスをした。

「あなたのキスが好きよ」しばらくして、テオがつぶやいた。彼女の唇はルビーのような赤に染まっていた。

「それはこっちのせりふだ」ジェームズは正直に言った。

テオが指でジェームズの太い眉をなぞる。「それが本当なら、七年も帰ってこないはずがないわ」

「数年経ったら戻ろうと思っていたんだ。海賊から没収したたくさんの布を手土産にね。毎晩、きみの夢ばかり見ていた。父との会話を聞かれたあとでなんと言えばよかったのかを繰り返し考えた。たいていは、きみを寝室に閉じこめて、どちらもなにも感じなくなるまで身体を重ねるという結論に至った」

テオが弱々しい笑みを浮かべた。「あのときは、それじゃあだめだったでしょうね」

「二、三年後ならどうだったと思う？」

テオはしばらく沈黙したあと、そっと刺青をなぞった。「効いたかもしれないわ。どうして戻ってこなかったの？」

「父が死んだ」

「ああ、そうだったわね」テオは指を離して、刺青にキスをした。

「父の死を知ったときは、崖から突き落とされたような気がした」ジェームズは暗い顔で言った。「父が愚かな詐欺師だったことは否定しない。物心ついたころには、飛んでくる花瓶や人形をよけながら父みたいにはなるまいと誓っていたし、イングランドを出たときも、これで二度と顔を見なくてすむと思った。息子の幸せを金で売った男など、縁が切れてせいせいすると……」

「今は？」

「父は悲嘆に暮れて死んでいったんだろうな。ひとり息子の生死もわからなかったんだから。あの人はあの人なりに、ぼくを愛してくれていたんだと思う」

テオは目を伏せた。

「父は……ぼくの名を呼びながら死んでいったんだろうか?」ジェームズは金属がきしむような声で尋ねた。

テオがジェームズの頰に片手をはわせた。「とても混乱していらしたわ。あなたの名前を呼んだから、次に目を覚ましたときは戻っているはずだとお伝えしたの。そうしたらほほえんで眠りに落ちて、そのまま目を覚まさなかった」

ジェームズはしばらくうつむいていた。「本当に短絡的で利己主義で、どうしようもない人だった。それでも、ぼくを愛してくれた。ぼくはひとり息子で、父にとっては母を偲ばせる唯一の存在だった。自分の結婚も便宜上のものだと言いながら、あの人は母のことも愛していたんだ」

テオはうなずいた。それからジェームズに顔を寄せ、刺青の上にもう一度キスをした。

「父の死を知って、ぼくは自分を見失った」ジェームズはテオのヒップに手をあて、自分のほうに彼女を引き寄せた。「判断力を失っていたんだと思う。髪を短く切って愛人を作り、さらにふたり愛人を作った。自分みたいにだめな男が、イングランドへ戻っても意味がないと思った」

テオの唇がジェームズの唇にふれる。

「ぼくはジェームズ・ライバーンを抹殺したんだ」ジェームズは淡々と言った。「そしてジャック・ホークになり、二度と故郷には戻らないと誓った」

「それが、喉を切られて変わったのね」

「そうだ」ジェームズはテオを見て口ごもった。真実が喉元まで出かかっていたが、彼女にはそれを受けとめる準備ができていないように思われた。「絶望的だと言われたけがから回復したとき、ここへ戻りたいと思った。そのころグリフィンとぼくは私掠船乗りとして成功していた。海賊から奪った財宝はもちろんのこと、世界中のさまざまな銀行に預金もあった。だから死と隣り合わせの毎日とはおさらばして、イングランドへ戻ろうと思った」

テオはジェームズにほほえみかけた。「これまでの活躍からすると、イングランド政府は、あなたをつかまえるよりも、騎士の称号を授ける可能性が高いんじゃないかしら」

「そうかもしれないな」ジェームズの心を大いなる安堵が包んだ。

「命を懸けて奴隷を助けるなんて……」テオがきまじめな顔になる。「そんな人の妻でいられて誇らしいわ」

ジェームズはテオに強く唇を押しつけ、息が続かなくなるまでキスをした。

「デイジー、ぼくと愛を交わすとき、いやだと思うことはしなくていい。気に入ることだけすればいいんだ」

テオは唇を嚙んだ。

「浴槽でふれられたときは、気持ちよかっただろう？」ジェームズはやさしく指摘した。

意外にも、テオは笑顔になった。「あれが気持ちよくなかったら、どうかしているわ」

「キスも好きだね？」

「わたしは正常だもの」

「下着をつけないでくれなんて、二度と言わないよ」

「どうしてあんなことを言ったの？」

「きみがほしくて、頭がどうかなっていたんだ。それに、情熱的に応えてくれるのがうれしかった。屋敷じゅうできみを抱く場面を妄想した。階段で、食料貯蔵室で、窓辺で……そのためには下着をつけていないほうが楽だろう？　スカートをめくるだけですむからね。ぼくが愚かだった。だが、若い男というのはそういうものなんだ」

テオの指がふたたび刺青をなぞる。ジェームズはその感触に酔いしれた。だんだん自制心がきかなくなってきている。テオのやわらかな身体をむさぼりたくてたまらない。

ジェームズは大きく息を吸って、欲望の手綱をしめなおした。爆発寸前だと知られたら、テオは寝室から逃げだしてしまうにちがいない。

彼は物憂げでからかうような表情を繕った。

「そう」テオはまだ納得がいかないらしい。

「デイジー、きみの秘密の場所にキスをしたかったんだよ」ジェームズは本心を打ち明けた。

「やわらかくて、ピンク色で、とても甘い場所に」

「わたしはテオよ」彼女はやさしく言った。

「ぼくは一九歳の若造だった。結婚した男女がなにをして、なにをするべきでないかなんて、まったくわかっていなかった。男同士ではそういう話をしないし、そもそも親しい男友達もいなかった」

テオはうなずいた。

「ぼくにはいつだってきみがいた」ジェームズはまばたきさえも記憶に焼きつけるかのように、テオをじっと見つめた。「きみを辱める行為だと知っていたら、あんな要求はしなかった。書斎できみに誘われたときは有頂天で、断るなんて思いつきもしなかった。あれが書斎じゃなくてケンジントン・スクエアだったとしても、ぼくはためらわずにズボンをおろしただろう。きみを愛していた。それと同じくらい、きみの身体に魅了されていたし、きみを抱きたくてたまらなかった」

「つまりあなたにとっても、あれは新鮮な体験だったのね」

テオがほほえむ。ジェームズはなによりテオの笑顔が好きだった。彼女に笑いかけてもらうためだけに一生を費やしてもいいくらいだ。だが、ひとつだけうしろめたいことがある。愛を交わす前に打ち明けておきたい。

「ひとつ、謝らなきゃならない」

「なに？」テオの笑みが揺らいだ。

「グリフィンと賭けをしたんだ。どっちが早く妻をベッドに連れていけるか」

たちまちテオはジェームズを押しのけ、ベッドの上に膝をついた。「なんですって？」

「グリフィンと――」

「それは聞こえたわ。どうしてそんなことをしたの？」

テオはジェームズをにらんでいたが、怒っているというよりも、あきれている様子だった。

「ぼくが愚か者だからだよ。賭けを言い訳に自分を駆りたてようとした。でも本当は、きみをとり戻せればなんでもよかったんだ。そのために帰ってきたんだから」

男というのはなんて面倒な生き物だろう。膝を抱えたテオは、いつの間にかシーツが消えていることに気づいて驚いた。さっきから一糸まとわぬ姿でいたのに、まったく意識していなかった。

昨日なら屈辱的だと思った状況も、今はそんなふうに感じられない。自分の気持ちはわかっている。愚かしくも、ジェームズをふたたび愛するようになったのだ。

ジェームズは話しつづけた。「今ならきみを手伝って、領地を切り盛りできる。グリフィンと組んでいたとき、金銭的なことはぼくが管理していたからね」

「預金があると言っていたわね？」

「充分な額だ。金塊もある」ジェームズは起きあがり、ベッドの頭板に背中を預けた。「宝石もね。五つの国の銀行に預けてあるんだ」

テオは脚をのばし、ベッドからおりた。「シーツがぐちゃぐちゃだわ」腰に両手を置いて、ベッドの上を見まわす。

ジェームズはもはや限界だった。

「まだ飢えているの？」

「ああ」ぼんやりと答える。

「食事のことよ」テオが言いなおす。

「腹はいっぱいだ」

「よかった」テオは皿を重ねて鏡台の上に片づけた。それからワインの瓶やグラス、ナプキンと、まだ手をつけていない小さなケーキをテーブルに移す。「そこをどいて」

ジェームズはのろのろとベッドからおり、これから先、人生のかなりの部分を妻の尻に敷かれて過ごすのだろうと覚悟した。何百回もベッドメイクをさせられるにちがいない。だが、それでもいい。海の上の気ままな暮らしなど、テオのキスひとつ分の価値もない。

「さあ、シーツを整えるわよ」

ジェームズはテオを見た。「スコットランドの島へ移住して、シーツなんて一枚もない小屋に住もう」

「いやよ」テオが言った。「そっち側に立ってくれたら、きちんとシーツを整えられるわ」

ジェームズはそのとおりにした。「次は?」

「上掛けをかけるの」

「それで?」

テオが顔をあげる。誘うような視線に、ジェームズの下腹部を衝撃が貫いた。

「きちんとした夫婦らしく、愛を交わすのよ」

「本当かい?」ジェームズはうめくように言い、竜巻のごとき速さで上掛けをベッドにかけた。「どこで?」

「上掛けの下よ」テオが教えた。「暗闇のなかで」

「そうだな」ふたたび受け入れてもらえるのなら、場所や方法はどうでもよかった。

数分後、テオはろうそくを消し、アルガンランプの炎をいちばん小さくして、手探り状態でベッドに戻ってきた。

ごつんという音に続いて〝もう！〟という声が聞こえてくる。ジェームズはにやりとした。航海中は夜中に船のなかを歩きまわることもしょっちゅうだったので、闇でもある程度は目がきく。強烈な欲望に震えながら待っていると、ようやくテオが上掛けの下に入ってきた。

あとひとつだけ、言っておかなければならないことがある。

「愛しているよ」ジェームズは闇に向かってつぶやき、なめらかな髪に両手を滑らせた。

「きみは優雅すぎるし、美しすぎるし、賢すぎる。それでも愛しているんだ。そういう欠点も含めてね」

テオは鼻を鳴らしたあと、身体をひねってジェームズの手首にキスをした。

これから一生、闇のなかでしか妻を抱けないとしてもかまわない。光などいらない。必要なのは、あたたかくて甘い香りのする身体だけだ。

テオが背中を弓なりにそらして息を吐く。唇と唇が重なった。ジェームズがテオの内腿に手をはわせると、彼女の喉から高い声がもれた。さらにあたたかく潤った部分へ手を移動させ、あえぎ声を引きだした。

シーツがめくれそうになるたびに、ジェームズはきちんとかけなおした。彼はキスの雨を降らせながら唇を腹部へ移していった。すると、テオが初めて口を開いた。

「まさか……あ、あれをするんじゃないでしょうね？」

「するとも」ジェームズはできるだけおだやかな声で答えた。「そうしなきゃならない。あれがいやだなんて、きみは言わなかっただろう？」

テオが不明瞭になにかつぶやく。ジェームズはそれを承諾と受けとった。好奇心旺盛なデイジーの復活だ。

きっと神々の酒はこんな味がするのだろう。七年越しの夢を実現させて、ジェームズはそんなことを考えた。テオの秘密の部分をからかうように舌先で刺激してから脚を開かせ、さらなる探索を続けると、彼女が脚を突っぱるのがわかった。全身を針金のようにぴんとのばす。小さなあえぎ声を聞きながら、ジェームズは口の動きをゆっくりにして限界までじらした。

いよいよテオが絶頂を迎えそうになると、ジェームズは顔をあげてシーツの下でつぶやいた。「赤ん坊ができるのは避けたほうがいいだろうな」

テオが鋭く叫んだ。「やめないで！」

「する前にちゃんと話そう」ジェームズは食いさがった。「やはり子供は持つべきじゃないと思う。気持ちが変わったんだ」敏感な箇所に息を吹きかけ、シルクのような肌を親指でなでおろす。

ジェームズの手の下で、テオの身体が震えた。次の瞬間、シーツが消えたかと思うと、彼女が叫んだ。「なんですって？」

「子供はなしだ」ジェームズはテオのきつくしまった部分に指を押しこんだ。それだけで達しそうになる。こんなに興奮するのは一六歳のとき以来だ。声がもれないように唇を噛む。

「どうしてなしなの？」テオが低い声でささやいた。

「きみ以外の誰のことも、きみを愛するようには愛せそうもないからだ。これまでもそうだったのかもしれない。ぼくは偏狭な男なんだ。子供に寂しい思いをさせたくない」それはテオの口から子供がほしいと言わせるための罠だが、まったくの嘘でもなかった。テオへの愛情はそれほどまでに大きく、ほかにまわす分などないように思えた。

指を二本に増やすと、テオが小さく悲鳴をあげた。

「シーツを引きあげなくていいのかい？」ジェームズはふたたび顔をあげた。

「いいからやめないで！」甲高い声がジェームズの背骨に響く。彼は命令に従った。

テオがすすり泣いて震えはじめると、ジェームズはようやく脚のあいだを攻めるのをやめ、目線が同じになるまでテオの身体を引きあげた。「ぼくが下になったほうが楽かな？」

テオはほとんど聞いていないようだ。ジェームズは仰向けになって彼女を抱きあげた。

「もう少し下にずれてくれるかい？」丁寧に尋ねる。腕をきつくつかまないよう注意しつつも、心の底では一刻も早く、熱く潤った場所に身をうずめたくてしかたがなかった。

「いいわ」テオがぼんやりした声で答える。

「あまり長くはもたないよ」肌と肌のこすれる感触にはっと息を詰めて、ジェームズは言った。

テオが動きをとめる。

「デイジー?」ジェームズの両手は震えていた。テオの腕から手を離してシーツをつかむ。テオを怯えさせたくはない。嫌われるようなことはできない。

次の瞬間、テオが身体を離したので、ジェームズは静かにうめいた。これでは拷問だ。

「ランプをつけるわ」テオはよろめきながらベッドから出た。紳士ならば起きあがって手を貸すところだが、とてもそんな余裕はなかった。紳士どころか、血に飢えた海賊そのものだ。自分を抑制するいっさいの方法を失いかけている。それもこれも、長く待ちすぎたせいだ。

テオが壁際に置いてあったアルガンランプを見つけ、炎を最大にする。ランプの光に照らされて、彼女の身体が雪花石膏《アラバスター》のように輝いた。テオがその場でぐずぐずしているので、ジェームズは小さくうめいて上体を起こした。目下、身体を折り曲げるには不都合な状態だ。

「戻ってこないのか?」ジェームズの声は低く、ざらついていた。

テオはマントルピースの横に立って、両手を腰にあてている。

「どうしたんだ?」ジェームズは感情を抑えて尋ねた。「さあ、戻っておいで」

「わたしたちは」テオは手をふった。「前とはちがう」彼女の黒い瞳はやわらかな光をたたえた泉のようだ。唇はふっくらとつやめいている。「ぜんぜんちがうと思わない?」

「そうだな。きみは以前よりもずっと美しく、女らしくなった」ジェームズは辛抱強く言った。「そして、ぼくは年をとった」

テオは口を開け、しばらく考えてから言った。「ちゃんとしなくちゃだめね」

「なんでもきみの気のすむようにするよ」ジェームズは即答した。「もうあんなことをさせはしない――」

「やめて」テオが大きな声を出した。

「なにを？」

「そういうことじゃないの」

ジェームズは咳払いをした。テオがなにを求めているのかわからない。こんなことで結婚生活を継続できるのだろうか？

しかし次の瞬間、ジェームズは腹を決めた。大股でテオに近づき、腕をつかむ。

「きみはぼくの妻だ」

テオが顔をあげる。ほっそりした首筋に鼻をこすりつけたい、とジェームズは思った。彼女の全身にキスをして、なかに押し入り、あらゆる場所に唇をはわせたい。テオの身体を堪能して、テオにもぼくの身体を堪能してもらいたい。

「きみはぼくに抱かれるのが好きだったじゃないか。ぼくだってきみを抱きたくてたまらない。だが、しつけのいいスパニエル犬にはなれないんだ」欲求不満のせいで怒鳴るような言い方になった。

けれども、テオは怯えていなかった。むしろほっとした顔でジェームズの首に腕をまわし、自分のほうへ引き寄せた。

ジェームズはテオを抱きあげ、投げるようにベッドに落としてのしかかった。

「ぼくには刺青も傷もあるし、身体だってきみよりずっと大きい」

テオの口元が弧を描く。ジェームズの心にかすかな希望がわいた。

「それは見ればわかるわ」テオが甘い声で言い、ジェームズの首にまわした手を腕に移動させた。

「怖いかい？」

笑い声が答えだった。

「きみがどんな下着をつけようがかまわない。だが、ふたりきりのときは引き裂いてしまうかもしれない。きみがほしくて、頭がどうかなりそうなんだ。ずっと求めていたのはきみだけだ」ジェームズは深く息を吸った。「きみと離れていた七年間、ぼくは生きていないも同然だった。きみにとっても、世界にとっても、そしてぼく自身にとっても、死んでいたようなものだった」

テオはやさしくジェームズの頰に片手をあてた。「でも、こうして戻ってきてくれたじゃない」

「そうだ、戻ってきた。でも、愛玩犬になるつもりはない。きみもならないでくれ」ジェームズは訴えた。

テオが眉根を寄せる。

「いろいろ悩んだっていいじゃないか。昔のように活き活きとした好奇心をとり戻してほしいんだ」ジェームズは一語一語、言葉を選びながら話した。「ぼくと離れているあいだ、きみもある意味では死んでいたんだ。傷つくのがいやで、幸せを遠ざけていた」

「あら、幸せだったわ」テオは反論した。「ときどきはね」

「秩序なんてくそくらえだ。人生はもっと猥雑なものだ。ごちゃごちゃしていて、みっともないものなんだよ。欲望も同じだ。ぼくにとっては、きみの身体は隅から隅まで愛おしい。ぼくたち夫婦がベッドでどう過ごそうと、ほかのやつらには関係ない」

テオが唇を震わせた。それがいい兆候なのか悪い兆候なのか、ジェームズにはわからなかった。

「きみはしたいようにすればいい。ぼくがそれを拒むことはぜったいにない。ぼくはきみのあらゆる場所にキスをしたい。昔からそう思っていたし、今だってそうだ。むしろその思いは強まる一方だよ。いつか摂政皇太子と食事をとる機会が訪れたとしても、ぼくはテーブル越しにきみを見つめ、どこでどんなふうにキスをするか考えるだろう」

テオの目に涙がにじんだ。

「ここや」ジェームズはテオの下唇に指をはわせた。「ここ」身体を横にずらして片方の乳房をわがもの顔でつかみ、その感触に声をもらす。だが、まだ終わりではない。「ここも」テオの視線をとらえたまま、ジェームズはすばやく、そして荒っぽく腹部をなで、腿のあいだの琥珀色の茂みにふれた。そこはすでに潤っていてあたたかく、ジェームズを差し招いていた。「そして、ここにも」もっとも親密な場所に指を滑りこませる。

テオが息をのんだ。反射的に身体をよじりながらも、恍惚とした表情を浮かべる。

「きみの身体でキスをしたくない場所なんてひとつもない。あらゆる場所に欲望を感じる。きみの乳房は世界でいちばん美しい」ジェームズは頭をさげて胸の頂にキスを落とし、舌でたどった。「そしてここはいちばん……」

彼はさらに頭をさげた。テオが苦しげな声をあげて、ジェームズの頭を引きあげようとする。

それでも、ジェームズはあきらめなかった。まだ満足できない。

「きみが許してくれるなら、摂政皇太子の真ん前でキスをしたっていい。ぼくにはきみしかいないんだ。きみのために戻ってきたんだよ」

「戻ってきてくれてうれしいわ」テオはささやいた。水晶のような涙が頬を滑り、髪のあいだに消えた。

「最初から離れるべきじゃなかった」

さらなる涙が頬を伝う。ジェームズは涙のあとを親指でなぞり、テオをきつく抱きしめた。

「愛しているよ」彼女の髪に向かってささやく。テオはジェームズの胸に顔をうずめていた。

「きみが愛していると言ってくれないから、代わりに言おう。きみもぼくを愛しているんだ」限界を感じたジェームズは、身体を引いた。「これからぼくなりのやり方できみへの愛を証明する。異議があるなら言ってくれ。そうでなければ、口をつぐんでいてくれ」

テオが瞳を輝かせた。ジェームズは彼女の膝を大きく割り、いっきに貫いた。

テオは身体を弓なりにそらしてうめき、太い腕をきつくつかんだ。「もう一度、お願い。ジェームズ、お願いだから」

ジェームズは要求に応えた。

「ああ、とってもいいわ」

達しそうになったジェームズは深く息を吸い、暴走すまいと歯を食いしばった。

「きみのために完璧な紳士でいられたらと思うよ」うめくように言う。「だが、ぼくは飼い慣らされる男じゃない。そういう生き方はできない。トレヴェリアンみたいに、人をこきおろして楽しむこともできない」

テオは胸が張り裂けそうな思いで夫を見あげた。力強くて、激しくて、支配欲が強いジェームズ。目の下に刺青を入れているし、居間でとり巻きと談笑するところなど想像もできない。やたらに散らかすし、新聞は床に投げる。ベッドメイクも下手だ。わたしを尊敬してくれてはいるが、そう簡単に言いなりにはならないし、キスすべきでない場所にキスをしようとする。

紳士とは言えない。

それが聞こえたかのように、ジェームズがテオのヒップをつかんで、いっそう深く貫いた。テオの口からもれた悲鳴は身体の奥深くの、本人も存在するとは思っていなかった場所からわいてきた。ジェームズが顔をさげ、鼻と鼻をこすり合わせて宣言する。「どうだい、ぼくの一物は完全にきみのなかに没している。レディはこういう物言いを嫌うんだろうが、きみは好きなはずだ。そうだろう?」

テオはうなずいた。ジェームズが腰を波打たせる。

彼女はふたたび悲鳴をあげた。

「これは〝なまめかしいまじわり〟でもなければ〝快楽的な結びつき〟でもない」ジェームズは歯を食いしばって爆発しそうになるのをこらえた。「〝愛の行為《アクト・オブ・シエイム》〟だ。そして、ぼくたちはこの行為を恥じてはいない《ノット・アシエイムド》」

その夜、ふたりはベッドの上で跳ね、シーツのあいだで踊った。つかみ合い、もみ合い、欲望のままに相手を愛撫した。すべてが終わったあとはたわいないおしゃべりをし、それからふたたび力つきてくずおれるまで、上掛けの下でもつれ合ってダンスをした。シーツはとうの昔にどこかへ消えていたが、テオは気づきもしなかった。

それぞれ相手を気持ちよくさせようと工夫を凝らし、息をのみ、叫び、完全にわれを忘れた。ふたり同時にそうなるときもあった。

それから四日間、アシュブルック公爵と公爵夫人は寝室から出てこなかった。ふたりはほとんどの時間をベッドの上で過ごしたが、浴槽のなかや、小さなスツールの上、そして床の上でも愛を交わした。

ある朝、暖炉に火を入れに来た侍女が、夫妻の行為を目撃しそうになった。公爵はすばやく妻の身体にシーツをかけ、公爵夫人はシーツの下でくすくすと笑いつづけた。

何日目かに公爵が、パリであつらえたひと財産するケープを窓から捨てた。ハクチョウの羽毛を使ったケープは庭に落下して生け垣に引っかかり、バラのような色合いの裏地が太陽の光に輝いた。

「前回とまったく同じですね」従僕のひとりがメイドロップに言った。「七年前はあの窓から、奥様のウエディングドレスが落ちてきました」

ようやく寝室から出てきた公爵はメイドロップを呼び、新聞記者役をさせていた者たちを解散させていいと小声で指示した。


いつもきちんとしていたはずの公爵夫人は、じきにおろしたままの髪や乱れた服装に違和感を抱かなくなった。少なくとも一日のうちの数時間は許されるだろう。公爵は、妻が一七歳のときと少しも変わらずに美しいと信じこんでいる。公爵におしゃれのなんたるかを理解させようとしても無駄だが、服を着ていない状態について彼ほど詳しい人はいない。

公爵夫人は幸せだった。

そして、ふたりの結婚は続いている。

やや長めのエピローグ

一八一七年五月
摂政皇太子主催の舞踏会

婚姻制度ができて以来、夫婦になったすべての男女が悟ったように、結婚生活はバラの花びらで飾られたベッドだけではなりたたない。

摂政皇太子がジェームズにバス勲章を授ける日の午後、アシュブルック公爵家のタウンハウスにテオの怒声が響いた。彼女が大事にしていたカメオ風の浮き彫り彫刻がなされた魚の置物を、ジェームズが割ったのだ。〈アシュブルック陶磁器工房〉でもいちばんの職人が腕をふるった作品を。

「書斎の入口を入ってすぐ脇にそんなものを置くほうが悪い！」ジェームズが開きなおって言い返す。「なにも知らずに書斎に入ったぼくのほうがいい迷惑だ。本物の魚だけ相手にしていればよかったころが懐かしいよ」

「いいわ！」テオも負けていなかった。「魚臭い友人たちのもとへ戻ればいいじゃない！」

書斎の外で激しい応酬を聞いていたメイドロップは、急いで従僕を遠ざけた。経験上、公爵とその夫人は寝室以外でもふたりきりの時間を必要とするときがあると知っていたからだ。予想どおり、一時間ほどして書斎から出てきた公爵夫人は、髪が肩に乱れかかり、ネックレスの留め金が胸の上に垂れていた。しかも彼女は、自分の足で立っていなかった。公爵は妻を抱いて移動するのが大好きなのだ。これを目撃した召使たちは、〝あれだけ筋肉がついてるんだから、どこかで役立てないわけにいかないものね〟とささやいて忍び笑いをもらした。

このように衝突することはあっても、ふたりでいれば生きる喜びは二倍になる。仲なおりが終わったあと、ジェームズは刻一刻と迫ってくる舞踏会を憂いつつも、顔がにやけるのをとめられなかった。不幸な奴隷たちを救出した業績に対して、彼は国王から褒賞を受けることになっていた。堅苦しい場は苦手だが、たったひと晩飾り帯と窮屈な衣装を辛抱すれば、イングランド全土における奴隷制度廃止（売買のみならず、使用も含めて）の投票に有利に働くのだから、やるしかない。少なくとも、沐浴《バス》によって身を清める儀式が省略されたことに感謝しなければ。

なんといっても、最愛の妻が授章式を楽しみにしている。妻の望みはできる限りかなえるのがジェームズの信条だ。たとえそのために、ベルベットの肩掛けをかけられたクジャクみたいな気分になるとしても。

そういうわけで、ジェームズは寝室で、従者のゴスファンに世話を焼かれていた。真珠がたくさん縫いつけられた胴着《ダブレット》を着て、赤い鱗模様の丈長の上衣をはおる。上衣は白いサーセネットで縁取られていた。続いて、白の飾り帯をしめる。そこへゴスファンが、荷馬車の車輪と見まがうほど大きな金の拍車がついたブーツを持ってきた。

ジェームズはうさん臭そうにブーツを見た。「こんな下品な靴をどこで調達したんだ?」

「バス騎士団のために特別にあつらえられたものでございます」ゴスファンが答える。

ジェームズはしぶしぶブーツに足を突っこんだ。

「次は騎士団のマントです」ゴスファンは厳かに言い、うやうやしく上衣と同色のマントを広げてジェームズの肩にかけ、白いレースの紐を結んだ。

ジェームズは鏡をにらみつけた。「白いレースだと、ゴスファン? 白いレースだぞ! これじゃあ馬の尻みたいだ」

ゴスファンはかまわず別の箱のふたを開けた。ちらりと見ると、ゴスファンが赤いボンネットをとりだすところだった。ボンネットだって?

これまでジェームズはなにを着せられてもあまり文句を言わなかった。妻はファッションに関して確固たる意見の持ち主なので、ベルベットやシルクを、それも男らしいとは言えない色合いの(ひどいときには花模様の刺繍が施された)服を夫に着せるのが大好きだった。彼女の意見では、ジェームズはとっぴな服装をすればするほど海賊らしく見えるらしい。妻が海賊っぽい服装に弱いことを知ったジェームズは、文句も言わずにその姿で外出したので、今や〝なんとも形容しがたいピンク色の上着〟がジェームズのトレードマークだった。

それでも、ボンネットはやりすぎだ。ジェームズは無言で手を差しだした。ゴスファンがボンネットを手渡す。そのあとゴスファンは、主人がボンネットを真っぷたつに引きちぎって窓からほうり投げるさまを悲愴な面持ちで見守ることになった。

「ああ、儀式用のボンネットが……」泣きそうな声で言う。

「かつらならかぶってやる」ジェームズは妥協のつもりで言った。

気をとりなおしたゴスファンは、次に大きなブドウの粒の大きさほどもあるダイヤモンドがついた飾りピンを持ってきた。

「どこからそんな奇っ怪な代物を持ってきたんだ？」ジェームズは手をふって飾りピンを拒絶した。

ゴスファンがしたり顔で答えた。「奥様からの贈り物です。バス騎士団に入団されるお祝いに」

ジェームズはため息をついた。ゴスファンは深紅のマントにピンを刺した。

「なんといっても、旦那様は海賊公爵なのです。どんなお召し物を着てこられるか、みなさん期待されているんですよ」

ジェームズにしてみれば、他人の服装をいちいち気にかけるようなまぬけどもの期待などどうでもよかった。

「今夜の妻は格別豪華に装っているのだろうな」

「たしか一時から準備をしておいでです」ゴスファンが請け合った。この従者は、ロンドンでもっとも粋な女性と同じ屋根の下にいることが誇らしくてたまらないのだ。一時からだとすでに三時間が経過しているが、テオのことだからおそらくあと一時間はかかるだろう。

始まってみると、儀式はそこまで耐えがたくもなかった。慈悲深い摂政皇太子は授章式を手短に切りあげてくれた。あとに続く舞踏会で、ジェームズは一一人の高名な騎士たちから祝福の言葉をかけられた。彼らはジェームズを含めた一二人のバス騎士団こそ、イングランドの選ばれし者だと信じきっているらしかった。ジェームズは鼻で笑いたいのをこらえて、戦争時の活躍で勲章を授与されたサー・フランナーに、反奴隷法案への支持を訴えた。

その夜の《ナイト》――騎士の《ナイト》――責務を立派に果たしたジェームズは、妻の姿を捜そうとした。しばらく前から見あたらなかったのだ。今や妻はどこへ行っても引っぱりだこで、新聞各紙は催し物があるたびに、彼女の発言と装いをもらさず報じた。玄関を出るとき、公爵夫人が現れるのを待つ大衆紙の記者がいなかったことなど記憶にないほどだ。

記者たちは海賊公爵とその野蛮な刺青についてもよく話題にした。記事の内容に多少の差はあるものの、結びは決まって、ロンドンでもっとも優美な女性が貴族のなかでも飛び抜けて武骨な男との結婚生活にどうして辛抱できるのかという疑問でしめくくられていた。

ただし、公爵夫人が夫を愛しているのは疑う余地もない。めったに笑わない彼女が、公爵と一緒のときはほほえむからだ。

ジェームズにとってテオはどんなときも愛らしいが、笑ったときは格別だった。とくに自分に向かってほほえんでくれたときは……。

一連の行事が始まってからすでに二時間半が経過している。ジェームズは本気で妻を捜しはじめた。一〇人以上の人がいる場所に三時間以上とどまらないのが夫婦のルールだ。テオは寝室でルールを曲げることはあっても、それ以外の場面ではきっちり守る。いずれはジェームズも、朝食のときに新聞を床に落とすのをやめなければならないだろう。

応接間をのぞいてみたが、妻の気配はない。カード室にも舞踏室にもいなかった。残るは二階だ。

階段をあがって、いかめしい顔をした王家の面々の肖像画を眺めながら長い柱廊を歩いていると、角の向こうからジェフリー・トレヴェリアンの間のびした声が聞こえてきた。テオはジェームズの気持ちを承知のうえで、今でもときおりトレヴェリアンとダンスをすることがある。夫が嫉妬するのを楽しんでいるのだ。

不快な思いをしたくないので、ジェームズは拍車のついたブーツを別の方向へ向けようとした。そのとき、トレヴェリアンが尊大な声で言った。

「そういえば、〝みにくい公爵夫人〟の格好を見たか？　まるで皇帝みたいだったな」トレヴェリアンが忍び笑いをする。「いくら上等な服を着たって、女らしい曲線や繊細な顔立ちが手に入るものじゃない。まじめな話、彼女は男じゃないかと思うんだ。知ってのとおり、海賊は――」

ジェームズは角をまわりこんだ。トレヴェリアンが驚愕の表情で口をつぐむ。

癇癪を抑えるすべを学んだとはいえ、ここで怒らなかったら腰抜けだ。ジェームズはトレヴェリアンのクラヴァットをつかんで身体ごと持ちあげ、壁に背中を打ちつけた。

「ぼくの妻によくもそんな口を！　性根の腐ったくずめ！　おまえみたいなやつは妻の視界に入る価値もない！」

トレヴェリアンの顔は奇妙なプラム色に染まっていた。返事をする気配はない。おそらく息ができないせいだろう。それならそれでかまわない。とくに返事を期待しているわけではなかった。

ジェームズはもう一度、トレヴェリアンを壁に打ちつけた。「彼女はロンドンでいちばん美しくて」どすん！「気高い」どすん！「女性なんだ！」

階段を駆けあがってくる複数の足音が聞こえても、ジェームズはやめなかった。

「妻より美しい女性など見たこともない。中国でも」どすん！「インドでも」どすん！

「当然ながら、このブリテン諸島でもな。さらに重要なのは、彼女が信じられないほど思いやり深いことだ。おまえみたいないやらしい、しなびた虫にもちゃんと声をかけて」どすん！　どすん！　どすん！

誰かの手が袖にふれるのを感じたジェームズは、歯をむいてふり返った。テオだ。

「そのくらいにしてあげて」

彼女のひと言で、魔法のように怒りが解けた。ジェームズは汚れた洗濯物のようにトレヴェリアンを床に落とした。

トレヴェリアンがすかさずはって逃げようとする。

「おい、貴様！」〈ポピー・ジュニア号〉を海賊船に横づけして、相手の船に乗りこむときと同じ迫力でジェームズは言った。

トレヴェリアンが動きをとめる。

「今後、妻に関して賞賛以外の言葉を吐いたら、壁に打ちつけるくらいじゃすまないからな。その場で窓から投げ落としてやる。それも二階以上の窓からだ」

ジェームズはトレヴェリアンの返事を待つこともしなかった。あんなやつに返事を期待してもしかたがない。ジェームズは妻のほうを向いて腕を差しだした。

気づくと、柱廊は人でいっぱいになっていた。

「ぼくの公爵夫人は……」ジェームズは大海原の覇者らしい威厳とともに人々を見まわした。

「ハクチョウじゃない。そもそも、みにくいアヒルの子でもなかったんだ」

彼はテオを見おろした。目の端に異国風のラインを入れてある。高い頬骨には気品が漂い、赤く塗られた唇はいつも以上にキスを誘うようだ。やすやすと手がまわりそうなほど細い腰、小ぶりだが色っぽい胸。ドレスの胸元から、澄んだ月光のような肌がのぞいている。

しかしなによりすばらしいのは、知性と思いやりに満ちたまなざしや、笑いを含んだ口元だった。

それこそが美しさだ、とジェームズは思った。

ふたりは腕を組み、長い柱廊を階段へ向かって歩きはじめた。モーセが杖をふりあげたときの紅海のように、集まっていた人々がふたつに割れる。誰もがふたりをあたたかく見守っていた。ふいに誰かが手をたたきはじめる。ひょっとするとそれは、摂政皇太子その人であったかもしれない。

拍手する人がひとり増え、ふたり増えして、結局、公爵夫妻は舞踏室いっぱいの人々から大喝采を受けて階段をおりていった。


馬車で屋敷へ戻る途中、テオは泣きそうだった。ジェームズに大丈夫かと問われても、言葉が胸につかえて出てこない。テオは黙ってうなずき、夫の手を強く握った。

屋敷に入るとメイドロップにケープを渡し、ジェームズの手をとって階段の下に導く。ジェームズも外套を着たまま彼女のあとをついて階段をあがった。

寝室に入ってドアを閉めたテオは、ようやくふたりきりになれたことに感謝しつつ、心ゆくまで愛しい海賊を眺めた。ジェームズは昔と変わらず優美だ。野蛮とされる刺青さえも、長いまつげや弧を描く口元や頬骨の曲線を引きたてている。

ジェームズが外套のボタンを外しはじめたので、テオは彼のかつらをとってほうり投げた。この大きくて凜々しい男は、船いっぱいの海賊を、そして舞踏室いっぱいの貴族を黙って従わせる力を持っている。

そして、彼はわたしのものだ。

「トレヴェリアンをちょっとばかりこづきまわしたことを怒っているのか？」そう言いなが

らも、ジェームズは今回の件に関して謝るつもりはなかった。ふたたび同じ状況になっても同じことをするだろう。

テオはなんと返事をしていいかわからず、口ごもった。「あれじゃあ、あなたの目に映るわたしは美しいと世界に宣言したも同然よ」

「本当のことだ」ジェームズは端的に答えた。「しかも、そう思っているのはぼくだけじゃない」

またしてもこぼれそうになった涙を、テオはこらえた。ジェームズは海賊船の船長のように、閉めたドアに寄りかかっている。その表情はいたずらっぽくも、情熱的にも見えた。

「いつも思っていたの」テオはためらいがちに言った。「あなたがわたしを愛するようになったのは、目が見えなくなったとき……つまり一二歳のときなんじゃないかって。あのときはわたしの顔が見えなかったから――」

ジェームズが眉をあげた。「おかしなことを言うな。もっと前から愛していたよ」

「本当に？」

「それより二年も前だ。母が死んだときだよ。きみは夜、ぼくの部屋に来てくれた。覚えているかい？　きみはまだ子供部屋の小さなベッドに寝ていたね。ぼくは隣の部屋の、大きなベッドに移っていた。乳母がさがったあと、きみは断りもなくぼくの部屋へやってきて、ベッドに潜りこんだ。ぼくは泣きはじめ、そのまま涙が涸れるまで泣いた」

「すっかり忘れていたわ」

「そのとき、なにに感動したか教えてあげようか？」

笑いを含んだ目には、神をも恐れぬ大胆な輝きがあった。

「八枚もハンカチを持ってきてくれたことだ。八枚も！　そして糊のきいたハンカチをきっちり八枚使い終わったところで、ぼくは明日を生きる力を得た」

テオはほほえまずにいられなかった。「わたしは昔から用意周到なの」

「それ以上に、ぼくのことをよく知っていたんだ」ジェームズは傷つきやすい自分を恐れずにさらけだした。「人生においてずっと、きみはぼくの方位磁石であり、心の扉を開く鍵だった。しばらく見失っていたけれど……」背筋をのばして続けた。「また失うなんて耐えられない」

「そんなことにはならないわ」テオはささやいて、ジェームズの頭を自分のほうへ引き寄せた。テオにとってその夜は、生涯忘れられないひとときとなった。

しばらくあと、ふたりはベッドの上で横になっていた。いつもどおり、二枚あるシーツのうち一枚は床の上で丸まっている。公爵夫人の髪は片側だけはねあがり、公爵は左の尻の筋肉を傷めたことについてぶつぶつと文句を言っていた。「人間の身体はあんな体位をとるために曲げるようにはできていないんだ」

テオは夫にキスをして、確信が持てるまで胸の奥にしまっておいた秘密を打ち明けた。

「あなたは……この子にとって最高の父親になるでしょうね」

ジェームズは言葉に詰まってテオを見つめたあと、上体を起こして頭板にもたれ、妻を脚のあいだに抱き寄せて、大きな手で腹部を覆った。

テオが満ちたりた気分でジェームズの肩に頭を預けると、驚いたことに彼は歌いはじめた。もちろん、かつての澄みきったテノールとはほど遠い。海で過ごした男の声には、ブランデーと罪の響きがあった。

「〝ぼくと踊ろう〟」ジェームズは歌った。「〝人生最後の日まで〟」そこで間を置き、テオの耳にささやきかける。「つまりぼくときみは、互いの生をまっとうする日まで一緒に踊るんだ。たぶんその先までも」テオの鼻の頭にキスを落として、歌を続ける。そのあいだも、両手はまだ平らな腹部にやさしく添えられたままだった。「〝子供たちのために踊ろう。この世に生まれでる日を待つ子供たちに向けて〟」

テオは涙をこらえ、ジェームズと一緒になって歌った。澄んだソプラノが、不完全だがなんとも言えず味のあるバスと重なる。

「〝ぼくと踊ろう〟」ふたりの声が響く。「〝人生最後の日まで〟」

この歌を皮切りに、ジェームズは最初の子供に、ふたり目の子供に、三人目と四人目の瓜ふたつの双子に、たくさんの歌を歌った。子供たちは父親が歌うのが好きでないことを知っていたが、それでも母親の頼みとなると父親がいやとは言えないこともわかっていた。

家族はそろって踊り、歌った。海賊と公爵夫人として、公爵と芸術家として、男と女として、長く幸せな人生の曲がり道や脇道を、声をそろえて歌いながら進んでいったのだった。

ヒストリカルノート

わたしの小説はどれも、文学作品や史実、そして自分自身の経験（夫が言うには、リボンが詰まったテオの引き出しは、わたしの引き出しそのままだそうです）から得たひらめきが組み合わさってできています。『純白の翼は愛のほとりで』もそのようにして完成しました。いちばんお世話になったのはやはり、デンマークの詩人であり物語作家のハンス・クリスチャン・アンデルセンによる『みにくいアヒルの子』です。このおとぎ話が出版されたのは一八四三年なので本書とは年代が前後しますが、そこはご容赦ください。最初から摂政時代《リージェンシー》を舞台にしようと決めていましたし、さらに言うと、一八一四年のフォンテーヌブロー条約後のパリに、テオを行かせたかったのです。

また、この小説では、初めて家族以外の実在の人物にインスピレーションを受けました。しばらく前に、自由で華やかで、その場にいるだけで輝きを放つアイリス・アプフェルの〝ルール〟について書かれた記事に興味を引かれました。テオのルールは時代背景を考慮して独自のものを考えましたが、すべての出発点はアイリスのルール（〝動物の王国を訪ねよう〟）にあります。ファッションについては、ジュヌヴィエーヴ・アントワーヌ・ダリオーの『永久不滅のエレガンスのルール』にも影響を受けました。〝エレガンスとは調和である〟とダリオーは言っています。この教えは、テオの心にもしっかりと刻まれていることでしょう。

また貴族院の場面については、ドロシー・L・セイヤーズの『雲なす証言』(一九二六年)の一場面を大いに参考にさせていただきました。

そして最後に、サー・グリフィン・バリーはルネサンス時代に実在した海賊、若き放蕩者であり、劇作家で紳士でもあった人物をモデルにしています。

訳者あとがき

エロイザ・ジェームズのおとぎ話《フェアリー・テイル》シリーズ第三弾をお届けします。

今回のモチーフは『みにくいアヒルの子』ですが、そもそもロマンス小説のヒロインでありながら、女性がいちばん輝く結婚式で〝みにくい公爵夫人〟というあだ名をつけられてしまうテオドラとは、いったいどんな容貌をしていたのでしょう？　エロイザの描写によると、テオドラは鼻が長く、顎が突きでていて、長身でやせぎす。ぱっとしない髪の色で、全体的にいかめしい雰囲気が漂っているとか。これを読んで訳者がたどりついたテオドラ像は、処女王と呼ばれたエリザベス一世でした。〝よき女王〟とたたえられたエリザベス一世のように、テオも権威を感じさせる立派な風貌をしていたにちがいありません。悲しいかな、娘を溺愛する母親が、クールビューティーの彼女にミスマッチのドレスを着せたがために〝みにくい〟という誤った形容詞を押しつけられてしまったのでしょう。

さて、女性らしい丸みや愛らしい顔立ちには恵まれなかったテオですが、おしゃれは大好きで、自分なりのファッションルールを持っています。彼女がずば抜けた色彩感覚を活かして、自分自身はもちろん、財政難に陥った公爵家を変えていくさまは実に痛快です。

一方のジェームズは家柄と容姿に恵まれた典型的なヒーロータイプで、頭を使うより身体を動かすほうが好きな体育会系。領地管理人と公爵家の財政状況について話すのは大の苦手で、そのことにひそかな劣等感を抱いています。彼は幼なじみで親友のテオを愛おしく思いながらも、父親に泣きつかれ、彼女の信頼を裏切ってしまいます。それが明るみに出たとき、ふたりがとった行動とは……。

エロイザの作品は毎回、個性的な脇役も楽しみですが、今回いい味を出していたのはジェームズのいとこのピンクラーと海賊仲間のグリフィンでしょう。とくにグリフィンは貴族でありながら海賊となり、のちにジェームズをも海賊暮らしに巻きこみます。アメリカではすでに、グリフィンを主人公にした物語と、グリフィンとジェームズの子供たちを主人公にした物語をまとめた本が出版され、好評を博しています。

さて、『永遠《とわ》にガラスの靴を』で始まったおとぎ話シリーズも、大好評の『愛しき美女と野獣は』を経て本作で三作目になりました。本国ではほかにも『ラプンツェル』をモチーフにした作品などが出版されており、今後の邦訳が期待されるところです。

それでは〝みにくいアヒル〟の成長をどうぞお楽しみください。

二〇一三年一〇月

ライムブックス

純白《じゅんぱく》の翼《つばさ》は愛《あい》のほとりで

著　者　エロイザ・ジェームズ
訳　者　岡本三余《おかもとみよ》

2013年11月20日　初版第一刷発行

発行人　成瀬雅人
発行所　株式会社原書房
〒160-0022東京都新宿区新宿1-25-13
電話・代表03-3354-0685　http://www.harashobo.co.jp
振替・00150-6-151594
ブックデザイン　川島進（スタジオ・ギブ）
印刷所　中央精版印刷株式会社

落丁・乱丁本はお取り替えいたします。
定価は、カバーに表示してあります。

ISBN978-4-562-04451-1　Printed in Japan